“조금 있으면 우리 모두에게 벼락이 칠 거야.”

– 그레고리 매과이어의
『사람들과 사자(A Lion Among Men)』 중에서

이 책을 모리스 센닥에게 바칩니다.

원더스트럭

2012년 7월 13일 초판 1쇄 펴냄

펴낸곳 | (주)꿈소담이
펴낸이 | 김숙희
글·그림 | 브라이언 셀즈닉
옮긴이 | 이은정

주소 | 136-023 서울특별시 성북구 성북동 1가 115-24 4층
전화 | 747-8970 / 742-8902(편집) / 741-8971(영업)
팩스 | 762-8567
등록번호 | 제6-473(2002. 9. 3)

홈페이지 | www.dreamsodam.co.kr
전자우편 | isodam@dreamsodam.co.kr

• 책 가격은 뒤표지에 있습니다.
• 또또Book 은 (주)꿈소담이의 단행본 브랜드입니다.

원더스트럭

브라이언 셀즈닉이 쓰고 그린 소설

뜨들Book

＊편집자 주

1. 우리가 흔히 말하는 '뉴욕'은 미국 뉴욕 주에 있는 항구 도시인 뉴욕 시를 가리킵니다. 그런 상황을 고려해, 본문에서는 뉴욕 시(New York City)는 '뉴욕'으로, 뉴욕 주(New York State)는 '뉴욕 주'로 썼습니다.

2. 이 책에는 두 명의 청각장애인이 등장합니다. 청각장애인은 날 때부터, 혹은 태어난 이후에 사고나 질병으로 인해 귀가 들리지 않게 된 사람들을 가리킵니다. 그러나 귀가 들리지 않는 장애를 가졌다는 의미인 청각장애인 대신에, 스스로를 장애인이 아니라 수화(수어)라는 특별한 의사소통 수단을 사용하는 집단으로 여기는 의미에서 '농인(혹은 농아인)'이라는 호칭을 선호하는 사람들이 많습니다. 그리고 농인 입장에서는 귀가 들리는 사람을 '비정상인'에 대비되는 말인 '정상인'이 아니라 '청인(혹은 건청인)'이라고 칭합니다. 이런 뜻을 존중해 본문에서도 문맥에 따라 청각장애인 대신에 '농인', 정상인 대신에 '청인'으로 썼습니다.

3. 이 책에 등장하는 수화(수어라고도 합니다)는 미국 표준 수화입니다. 글을 쓰고 그림을 그린 브라이언 셀즈닉은 미국에서도 수화가 영어를 쓰는 청인에게는 이해하지 못하는 언어처럼 받아들여진다는 점을 고려해 전 세계 여러 나라에서 출간되는 책에도 각 나라의 표준 수화 대신 미국 표준 수화를 그대로 실을 것을 부탁했습니다.

차례

1부   18

2부   228

3부   492

감사의 말   630

참고자료   638

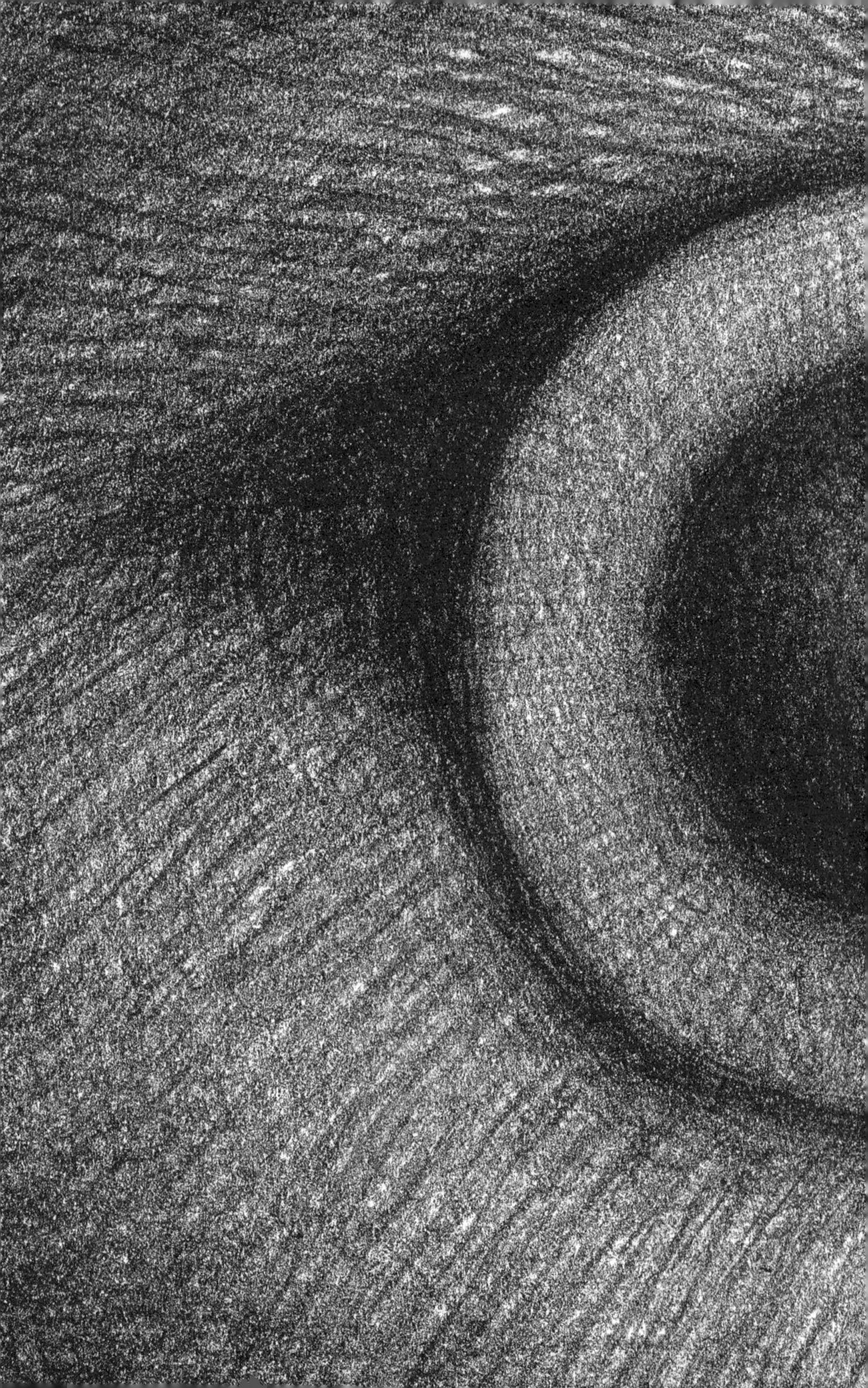

1977년 6월
미네소타 주, 건플린트 호수

1부

벤 월슨은 무언가에 맞는 바람에 눈을 떴다. 이번에도 꿈 속에서 늑대들에게 쫓겼다. 심장이 쿵쿵 뛰었다. 벤은 어두운 방에 일어나 앉아 아픈 팔을 문질렀다. 그리고 사촌이 던진 신발을 마루에 내려놓았다.

"아프잖아, 로비!"

그러자 로비가 뭐라고 중얼거렸다.

"뭐라고?" 벤이 물었다.

"뭐냐고? 안 들려? 너 귀머거리야?"

건플린트 호수에 사는 다른 사람들과 마찬가지로, 로비도 벤의 한쪽 귀가 태어날 때부터 잘 들리지 않는다는 사실을 알고 있었다. 그런데도 여전히 벤한테, 특히 이런 한밤중에 이렇게 묻는 걸 재미있어했다. 로비는 벤을 위해 한 번 더 말해 주었다. "자다가 소리 지르지 말라고 했어!"

방 한구석에 놓아둔 로비의 사냥총이 달빛에 반짝거렸다. 주변에는 낚싯대와 주머니칼, 활과 화살, 손으로 만든 창, 크고작은 새총이 쌓여 있었다. 로비는 이런 위험한 물건을 수집하느라 대단한 노력을 기울이는 것 같았다.

벤은 옷장과 창문 사이에 겨우 끼워 넣은 작고 낡은 침대로 돌아가서 누웠다. 여름인데 선풍기가 고장이 난 터라 셔츠를 입지 않았는데도 땀이 났다. 쓸모없어진 담요는 한쪽 옆으로 밀쳐져 있고, 두 아이의 머리카락은 이마에 찰싹 달라붙어 있었다.

벤은 꿈 때문에 아직도 손을 떨고 있었다. 그 사고 후로 줄곧 그랬다. 꿈에 빨간 혀를 축 늘어뜨리고 흰 이빨을 번뜩이며 달빛 비치는 눈밭을 질주하는 늑대들이 자주 나왔다. 벤은 왜 꿈속에서 늑대들에게 쫓기는지 알 수 없었다. 한때는 늑대를 좋아하기도 했었는데 말이다. 엄마와 현관 앞에 서서 늑대를 구경한 적도 있었다. 그때는 늑대가 동화책에서 빠져나온 것처럼 아름답고 신비로워 보였다.

바람이 부는지 집 밖 커다란 나무의 잎사귀들이 바스락거리는 소리가 들려왔다. 로비의 CB 라디오(Citizen's Band, 개인에게 할당된 주파수를 이용하는 무선 통신 장치— 옮긴이 주)에서 낮게 웅웅거리는 목소리가 흘러나왔다. 로비는 밤새 라디오를 켜 두는 버릇이 있었다. 하지만 벤은 상관하지 않았다. 한쪽 귀가 안 들리는 게 이럴 때는 좋았다. 잘 들리는 쪽 귀를 베개에 묻으면 시끄러운 소리가 차단되어 별 어려움 없이 잘 수 있었다. 벤은 학교에서도 비슷한 방법을 썼다. 선생님이나 친구의 목소리를 듣고 싶지 않으면 잘 들리는 귀를 손으로 막았다. 그러면 책상 밑에 우주에 관한 책을 숨겨 놓고 읽을 수도 있었다.

"더 이상 너랑 방을 같이 쓰지 않았으면 했는데." 로비가 투

덜거리며 다시 잠을 청했다.

벤은 말없이 고개를 끄덕였다.

그때 익숙한 목소리가 들렸다. 벤은 잘 들리는 쪽 귀를 벽에 가만히 댔다.

"제니, 처제가 죽은 지도 세 달이 지났어. 이제 그만 집 파는 문제도 생각해 보자고."

제니 이모와 스티브 이모부가 또 벤의 집을 파는 문제에 대해 상의하고 있었다.

"일레인은 그 집을 사랑했어요, 여보." 제니 이모가 반대했다. "게다가 그 집과 별채는 우리 할아버지가 직접 지었다고요. 우리 집안과 관련된 것을 그렇게 쉽게 팔 순 없어요. 제발 당분간 이대로 내버려 두면 안 돼요?"

벤은 이모가 이 말을 하면서 하나로 묶은 머리카락을 단단히 조이는 모습을 떠올렸다. 로비의 누나인 재닛과 마찬가지로 이모에게도 그런 버릇이 있었다. 아니, 벤의 엄마도 진지한 이야기를 할 때면 그랬다.

"조만간 팔 수밖에 없어." 스티브 이모부가 말했다. "언제까지나 이대로 놔둘 순 없다고. 내야 할 돈도 있고, 이제 벤도 건사해야 하고."

"이번 시즌 내내 사냥이랑 낚시하러 오는 손님들로 방 세 개가 예약이 꽉 찼잖아요. 게다가 난 건플린트 산장 주방에서 일하기로 되어 있고요. 별 문제 없을 거예요."

"알아. 하지만 그 돈이 일 년 내내 그대로 있는 건 아니잖아."

"스티브, 이제 막 여름이 시작됐어요. 왜 벌써부터 걱정을 해야 해요?"

긴 침묵이 이어졌다.

벤은 자라면서 그 집이 누구 소유인지 따져 본 적이 한 번도 없었다. 그곳은 언제나 벤과 엄마의 집이었다. 하지만 이제는 이모와 이모부의 집 같았다. 왜 지금은 우리 집이 아닌 거지? 어린아이는 집을 가질 수 없는 건가?

3월에 장례식이 끝난 후 벤은 언제든지 원하면 집으로 돌아갈 수 있을 줄 알았다. 그 집은 이모네 집에서 겨우 여든세 발짝밖에 떨어져 있지 않았으니까. 하지만 시간이 흐르면서, 벤은 반갑게 맞아주는 엄마가 없는 그 집 현관으로 걸어 들어가기가 두려워졌다.

호숫가에는 집이 많지 않았다. 벤의 집과 이모네 집은 서로 가장 가까이에 있는 두 집이었다. 벤은 어수선하면서도 아늑한 자기 집이 그리웠다. 작은 식탁, 짝이 맞지 않는 의자들, 낡은 시계, 엄마가 여기저기에서 오려 내어 냉장고에 붙여 둔 글귀들, 엄마가 좋아하는 예술 작품의 사진들, 녹슨 톱니바퀴를 비롯해 벤이 호숫가나 마을을 돌아다니다 주워 온 흥미로운 물건들, 벤이 엄마와 함께 모은 레코드판, 석조 벽난로, 건플린트 탐험로를 걷다 횡재한 큰 사슴뿔, 책꽂이에 다 꽂지 못해 집 안 곳곳에 쌓여 있는 엄마와 벤의 책이 있는 집이.

만약 이모랑 이모부가 우리 집을 팔아 버리면 내 물건들은 어떻게 되는 거지? 벤은 궁금했다. 엄마 물건은 어떻게 되고? 누가 그 집에 살게 될까? 어쩌면 두 사람의 짐을 작은 별채로 옮길 수 있을지도 모른다. 어렸을 적 벤은 별채에 묵는 손님이 없으면 사촌들과 거기에서 놀곤 했다. 아이들은 그곳을 마녀의 성이나 해적선이라고 부르기도 했다. 손님용 별채는 호수에서 100미터도 안 되는 거리에 있었지만 어른들한테서는 1킬로미터쯤 떨어져 있는 것 같았다. 어쨌든 그 모든 일들이 지금은 다른 세상에서 일어난 일 같았다.

어느새 이모와 이모부의 말다툼이 잠잠해지고 복도 끝 괘종시계가 자정을 알렸다. 벤은 쉽게 잠이 오지 않았다. 그래서 침대 밑으로 손을 뻗어 감춰 두었던 빨간색 플라스틱 손전등과 나무 상자를 끄집어냈다.

수학 교과서만 한 크기의 상자였다. 번쩍거리는 갈색에, 만지면 매끄러웠다. 바닥에는 연한 초록색 펠트 천이 덧대어져 있고 뚜껑에는 늑대가 새겨져 있었다. 동네 예술가의 작품으로, 작년 크리스마스에 엄마한테서 받은 선물이었다. 로비의 방으로 이사 올 때 가져온 건 이 상자와 손전등 그리고 옷이 든 가방이 전부였다.

벤은 손전등을 켜고 바닥에 개어 놓았던 바지 주머니에서 열쇠를 꺼내 상자 앞면에 붙은 작은 황동 자물쇠를 열었다. 그리고 안에 든 조그만 물건들을 하나씩 꺼내 만져 보았다.

마분지로 만든 칸막이 사이사이에는 분류한 물건들이 잘 정리되어 있었다. 기이한 모양의 나뭇가지 몇 개와 마지막으로 간 젖니, 툭하면 함께 쓰레기장을 뒤지자고 조르던 친구 빌리 녀석과 학교 뒤편에서 발견한 조그만 플라스틱 장난감, 새의 머리뼈, 건플린트 호수 근처 둔덕을 돌아다니다 발견한 스트로마톨라이트(녹조류의 광합성 활동에 의해 생긴 줄무늬가 있는 암석― 옮긴이 주)라는 화석. 그리고 맨 오른쪽 아래 칸에는 울퉁불퉁하고 작은 회색 돌 두 개가 들어 있었다. 벤은 그중 하나를 집어 손바닥에 올려놓았다. 그 돌멩이를 보여 주었을 때 엄마는 화산 분출물인 이 돌멩이뿐만 아니라 그들이 살고 있는 지역 전체가 20억 년 전 호수 건너편 캐나다 지역에 운석이 떨어지는 통에 생겨났다는 이야기를 해 주었다.

그 후 벤은 별과 우주에 매료되었다. 엄마는 벤을 자신이 일하는 도서관으로 데려가 밤하늘에 관련된 책을 모두 보여 주었다. 벤은 서류와 책들이 제 키보다 높이 쌓여 있는 커다란 오렌지 색 책상에 엄마와 함께 앉아 큰곰자리가 향하고 있는 북극성을 찾아냈다. 북극성은 작은곰자리의 꼬리에 있는 별로, 책에 의하면 수백 년 동안 길 잃은 여행자들의 길잡이가 되어 주었다고 했다. 벤이 그 책을 보여 주자 엄마는 말했다. "만약 길을 잃으면 북극성을 찾으렴. 그럼 집에 갈 수 있어."

엄마가 웃으며 책상 옆 메모판을 가리켰다. 집에 있는 냉장고와 달리 그곳에 붙어 있는 글귀는 단 하나뿐이었다.

벤은 그 글귀를 큰 소리로 읽었다. "우리는 모두 시궁창에 있다. 하지만 그중에서도 어떤 이들은 별을 바라본다."

엄마가 그 지역 도서관의 사서였던 덕분에 벤은 늘 책에서 발췌한 글귀들에 둘러싸여 지내곤 했다. 대부분은 제대로 이해하지 못하는 말이었지만 이 글귀는 이상하게도 마음에 와 닿았다.

벤은 잠깐 이 말이 무슨 의미인지 생각해 보았지만 아무것도 떠오르지 않았다. 그래서 엄마에게 물었다. "엄마, 이게 무슨 뜻이에요?"

엄마는 웃으면서 어깨를 으쓱했다.

벤은 엄마가 그 뜻을 정확히 안다고 믿었지만, 엄마는 아들이 스스로 깨닫기를 바랐다.

"천문학자가 한 말이에요?" 벤이 물었다.

엄마가 다시 어깨를 으쓱했다. 하지만 벤은 자신이 알지 못하는 엄마의 마음속에 해답이 있음을 알았다.

그 다음 주 내내 벤은 엄마가 찾아다 준 책을 몽땅 읽고 나서는 제 방을 온통 검정색 페인트로 칠하게 해 달라고 졸랐다. 그러고는 동네 잡화점에서 야광별을 한 아름 사다 방 천장과 벽에 붙였다. 특히 큰곰자리와 작은곰자리, 북극성은 바로 머리맡에 붙였다. 그 일이 있은 후 엄마는 뜻밖에도 비상금을 털어 구식 망원경을 하나 사 주었다. 벤은 망원경을 창가에 놓아 두고 매일 밤 잠들기 전에 밤하늘을 관찰했다. 한번은 친구 빌리가 놀러왔다가 방을 둘러보더니 말했다. "아, 알았다…… 너 외계인이구나?" 벤은 빌리의 말에 웃음으로 답했지만 그 후로 망원경으로 밤하늘을 관찰할 때면 언제나 똑같은 생각을 했다. '난 외계인이야.'

벤은 울퉁불퉁한 회색 돌을 작은 칸막이 사이에 도로 넣었다. 순간 그 글귀가 떠올랐다. 엄마는 그게 무슨 뜻이라고 생각했을까? 하지만 상자에서 새 머리뼈를 집어 들자 이내 그런 생각이 머리에서 떠났다. 이것은 어느 주말 엄마와 건플린트 탐험로를 걷다 발견한 것이었다. 벤은 손가락으로 매끄러운 머리뼈를 쓸어내리다가 뾰족한 부리를 더듬어 보았다. 엄마는 무슨 새인지 알아맞혀 보라고 했고, 벤은 황여새라고 대답했다. 엄마의 도서관에서 새에 관한 책이라면 죄다 읽은 벤은 이제 골격만 보고도 알아맞힐 수 있는 새가 스물 세 종류는 되었다. 한번은 미네소타 주에 서식하는 조류에 관한 책을 읽다 덜루스 박물관에 가면 새의 골격을 실제로 볼 수 있다는 내용을 발견했다. "엄마, 우리 거기 가요. 네?" 벤이 졸랐다. "겨우 네 시간밖에 안 걸린대요." 엄마는 말총처럼 묶은 머리를 단단히 조이며 생각해 보겠다고 했다. 그 박물관의 소장품에 대해 읽을수록 벤은 더욱더 덜루스에 가고 싶어졌다. 아마 몇 달간 엄마를 졸랐을 것이다. 어느 날 엄마가 말했다. "올 여름에 생일 선물로 뭐 해 줄까? 덜루스에 여행갈까?"

"네!" 벤은 말 그대로 공중으로 펄쩍 뛰어올랐다.

“너무 좋아하지는 마. 아직은 모르니까……."

벤은 덜루스의 환영을 지워 버리려는 듯 손으로 눈을 비볐다. 그리고 들고 있던 새 머리뼈를 상자에 내려놓았다. 방과 후 엄마의 도서관에 들러서 새와 우주에 관한 책을 읽고 숙제도 하던 때가 떠올랐다. 만약 사고가 나던 날 아파서 집에 있지 않고 도서관에 있었더라면. 정말로 엄마에게 뭔가 도움이 되었을 텐데. 최소한 도로에 눈과 얼음이 쌓인 것을 확인하고 엄마한테 안전벨트를 꼭 매라고 말씀드리기라도 했을 텐데. 벤은 시간을 되돌릴 수 있으면 좋겠다고 생각했다.

벤은 숨을 한 번 크게 들이쉬고 눈을 감았다. 이제 다시는 덜루스에 갈 수 없을 터였다. 이모와 이모부는 여행할 형편이 안 되는 데다 이제는 벤까지 돌봐야 했다. 벤은 이모와 이모부를 사랑했지만 여기서 지내는 게 집처럼 편안하지는 않았다. 하지만 달리 살 데가 없었다. 벤에게는 다른 가족이 없었다. 할아버지, 할머니는 벤이 아주 어렸을 때 돌아가셨고, 아빠에 대해선 아무것도 몰랐다. 전에 한번 아빠 이야기를 넌지시 꺼냈더니 엄마는 몇 번인가 말총머리를 단단히 조이다 끝내 풀어 버렸다. 엄마의 길고 검은 머리카락이 어깨로 쏟아져 내렸다. 눈에는 눈물이 글썽거렸다. 엄마가 우는 모습을 한 번도 본 적이 없는 벤은 놀라서 다시는 아빠에 관해 묻지 않았다. 잠시 후 엄마는 좋아하는 레코드판을 틀었다. 우주에서 실종된 톰 소령이라는 우주 비행사에 관한 노래 ‘우주의 미치광이(Space Oddity)’

가 신비로운 느낌을 자아냈다. 엄마는 이 노래를 듣고 또 듣곤 했다. 뿐만 아니라 눈을 감고 스피커의 천에 손바닥을 댄 채 피부에 와 닿는 진동을 느끼곤 했다.

그날 밤 벤은 침대에 누워 천장에 붙여 놓은 야광별을 바라보며 혹시 톰 소령이 아빠가 아닐까 하는 상상을 했다. 아빠는 어떻게 생겼을까? 나를 아실까? 다시 지구로 돌아오실까?

벤은 눈을 뜨고 무릎에 놓인 상자를 비추는 자그마하고 동그란 손전등의 빛을 바라보았다. 엄마가 돌아가신 후 언제나 벤의 마음속에는 톰 소령이 있었다. 벤은 톰 소령이 우주선을 타고 이모네 집 뒤편에 착륙하는 상상을 했다. 모두가 보고 있을 때 아빠의 우주선을 타고 밤하늘로 사라져야지. 유치한 백일몽 같았지만 쉽게 잊히지 않았다.

이번에는 상자에서 조개껍데기를 붙여 만든 작은 거북이를 집어 들었다. 손에 닿는 느낌이 매끄럽고 서늘했다. 3학년이 되었을 때 엄마한테 받은 선물이었다. 거북이는 그들 사이에 오가는 농담거리였다. 벤이 어렸을 때 엄마는 말수가 적은 아들을 거북이라고 부르곤 했다. "이봐, 거북이." 학교에 가려고 집을 나설 때면 엄마는 이렇게 말했다. "그렇게 거북이같이 굴면 안 되지…… 목을 쑥 빼는 거 잊지 말고…… 큰 소리로 씩씩하게 말하는 거야."

엄마는 손가락을 놀려 벤의 뺨을 어루만지다 턱 밑을 받쳐 얼굴을 들어 올리고는 눈을 똑바로 쳐다보았다. "상대방이 말할 때 겁내지 말고 그 사람의 눈을 똑바로 쳐다봐야 해, 알았지?”

“네.” 벤은 엄마의 눈을 쳐다보며 대답했다.

“훨씬 낫네.”

벤은 손바닥에 놓인 거북이를 꼭 쥔 채, 상자와 손전등을 침대에 내려놓았다. 그런 다음 창문의 방충망을 걷고 고개를 밖으로 내밀었다. 피부에 닿는 공기가 끈적끈적했다. 나무 사이로 텅 빈 그의 집이 보였다. 잘 들리는 쪽 귀 언저리에서 모기 한 마리가 앵앵거렸다. 고개를 오른쪽으로 살짝 돌리자 폭풍우가 몰려오고 있다고 말하는 트럭 운전사의 목소리가 로비의 라디오에서 들려왔다. 벤은 하늘을 올려다보았다. 구름이 뒤덮이고 있었지만 그 사이로 반짝이는 별들이 아직 몇 개 보였다.

북극성만 찾으면 무슨 일이 있어도 길을 잃지 않는다고 엄마가 말했을 때, 벤은 그 말을 믿었다. 하지만 엄마가 안 계신 지금, 사실은 그렇지 않다는 걸 알고 있었다.

엄마의 메모판에서 본 수수께끼 같은 글귀가 다시 머릿속을 맴돌았다.

"우리는 모두 시궁창에 있다. 하지만 그중에서도 어떤 이들은 별을 바라본다."

1927년 10월
뉴저지 주, 호보켄

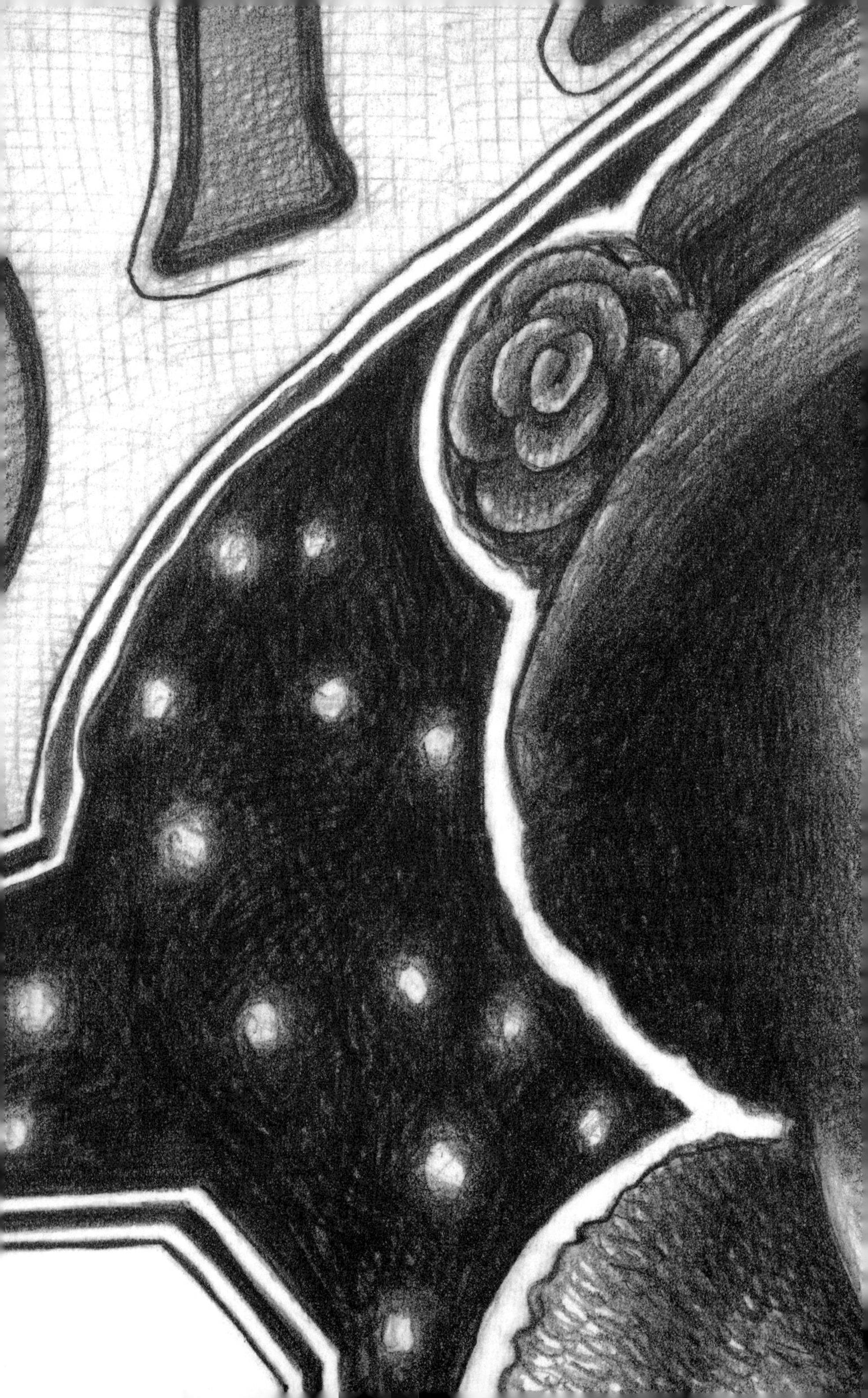

St
Lillian
Mayhew
hen we
ur eyes
agnif-
rget the first time she
biggest stars today.

릴리언 메이휴

MOVIESTAR MAGAZINE
OCTOBER
CHILDREN CRY FOR
CASTO
Mother!
1927년 2월
생일을 축하한다.
22.
사랑하는 엄마가

MovieStar Magazine
1927
OCTOBER
TODAY'S STARS
Lillian Mayhew
오늘의 스타

New York
TODAY'S STARS
MOVIE STAR MAGAZINE
1927
Lillian Mayhew

TODAY'S
STARS

Mamas
CASTORIA

MOVIE STAR MAGAZINE
TODAY'S STARS

TEACHING

벤은 가슴팍에 가로로 빨간 줄이 생길 때까지 로비의 방 창턱에 기대어 있었다. 그는 몰려오는 구름을 주시했다. 문득 북극광, 즉 오로라가 밤하늘에 나타났던 때가 기억났다. 오로라가 언제 나타나든, 호숫가의 사람들이 서로 이름을 부르며 웅성거릴 테니 굳이 지켜보고 서 있지 않아도 머리 위에서 어른거리는 이상한 커튼 같은 광경을 놓칠 염려는 없었다. 그때 엄마는 2년 전 여름에 담배를 끊은 상태였는데도, 밖에 서 있을 때 엄마한테서 담배 냄새가 났었다는 게 생생히 기억났다. 엄마는 팔짱을 낀 채 입으로 뽀얀 연기를 내뿜곤 했다. 날씨가 추울 때는 벤도 팔짱을 끼고 뽀얀 입김을 뿜었는데, 엄마는 그런 벤을 보고 웃었다. 그러면서 웃옷 단추를 풀어 벤이 옷 안으로 들어올 수 있게 해 주었다. 둘은 몇 시간이고 그렇게 서서 아름답게 물든 하늘을 올려다보았다.

그때였다. 한 줄기 빛이 벤의 추억을 훼방 놓았다. 벤은 창턱에 기대어 휘둥그레진 눈으로 바라보았다. 구름 사이로 반짝이는 별똥별 하나가 나타났다가 이내 사라져 버렸다. 벤은 절대 이루어질 수 없다는 것을 알았지만, 엄마에 대한 소원을 빌었다.

조개껍데기 거북이를 어찌나 세게 쥐었던지, 벤은 조개껍데기가 살을 파고 들 때까지도 몰랐다. 울음이 터질 것 같았지만 속으로 삼켰다. 로비를 또 깨우고 싶지는 않았다.

뭔가 이상한 점을 발견한 것은 그때였다. 여든 세 발짝 떨어진 거리에 있어 검은 윤곽으로만 보이던 벤의 집에 빛이 한 점 나타난 것이다. 엄마 방의 커튼이 환한 노란빛으로 빛나고 있었다.

벤은 믿기지가 않아서 한동안 뚫어져라 보았다.

별안간 머리가 핑 도는 것 같았다. 벤은 거북이를 도로 상자에 넣고 자물쇠를 잠근 뒤 다시 침대 밑으로 밀어 넣었다. 겨우 낡은 민소매 셔츠를 걸치고, 끈을 맬 새도 없이 운동화에 발을 밀어 넣는 내내 심장이 두근거렸다.

벤은 빨간색 손전등을 들고 조용히 이모네 집을 빠져나왔다.

또 와주세요

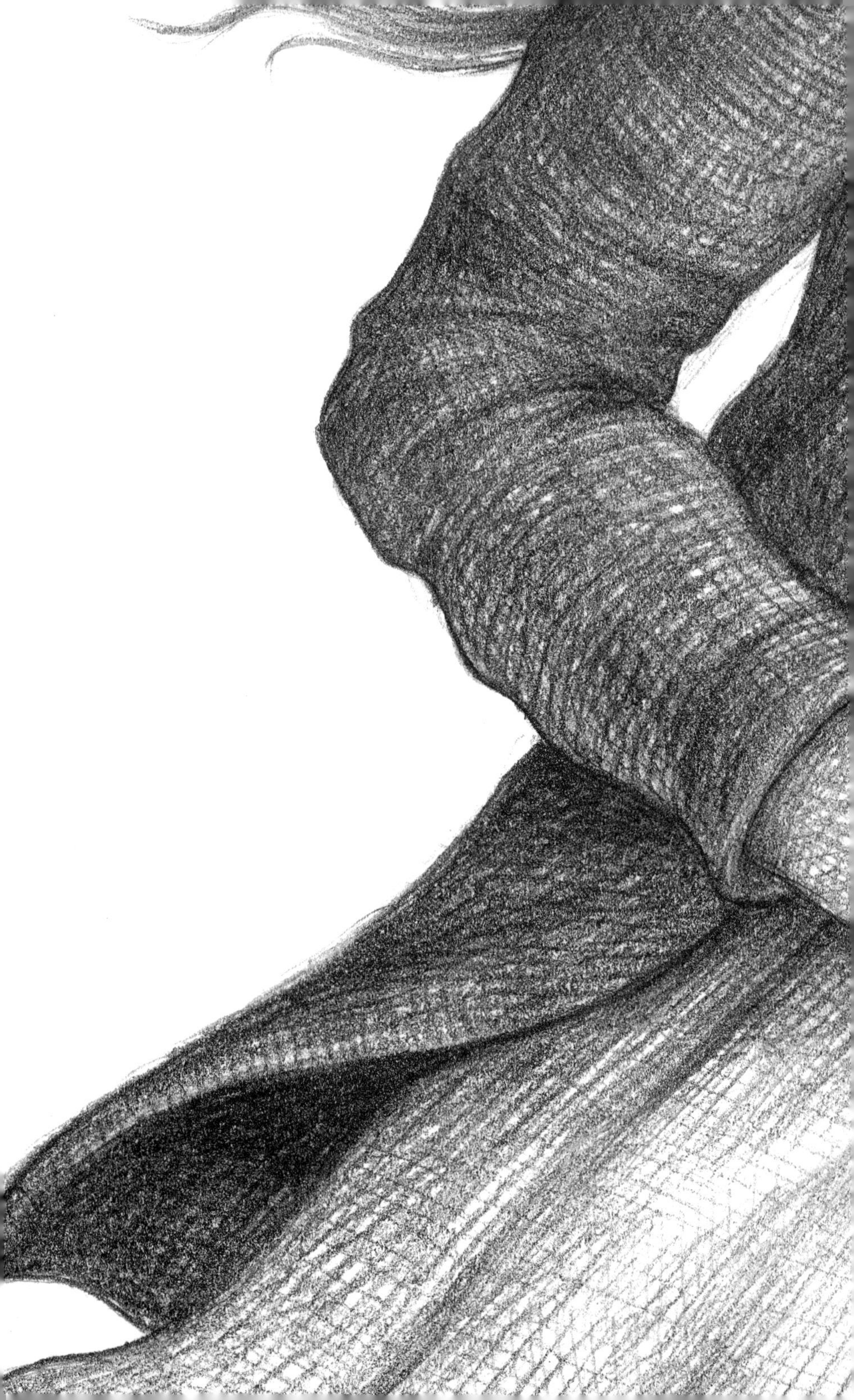

도와주세요

호수 물이 깔짝깔짝 선창가를 핥고 보트는 자기들끼리 부딪쳤다. 아비새는 밤을 향해 울고, 건플린트 호수의 바위들은 어둠 속에서 희미하게 빛났다. 한밤중 숲은 언제나 으스스했고, 손전등의 약한 빛은 멀리 가지 못했다. 벤은 계속 집을 향해 걸어갔다. 빛이 새어나오는 창문 하나가 어서 오라고 손짓을 했다. 벤은 눈을 깜박거리지 않는 고양이처럼 어둠 속을 응시했다. 흔들리는 시커먼 나뭇가지가 천장처럼 드리워진 길을 달렸다.

집으로 들어가는 문은 호수 쪽으로 나 있는 문이 대개 그렇듯, 잠기지 않은 채였다. 벤은 조용히 뒷문을 통해 부엌으로 갔다. 그리고 손전등의 작은 불빛으로 방안을 비춰 보았다. 장례식 때 썼던 꽃과 음식들은 깨끗이 치워지고 없었지만 올빼미 모양의 과자 통은 언제나 그랬듯 고개가 뒤로 돌아간 채 선반에 놓여 있었다. 잡동사니를 넣어 두는 서랍은 비뚤게 닫혀 있고, 냉장고는 여전히 엄마가 좋아하는 글귀들로 뒤덮여 있었다. 마치 벤의 예전 생활을 전시해 놓은 박물관에 온 것 같았다.

그때 멀리서 잔잔히 음악 소리가 흘러 나왔다. 벤은 더 또렷이 들으려고 고개를 돌렸다. 서늘한 기운이 등줄기를 타고 올라왔다.

여기는 톰 소령, 지상 관제소 응답하라.
지금 난 문밖으로 나가고 있다.

난 아주 특이한 방법으로 떠 있다.

오늘은 별들이 아주 달라 보인다.

난 여기, 세상과 멀리 떨어져 양철 깡통 속에 앉아 있다.

그때 발소리가 들렸다. 벤은 잘 들리는 쪽 귀를 소리 나는 방향으로 돌렸다…… 엄마의 방 근처에서 나는 소리 같았다.

벤은 유령 따위를 믿지 않았다. 아주 어렸을 때는 엄마가 들려준 이야기 때문에 밤마다 잠을 설치기는 했지만. 그는 발끝으로 살금살금 복도를 지나 엄마 방으로 갔다. 머리의 혈관이 불뚝불뚝 솟는 것 같았다. 희미했던 담배 냄새가 가까이 갈수록 점점 짙어졌다.

벤은 겁에 질려 핑 도는 바람에 복도 중간에서 걸음을 멈췄다. '거북이처럼 굴면 안 돼.'

벤은 조금씩 조금씩 다가가 마침내 엄마 방 문 앞에 섰다. 손전등은 꺼서 뒷주머니에 넣었다.

삐그덕 소리를 내며 문이 열렸다. 반 고흐의 복제화를 넣은 액자가 보였다. 커다랗고 검은 나무가 한 그루 서 있고 황금빛 별들이 밤하늘을 빙빙 도는 것 같은 그림이었다. 그때, 방을 가로질러 움직이는 그림자 하나가 있었다.

문득 별똥별을 바라보며 이루어질 수 없는 소원을 빌었던 일이 기억났다. 벤은 떨리는 손으로 천천히 문을 밀어서 열었다.

도와주세요

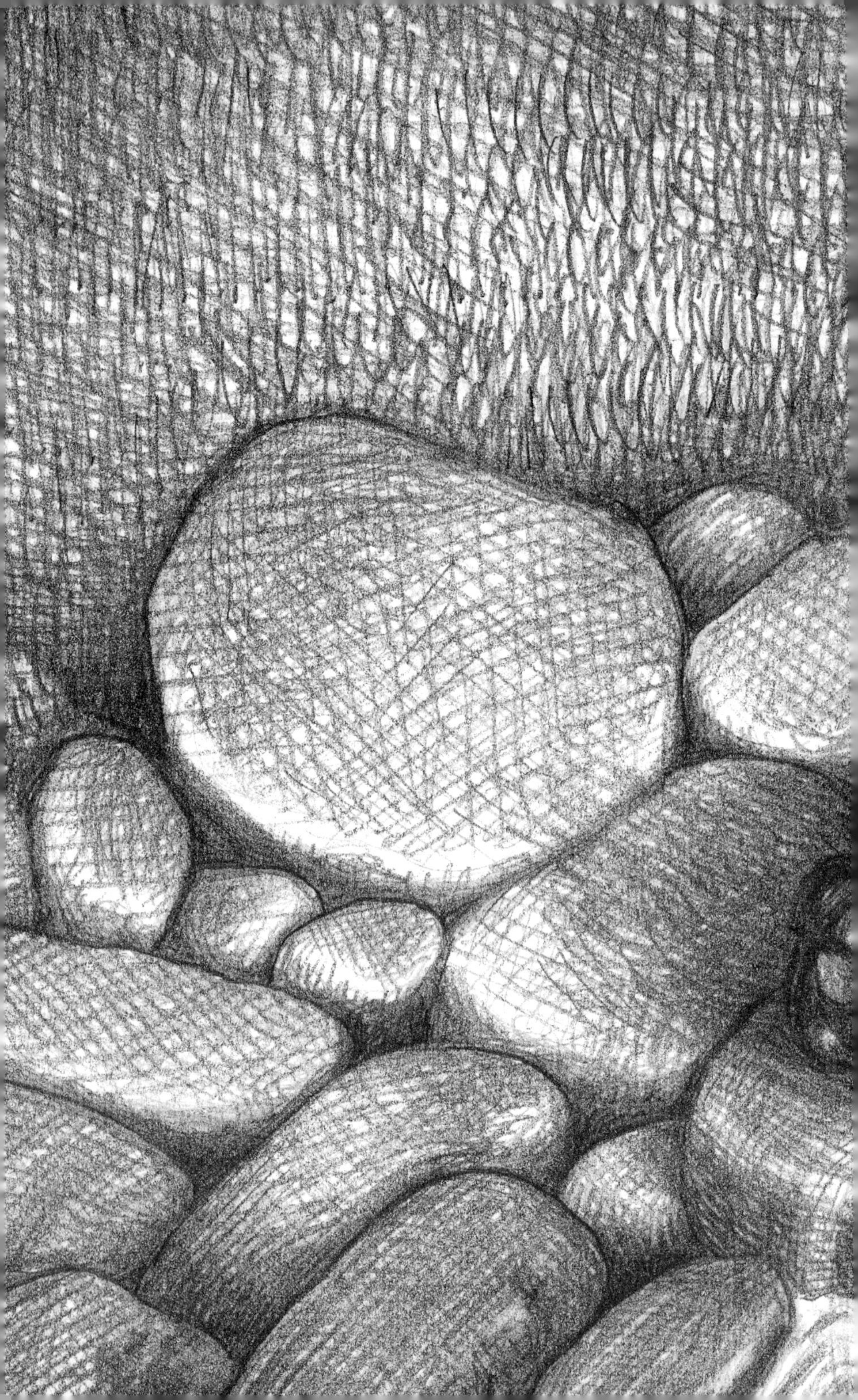

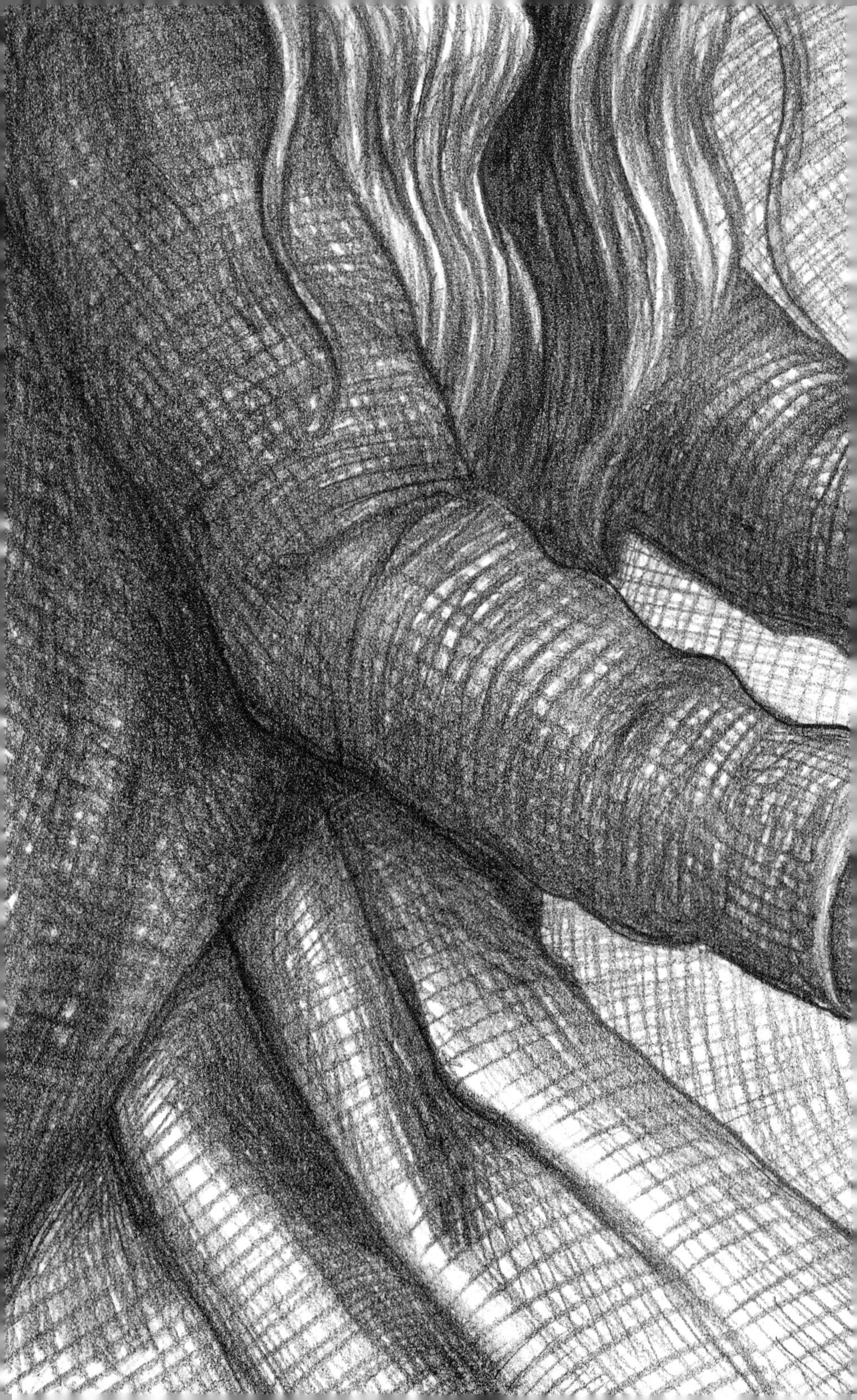

와즈

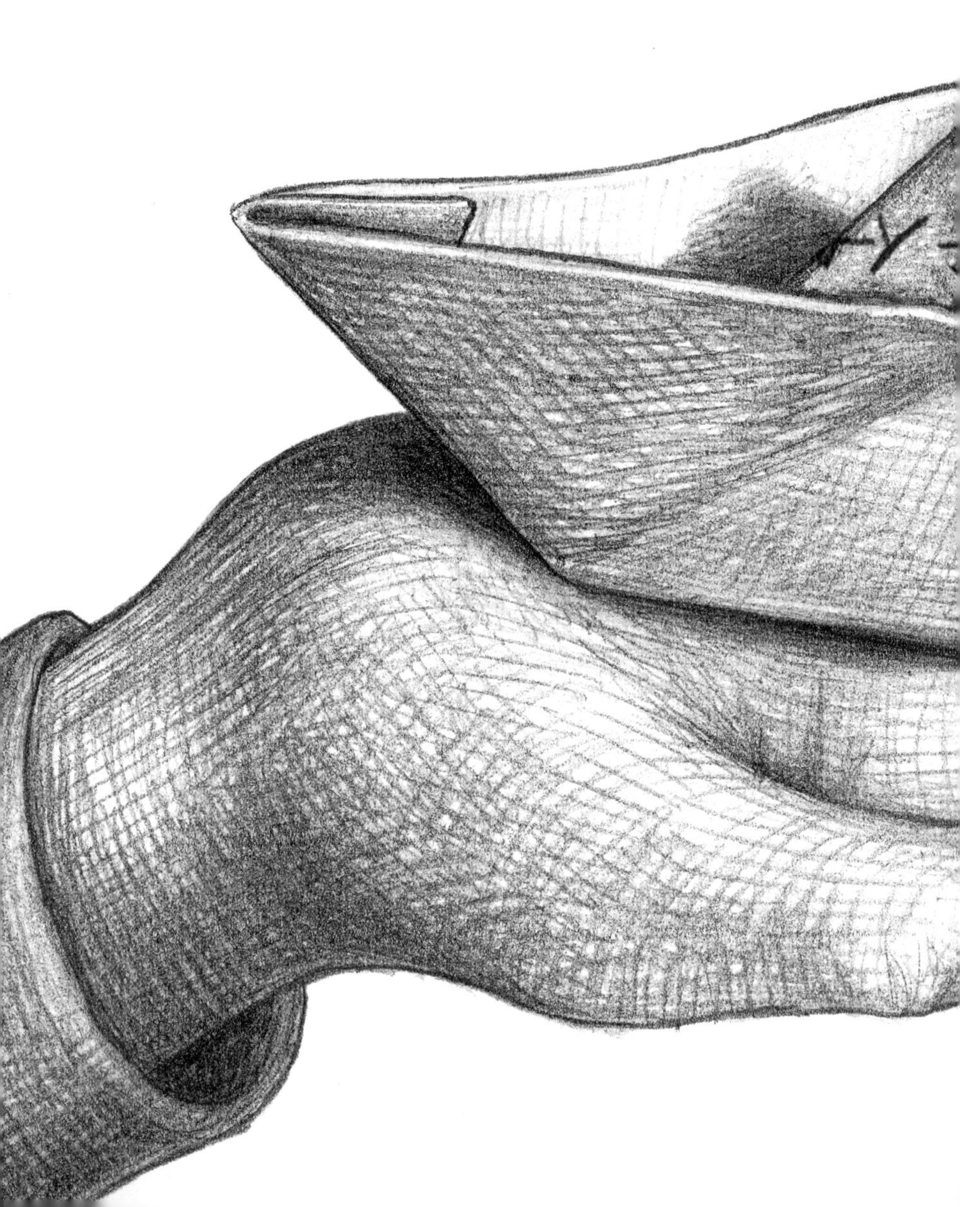

그녀는 벤에게 등을 돌린 채 제일 좋아하는 치마를 입고 음악에 맞춰 느릿느릿 춤을 추고 있었다. 왼손에는 담배가 위태롭게 매달려 있었다. 벤은 무릎이 탁 풀리는 것을 느꼈다. 어떻게든 몸을 지탱하려고 애쓰고 있는데 갑자기 문이 삐걱 소리를 내며 활짝 열렸다.

엄마가 뒤를 홱 돌아다봤다.

벤은 숨이 턱 막혔다.

엄마가 아니었다.

사촌 누나 재닛이었다. 누나는 엄마의 옷을 입고 엄마가 예전에 즐겨 피우던 담배를 들고 있었다.

"여기서 뭐하는 거야?" 깜짝 놀라 당황한 재닛이 눈을 동그랗게 뜨고 소리쳐 물었다.

"그러는 누난 여기서 뭐하는데?" 벤이 되물었다. "여긴 누나 집이 아니잖아! 그것도 누나 물건이 아니고!" 벤은 잠깐이라도 그녀가 엄마일지도 모른다고 생각했던 게 바보처럼 느껴졌다. 그래서 재닛이 눈치 채지 못하게 얼른 눈을 비벼 눈물을 닦았다.

재닛의 얼굴에서 핏기가 가셨다. "불을 켜지 말았어야 했는데. 벤, 난 그냥……."

"담배 피워?"

재닛은 그제야 그게 거기 있음을 깨달은 듯 손가락의 담배를 바라보았다. 그러고는 얼른 재떨이로 쓰는 유리잔에 담배를 비벼 껐다. "아니! 저…… 응." 재닛이 말했다. "응, 내 말은 말이야…… 그냥 가끔. 그냥…… 맙소사, 제발 우리 부모님께는 말하지 마. 아시면 날 가만두지 않으실 거야."

"여기 왜 왔어? 이해가 안 돼. 게다가 엄마 옷까지 입고."

"오, 벤. 미안해. 나만의 비밀로 하려고 했는데. 난……." 재닛은 침대에 걸터앉아 두 손에 얼굴을 묻고 울기 시작했다.

벤은 뭐라고 말해야 할지 생각나지 않았다. 왠지 누나에게 미안한 마음이 들었다. 언제나 벤에게 잘해 주려고 애쓰는 누나였다. 장례식이 끝나고 엄마의 옷장에 숨어 있던 벤을 찾아내 준 것도 누나였고. 로비가 알았다면 분명 웃음거리가 되었겠지만 누나는 아무에게도 말하지 않고 조용히 안으로 들어와 함께 앉아 있어 주었다. 둘은 그때 함께 울면서 말없이 서로를 위로했다.

재닛이 침대에서 벤을 올려다보았다. 그러더니 말총머리를 단단히 조이며 한숨을 내쉬었다. "벤, 여기가 너희 엄마 방이라는 거 알아. 난 그냥……." 그러더니 말을 멈추고 두 손을 목 뒤로 가져가 은 목걸이를 풀어 보석함에 내려놓았다. 한 번도 본 적이 없는 목걸이였다. 엄마는 장신구를 잘 하지 않는 편이었다.

침대에는 양철로 된 커피 깡통도 하나 놓여 있었다. 재닛은 깡통을 열어 벤에게 건넸다.

"이걸 찾아냈어. 너한테 필요할 것 같았어."

커피 깡통에는 현금이 가득 들어 있었다. 엄마가 모아 둔 비상금이 틀림없었다. 벤은 그것을 도로 재닛에게 주었다.

“아마 꽤 큰돈일 거야. 이건 벤, 네가 가져야 해.”

벤은 도리질을 하며 커피 깡통을 다시 재닛에게 내밀었다. 재닛은 깡통을 받아 침대에 내려놓고 자기 옷을 집어 들었다. “나…… 욕실에 가서 옷 좀 갈아입고 올게.” 재닛은 초조하게 말했다.

재닛이 방을 나간 뒤 벤은 멍하니 주위를 둘러보았다. 방은 기억하고 있던 그대로였다. 서류가 잔뜩 쌓여 있는 엄마의 책상과 침대. 침대에는 아직 움푹 패인 엄마의 흔적이 남아 있고, 침대 옆 탁자에는 도서관에서 빌려 온 책이 쌓여 있었다. 벤은 저 책을 반납해야겠다고 생각했다. 책이 연체된 사실을 알면 엄마가 슬퍼할 것 같았다.

“벤?”

벤은 그 소리에 벌떡 일어났다.

“괜찮아?” 재닛은 이제 밑단이 너덜거리는 자신의 청바지에 연두색 티셔츠 차림이었다.

벤은 멍하니 고개를 끄덕였다.

머리카락을 내려뜨려 귀 뒤로 넘긴 재닛은 옷장 가운데 서랍에 담뱃갑을 넣고 입었던 옷은 도로 옷장에 걸었다. 돈이 가득 든 커피 깡통은 뚜껑을 닫아 옷장 선반에 올려 두었다.

“자, 이제 집에 가자.” 재닛이 말했다.

“난 여기가 집이야.”

“알아, 미안해. 내 말은…… 우리 집으로 가자고.”

“싫어.”

“왜?”

“난 여기에 있을 거야.”

재닛이 걱정스러운 표정을 지었다. “그건 별로 좋은 생각 같 지 않아.”

벤은 발이 바닥에 붙은 것처럼 그 자리에 꼼짝 않고 서 있 었다.

“벤, 너, 날 겁주려는 거니? 너 혹시…….”

“이모랑 이모부한테 말하지 않을게.”

“뭘?”

“누나가 담배 피웠다는 거, 누나 부모님한테 이르지 않겠다 고. 그냥 여기 잠깐만 있게 해 줘. 나중에 갈게.”

“약속하지?”

벤이 고개를 끄덕였다.

“그리고 정말 말하지 않을 거지?”

“응.”

재닛이 셔츠를 똑바로 잡아 펴며 말했다. “너한테 신세를 졌 으니 네가 원하는 대로 해 줄게.”

재닛은 말없이 잠시 머뭇거리다 입을 열었다. “우리 모두 너희 엄마를 그리워해. 너도 알겠지만.”

벤은 고개를 끄덕였다.

“너무 오래 있지 마, 알았지? 폭풍우가 오고 있대.”

벤은 엄마의 보석 상자를 열어 재닛이 걸고 있던 은 목걸이를 꺼냈다. 엄마의 이름은 일레인 윌슨(Elaine Wilson)인데 로켓(사진 등을 넣어 목걸이에 다는 작은 갑—옮긴이 주) 앞면에 'EW'라는 머릿글자가 멋지게 새겨져 있었다. 예뻤다. 엄마가 이걸 어디에서 났는지, 왜 한 번도 목에 걸지 않았는지 이유는 알 수 없었다. 로켓을 열어 보려고 했지만 굳게 닫힌 듯했다. 벤은 엄마의 화장대에 달려 있는 작은 거울을 보며 로켓 목걸이를 목에 걸었다. 가슴에 닿는 은제 로켓의 감촉이 매끄러웠다.

옷장 문은 재닛이 열어 둔 그대로였다. 벤은 옷장으로 기어 들어갔다. 그 안에 웅크리고 앉아 있자 익숙한 엄마 옷의 냄새가 났다. 어렸을 때 벤은 이렇게 엄마의 신발 위에 불편하게 쪼그려 앉아 걸려 있는 옷가지 뒤에 숨는 것을 좋아했다. 엄마는 잠잘 준비를 하며 짐짓 이렇게 말하곤 했다. "우리 벤이 있으면 침대에서 함께 잘 텐데." 혹은 "벤이 있으면 함께 책을 읽을 텐데." 그러면 벤은 웃지 않으려고 숨을 참았다. 가끔 엄마가 "벤, 너 여기 있니?" 하고 물으면 벤은 "아니요!" 하고 대답했다. 마지막까지 기다리던 엄마는 늘, "어라, 내 슬리퍼가 어디 있는지 모르겠네." 하면서 옷장 문을 확 열어젖혔다가 그 안에 숨어 있는 벤을 발견하고 깜짝 놀라는 시늉을 했다. 엄마와 마지막으로 이런 장난을 한 지도 꽤 오래되었다.

벤은 무릎에 얼굴을 묻었다. 밖에서 들려오는 비바람 소리를 듣지 않으려고 잘 들리는 쪽 귀를 손가락으로 틀어막았다. 조금 전부터 내리기 시작한 비가 지붕과 유리창을 후드득 때렸다.

문득 선반에 올려 둔 커피 깡통 생각이 났다. 벤은 옷장에서 기어 나와 의자를 가져온 다음 커피 깡통을 내렸다. 깡통 안에는 돈이 아주 많았다. 몇백 달러쯤 될 것 같았다. 엄마가 이렇게 많은 돈을 모았다는 게 믿어지지 않았다. 이 방에 엄마가 숨겨 둔 비밀이 또 있는 게 아닐까? 그걸 발견하기도 전에 이모와 이모부가 이 집을 팔아 버리면 어떡하지?

벤은 깡통을 선반에 도로 올려놓고 잘 개어 놓은 엄마의 스웨터들을 여기저기 더듬어 보았다. 아무것도 없었다. 엄마 물건을 이것저것 뒤져 보려니 기분이 묘하고 울적해졌지만 멈출 수가 없었다. 벤은 의자에서 내려와 스탠드가 놓인 침대 옆 탁자와 화장대의 서랍을 모두 열었다. 수많은 영수증과 이해하기 힘든 세금 관련 서류, 잡지에서 오려 낸 기사들이 잔뜩 들어 있었다. 도서관과 관련된 파일과 정체 모를 서류 뭉치도 보였다. 이윽고 벤은 화장대 오른쪽 가장 아래 서랍에서 무늬 없는 마분지 봉투를 발견했다. 봉투를 꺼내어 뒤집어 보았다. 주소도 우표도 없었다. 벤은 가만히 봉투를 열었다.

안에 박엽지로 단단히 싼 뭔가가 들어 있었다.

테이프로 밀봉되어 있지 않아서, 그냥 종이를 벗겨 냈다. 매끄러운 표지가 낡아서 쭈글쭈글해진 푸른색의 조그만 책이었다. 앞면에는 검정색으로 '원더스트럭(WONDERSTRUCK)'이라는 제목이 찍혀 있었다.

벤은 책장을 훑어 넘겼다. 박물관의 역사에 관한 책이었다. 뒤표지에는 이렇게 씌어 있었다. "뉴욕 주, 뉴욕, 미국 자연사 박물관 펴냄."

엄마가 나에게 주려던 선물일까? 나를 깜짝 놀라게 하려고 감춰 두었을까?

벤은 책을 다시 앞쪽으로 넘겼다. 책의 맨 앞부분 어느 페이지의 가장자리에 아이가 그린 듯한 서툰 그림이 있었다. 작은 꽃과 잎사귀 그림이었다. 한가운데에는 어른의 필체로 쓰인 글귀가 있었다. 빨간색 잉크로 이렇게 씌어 있었다.

대니에게,
사랑하는 M으로부터

벤은 대니가 누구일까 궁금했다. 그리고 M은? 손글씨가 아주 고풍스러운 것을 보니 백 년 전쯤에 쓴 것도 같았다. 어쩌면 이건 엄마가 시내 헌책방에서 발견한 책일 수도 있었다. 아니면 매년 열리는 도서관의 책 판매 행사 때 누가 기증한 것일 수도 있고. 어느 쪽이든, 지금은 벤의 것이었다.

침대에 걸터앉은 벤은, 최대한 조심스럽게 책을 펼쳤다. 그 사고 이후로는 통 책을 읽지 않았었다. 벤은 『원더스트럭』을 몇 장 넘겨 가며 읽기 시작했다.

1869년 당시 뉴욕에는, 보스턴이나 시카고, 워싱턴, 또 유럽의 어느 도시에 가더라도 쉽게 볼 수 있었던 미술관이나 자연사 박물관이 하나도 없었다. 어린 시어도어 루스벨트(미국의 제26대 대통령, 미국 자연사 박물관을 세우는 데 큰 기여를 함. 그의 동상이 박물관 앞에 있다.—옮긴이 주)는 자기 집 뒤뜰에 작은 박물관을 마련했고, 같은 해 그의 아버지는 미국 자연사 박물관을 건립하기 위한 운동을 시작했다.

그런데 여기에서 잠깐 멈추고 스스로에게 질문을 해 보자. 박물관이란 정확히 무엇을 가리킬까? 집 뒤뜰에 수집해 놓은 도토리와 나뭇잎일까, 아니면 지구상에서 가장 희귀하고 진귀한 물건들을 보관하기 위해 수만 달러를 들여 지은 거대한 건물일까?

"둘 다지!" 벤은 자기도 모르게 큰 소리로 대답했다.

물론 둘 다 정답이다. 박물관은 특별히 멋진 이야기를 들려주기 위해 세심하게 모은 물건들을 전시해 놓은 곳이다.

예를 들어 전 세계 유명 박물관에 전시된 수없이 많은 조개껍데기, 돌, 뼈, 보석 등에 대해 생각해 보라. 이 물건들은 느닷없이 불쑥 튀어나온 게 아니다. 시어도어 루스벨트 같은 누군가가 수집하고 분류하고 정리하여 전시해 놓은 것이다.

줄기차게 지붕과 창문에 폭포처럼 쏟아지던 비가 아련하고 먼 북소리를 냈다. 벤은 계속 책을 읽었다.

큐레이터의 역할은 매우 중요하다. 박물관에 무엇을 소장할지를 결정하는 사람이기 때문이다. 큐레이터는 소장품을 어떻게 전시할지 구체적으로 결정한다. 어떤 의미에서는 자기 집에 혼자 두고 볼 물건을 수집하는 사람도 큐레이터다. 단순히 어떤 물건을 보여 줄 것인지 선택하고, 어떤 그림을 어디에 걸고, 책을 어떤 순서로 꽂을

지 결정할 때도 당신은 박물관의 큐레이터와 같은 역할을 한다.

벤은 자신도 큐레이터일까 궁금했다. 지금까지는 자신이 '왜' 이것저것을 수집하는지에 대해 한 번도 생각해 본 적이 없었다. 그저 모으고 싶으니까 모았을 뿐이었다. 벤은 자신의 나무 상자를 떠올렸다. 어쩌면 그것도 '박물관' 상자일지 모른다. 그는 지금 건플린트 호수에 대한 박물관을 만들고 있는 건지도 모르는 일이다.

Time to see it...
Lillian Molen
rears her
Stylish new
MORGAN
WATCH

CINEMA
영화관

CINEMA

무시무시한 천둥소리가 났다. 벤은 손가락으로 로켓을 매만지다가 몇 쪽을 넘겼다.

수백 년 전, 초기의 수집가들은 수집품을 '호기심의 방'이라고 부르는 가구들에 분류하여 보관했다. 조각 장식이 된 그 진열장에는 수십 개의 조그만 문과 서랍이 달려 있고, 그 숨겨진 공간은 거의 무한하다고 할 정도로 다양하고 놀라운 물건들로 채워져 있었다. 이 진열장에는 귀한 보석부터 유니콘의 뿔, 정교하게 조각된 상아, 어떤 독이라도 치료할 수 있는 마법의 약까지 별의별 것이 다 들어 있었다. 훌륭하고 아름다운 예술 작품들 또한 자연의 경이로움을 느낄 수 있는 수집품들과 어깨를 나란히 했다. 어떤 수집품은 진열장 하나로는 넘쳐서 방 전체를 차지하기도 했다. 관람객들은 이 방으로 걸어 들어와 마치 책을 읽듯 수집품들의 이야기를 듣고 수집품이 진열된 방식을 통해 세상의 경이로움을 배웠다. (26번 그림을 보라.)

26번 그림은 위에 설명한 방을 묘사한 오래된 그림이었다. 방 전체의 벽에 엄마의 도서관처럼 선반이 들어차 있는데, 그림 속의 것이 훨씬 더 멋졌다. 선반에는 이상한 물건들이 가득 놓여 있고 어떤 것은 천장에 매달려 있었다. 화려한 장식의 유리병, 조개껍데기와 뼈가 들어 있는 서랍, 줄 지어 진열된 새들, 정체불명의 바다 생물, 사람 머리와 악어, 이상한 모양의 조각품, 그리고 벤이 도저히 알 수 없는 많은 물건들도 있었다.

방 한가운데에는 윗부분이 조개껍데기와 산호로 장식된 아름다운 진열장이 하나 놓여 있었다. 벤은 놀라워하며 그 그림을 자세히 들여다보았다.

관람객들은 앞에 놓인 모든 것들을 보는 동안 일종의 '경이로움'과 '경외감'을 느끼게 된다. 만약 여러분이 공룡의 뼈를 올려다본 적이 있거나 거대한 다이아몬드를 본 적이 있다면, 또는 갈라지고 메마른 오솔길에 홀로 자라난 불타는 듯이 붉은 꽃 같은 자연의 아름다움과 마주친 적이 있다면 아마도 이런 경이로움이 어떤 느낌인지 알 것이다.

ARTCRAFT P
DAU
S

〈폭풍의 딸〉

STA[...]

Li[...]

MAY[...]

ING

ian

HEW

릴리언 메이휴 주연

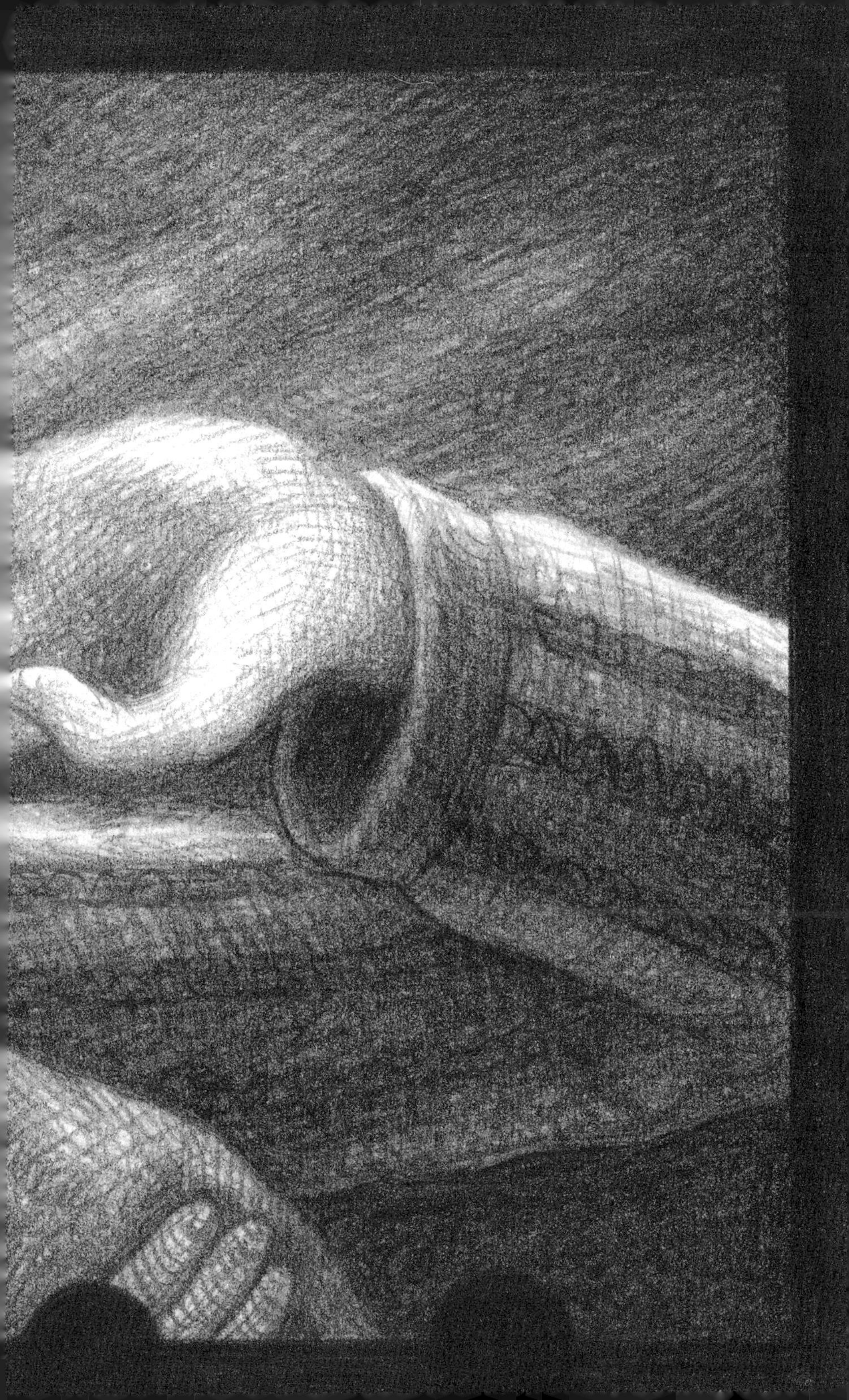

"Oh
The s
he

“어떡하지? 폭풍우가 다가오고 있어!”

백열의 전기를 머금은 번갯불이 하늘을 내달리더니 이어서 어마어마하게 큰 천둥소리가 들렸다.

전기가 나갔다.

벤은 이제 이모네 집으로 돌아가고 싶었다. 그래서 바지 뒷주머니에 책을 꽂고 손전등을 꺼내 든 채 부엌으로 향했다.

그런데 우산을 찾을 수가 없었다. 하는 수 없이 복도 벽장에서 엄마의 겨울 외투를 꺼내 머리까지 뒤집어쓰고 비를 막기로 했다. 번개는 계속 번쩍거리며 카메라 플래시처럼 순간적으로 방안을 밝혔다. 또 한 번 천둥소리가 집을 뒤흔들었다. 벤은 폭풍우가 멎을 때까지 여기에서 기다리는 게 낫다는 것을 깨달았다. 단 여든세 발짝이라도 이런 날씨에는 훨씬 더 멀게 느껴질 터였다.

벤은 외투를 벗고 다시 엄마의 방으로 왔다. 그러고는 엄마 침대의 움푹 꺼진 곳에 등을 대고 누웠다. 불빛이 위쪽을 향하도록 손전등을 어깨에 괴어 놓은 다음 책을 그 위로 펼쳐 들었다. 책을 막 읽으려는데 책장 사이에서 뭔가가 팔랑거리며 가슴으로 떨어졌다. 오래된 책갈피였다.

일어나 앉아 그것을 살펴보았다. 가장자리가 너덜너덜한 책갈피에는 어떤 가게를 묘사한 흑백 그림이 그려져 있었다. 그림 속 가게에는 책들이 창가 높이 쌓여 있는 것으로도 모자라 길가에 놓아둔 상자와 책장에도 가득 담겨 있었다. 문간에는 검은 고양이가 불안하게 앉아 있었다. 창문 위 차양에는 '킨케이드 서점'이라고 적혀 있었다. 그리고 책갈피 아래쪽에 서점의 주소와 전화번호가 있었다.

벤은 책갈피를 뒤집어 보았다. 검정 잉크로 쓴 글씨가 보였다.

일레인, 나의 분신을 당신에게 선물하오.
부디 전화나 편지로 연락해 주기 바라오.
기다리고 있겠소.
1965년 2월, 사랑하는 대니가.

그 아래에 적혀 있는 것은 뉴욕 어느 곳의 전화번호와 주소였다.

"Where

find

from the

can we

helter

storm?"

벤이 태어난 이후로, 벤이 아는 한 엄마에게 남자친구가 있었던 적은 한 번도 없었다. 호숫가나 마을에 친구들이 더러 있었고 벤에게 행선지를 알리지 않고 외출했다 늦게 귀가한 적은 가끔 있었지만, 엄마는 한 번도 누구를 집에 데려온 적이 없었고, 그래서 벤도 엄마에게 물어보지 않았다. 엄마에게는 오직 톰 소령뿐이었다. 하지만 그가 상상 속의 인물이라는 것은 벤도 잘 알았다. 벤은 책갈피에 적힌 날짜를 한참 들여다봤다. 자신이 태어난 해였다.

머릿속에서 모든 사실이 서서히 이해되기 시작했다. 만약 내가 태어나던 해에 대니라는 남자가 엄마와 알고 지냈고, '사랑하는 대니'라고 썼다면 그가 엄마의 남자친구였을 가능성이 있지 않을까? 만약 남자친구였다면, 어쨌든 내 아빠일 가능성도 있지 않을까? 한순간에 모든 게 가능해 보였다. 벤은 날이 밝으면 이모한테 혹시 아는 게 있는지 물어보리라 다짐했다.

책갈피에 적힌 주소를 다시 읽어 보았다. 아빠가 뉴욕에 살고 있을지도 모른다는 생각이 머리를 떠나지 않았다. 뒤 이어 엄마가 모아 둔 비상금 생각이 났다.

벤은 이마를 문질렀다. 상상을 하는 중이었다. 어쩌면 엄마는 덜루스 여행보다 더 거창한 계획을 세웠었는지도 모른다. 혹시 엄마는 난생 처음, 벤을 아빠한테 소개하려고 뉴욕에 데려갈 계획을 세웠던 게 아닐까?

벤은 참았던 숨을 휴 하고 내뱉었다. 내가 무슨 생각을 하고 있는 거지? 설령 대니가 엄마의 남자친구였다고 해도, 그가 아빠라는 증거는 어디에도 없었다.

벤은 목걸이를 다시 목에 걸고 멍하니 손톱으로 로켓의 가장자리를 더듬었다. 놀랍게도 로켓이 찰칵하고 열리는 게 느껴졌다.

벤은 엄마의 사진을 기대했지만 거기에 들어 있는 것은 어떤 남자의 조그만 흑백사진이었다. 수염과 구레나룻을 기른 남자의 크고 검은 눈은 어쩐지 친근해 보였다.

사진이 로켓에서 살짝 들려 있었다. 벤은 사진을 조심스럽게 떼어 냈다. 뒷면에 웬 이름이 적혀 있었다. '대니얼.'

사진을 쥔 손이 떨렸다.

벤은 사진을 뒤집어 다시 로켓 안에 꾹 눌러 넣었다. 그런 다음 대니얼의 눈을 뚫어져라 봤다. 이제야 왜 그의 눈이 친근하게 느껴지는지 알 것 같았다. 그의 눈은 벤의 눈과 꼭 닮아 있었다.

그게 증거였다!

벤의 아빠는 별들 사이로 영원히 사라진 톰 소령이 아니었다. 뉴욕에 살고 있는 대니얼이 벤의 아빠였다.

책갈피에 적힌 전화번호를 들여다보았다. 이제 아빠에게 전화를 하기만 하면 된다.

침대 옆에 놓인 푸른색 전화기 쪽으로 간 벤은 몇 번이고 전화번호를 읽었다.

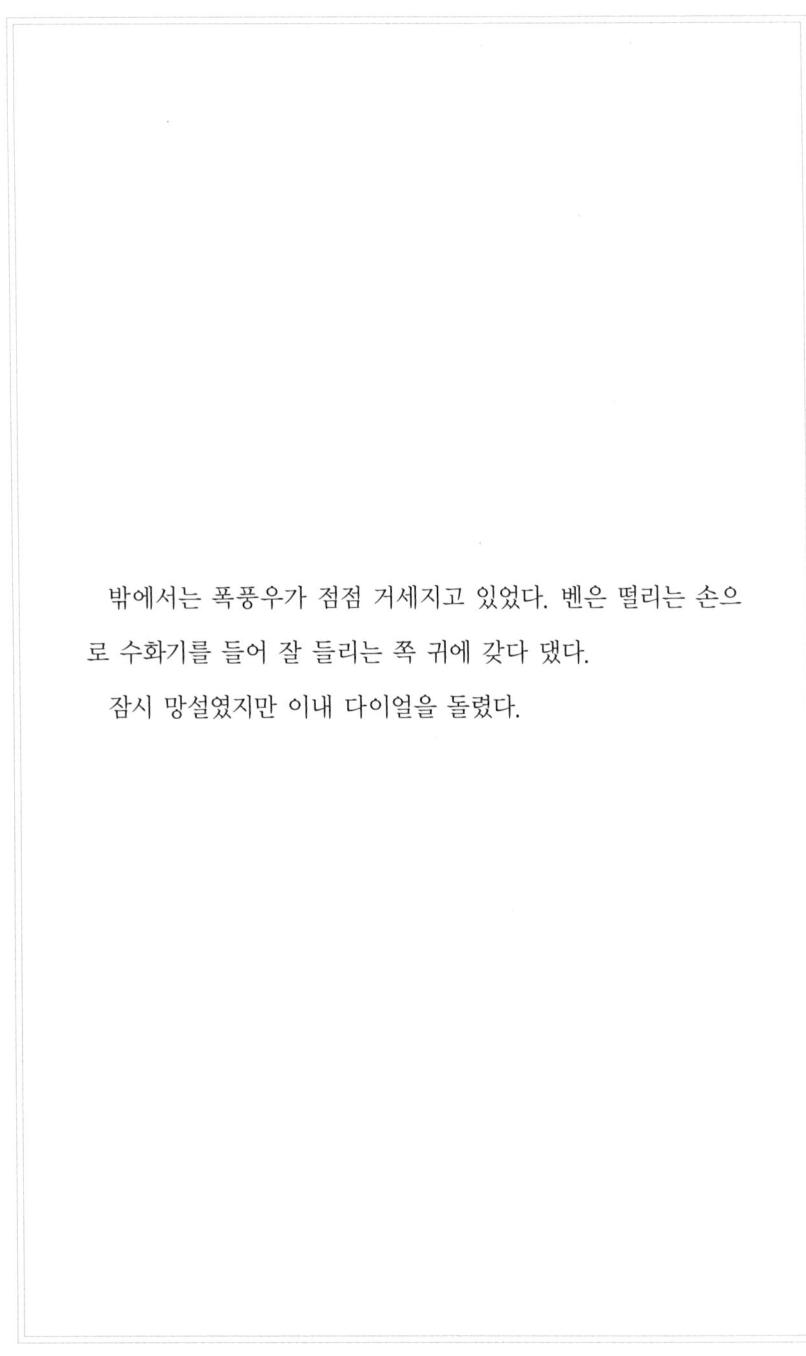

밖에서는 폭풍우가 점점 거세지고 있었다. 벤은 떨리는 손으로 수화기를 들어 잘 들리는 쪽 귀에 갖다 댔다.

잠시 망설였지만 이내 다이얼을 돌렸다.

책갈피를 책 사이에 다시 끼웠다.

신호음이 들려왔다.

The

An Artcraft P

End

ares Production

끝

CLOSED
for
SOUND
INSTALLATION

음향 장치 설치로 휴관
음향 장치 설치로 휴관

말하는 영화가 왔다.
월드 전기 주식회사
이제는 영화를 듣자!

CLOSED
for
SOUND
INSTALLATION

CLOSED
CLOSED
for the
installation
of Hoboken's
FIRST
SOUND SYSTEM
EXPERIENCE
100% all talking
SEE + HEAR
ALL YOUR

호보켄 최초의 음향 장치 설치로
휴관. 보고 듣는, 100% 유성 영화
의 세계를 경험하세요.

EXPR
100% all
SEE
ALL

IENCE.

talking

HEAR

YOUR

RIT?

보고 듣는, 당신이 좋아하는
100% 유성 영화의 세계를
경험하세요.

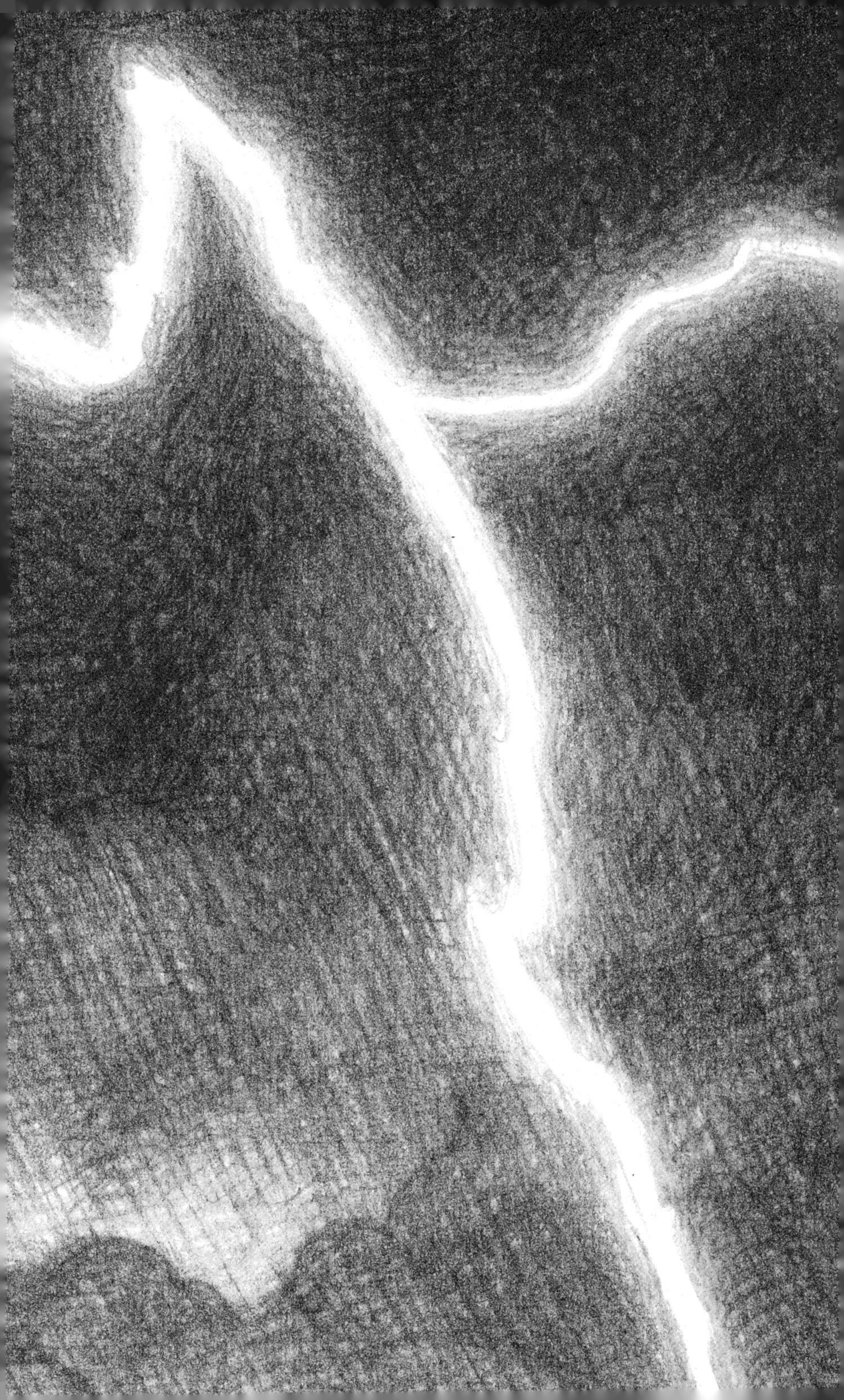

눈을 떴을 때 벤은 천장을 바라보며 바닥에 누워 있었다.

뭔가 타는 듯 매캐한 냄새가 났다. 다행스럽게도 비는 그쳤는지 사방이 조용하고 평화로웠다. 이제는 이모네 집으로 돌아갈 수 있을 것 같았다.

바닥에서 일어나고 싶었지만 피곤함이 밀려왔다. 망원경을 거꾸로 들고 볼 때처럼 침대와 그 옆의 탁자, 옷장이 아주 멀어 보였다.

멀리 푸른색 전화기도 보였다. 수화기는 내려져 있고, 어찌 된 일인지 불에 탄 것 같았다.

그때 창밖에 도저히 있을 수 없는 광경이 보였다. '비'가 보였던 것이다. 여전히 하늘에서 쏟아져 내리는 비가 유리창을 세차게 때리고 있었다. 천둥은 치지 않고 번개만 번쩍하고 빛났다.

참 이상하다. 벤은 생각했다. 폭풍우가 멎은 게 아니었다. 비가 참 조용히 내리네. 아까는 그렇게 요란하게 오더니. 시끄러운 소리가 왜 안 나는 걸까?

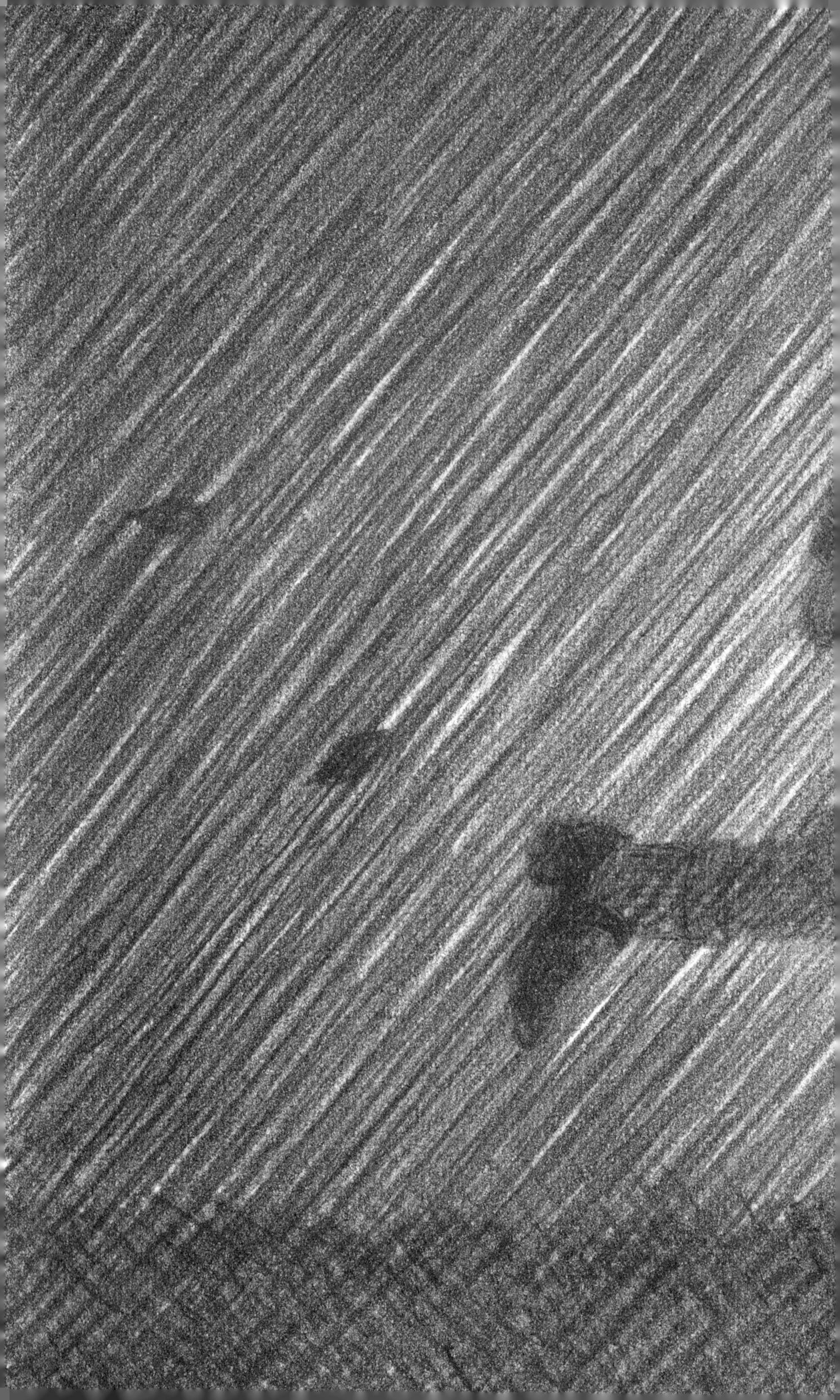

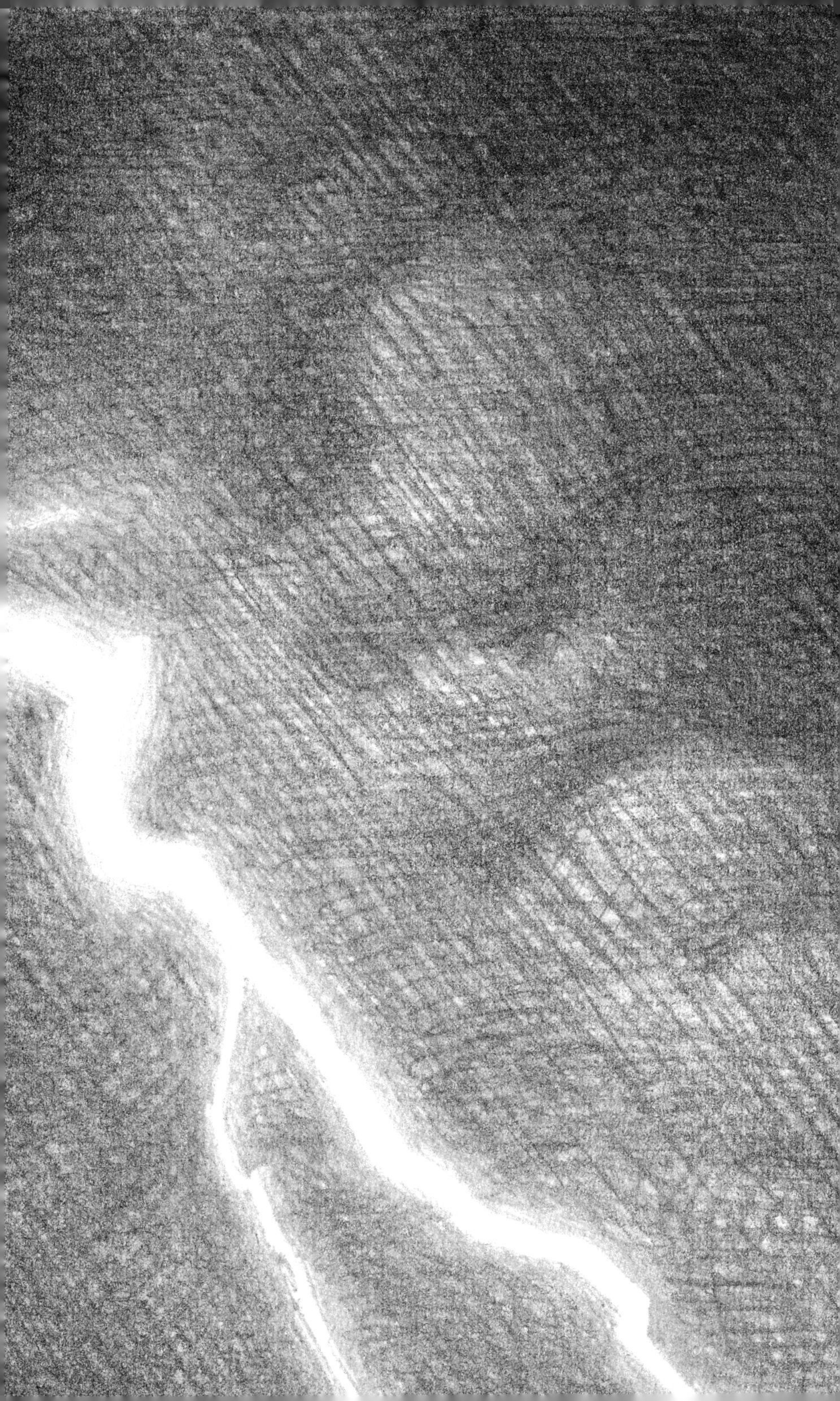

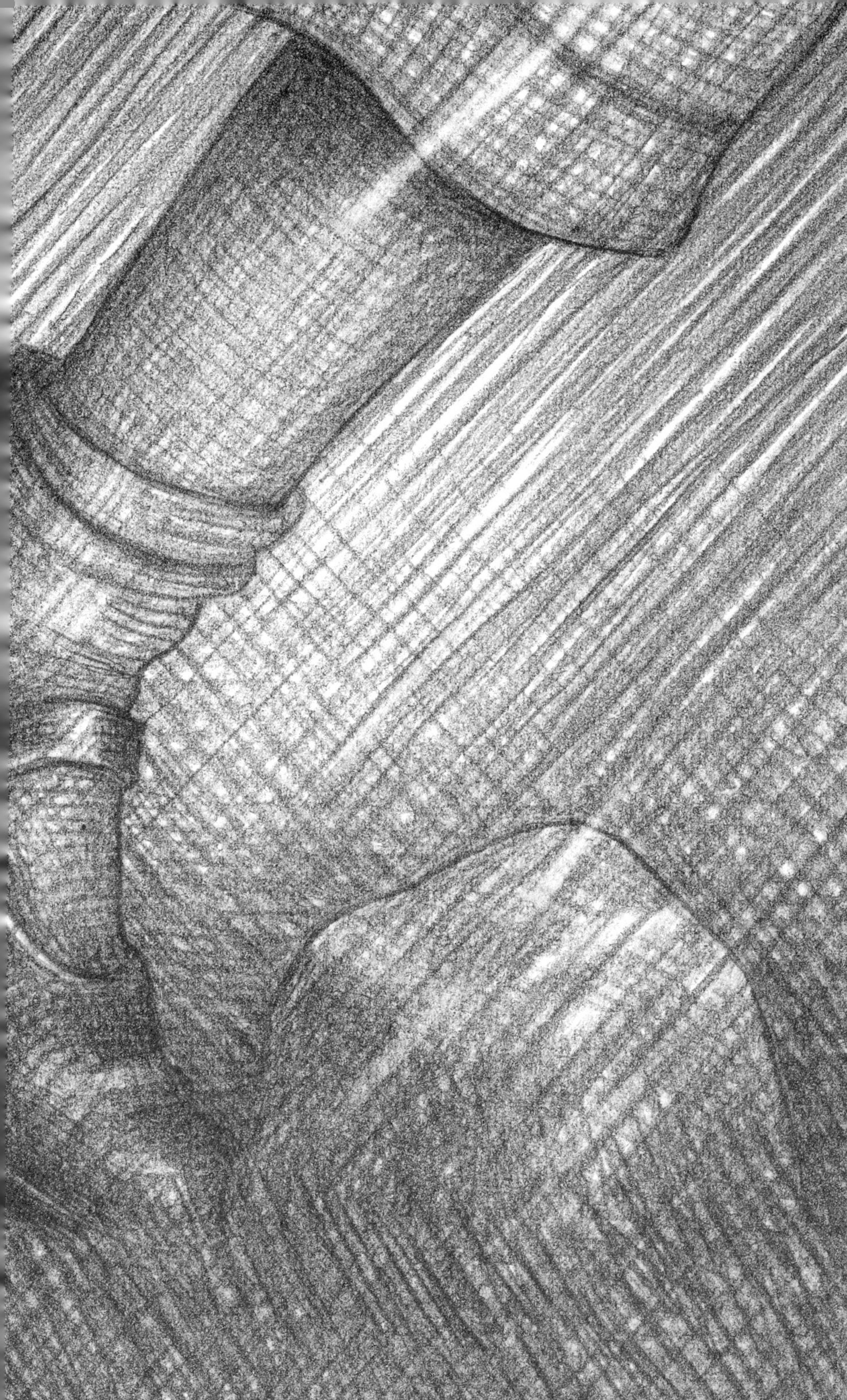

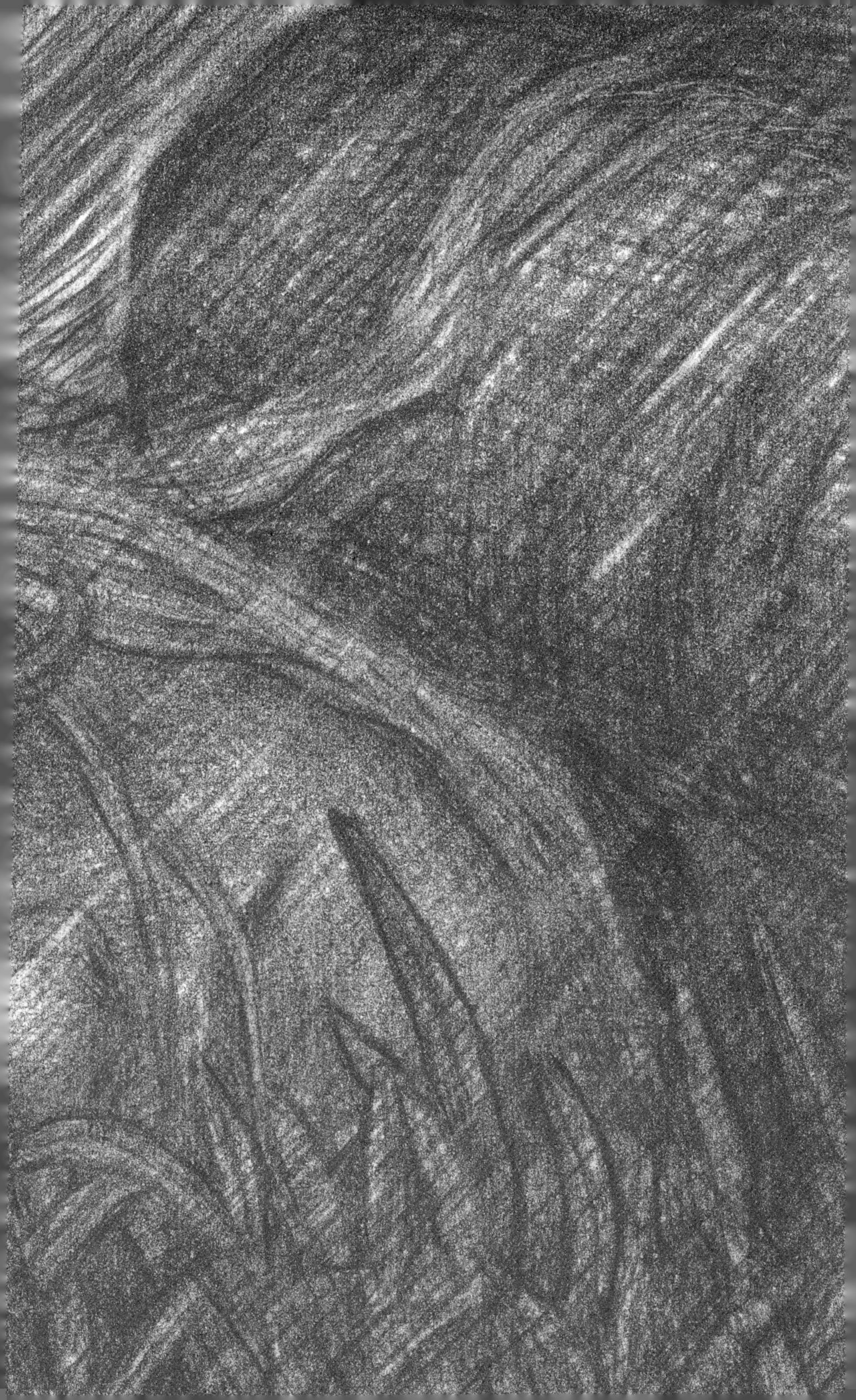

도와달라고 소리치려 했지만 목소리가 나오지 않았다. 주위를 둘러보았다. 엄마의 방은 추웠고, 하얗게 변해 있었다. 지나치게 밝은 형광등이 천장에서 빛을 뿜었다. 기계와 튜브들이 벤을 어지럽게 에워싸고 있었다. 이곳은 엄마의 방이 아니었다.

흰 옷을 입은 어떤 여자가 다가왔다. 머리에는 작은 하얀색 모자를 쓰고 목에는 청진기를 걸고 있었다. 제복 위에 '린다'라고 쓴 이름표가 달려 있었다. 눈빛이 친절해 보였다.

간호사인가? 간호사가 왜 있지? 여기는 병원인가? 내가 왜 여기에 왔지?

벤은 린다의 입을 쳐다보았다. 입은 움직이는데 아무 소리도 나오지 않았다. 왜 말을 안 하는 거지?

화장실에 가려고 몸을 일으키자 린다가 제지했다. 그녀의 입이 다시 조용히 움직였다. 그녀는 마치 '쉬이잇' 하고 말하는 듯 자기 입술에 손가락을 갖다 댔다. 벤은 자기가 왜 여기에 있는지 설명해 달라고 큰 소리로 말하고 싶었다. 하지만 너무 지친 데다 머리가 깨질듯이 아팠다. 그래서 간호사가 다시 베개에 눕혀 주는 대로 가만히 몸을 맡기고 눈을 감았다. 하지만 벤이 고함을 지른 게 분명했다. 간호사가 한 명 더 와서 약을 주었기 때문이다. 린다는 벤의 잘 들리는 쪽 귀 가까이에서 두 손가락을 딱 하고 서로 부딪쳤다. 왜 아무 소리도 안 들리지? 린다가 차트를 꺼내 뭐라고 적었다.

벤은 눈꺼풀이 너무 무거워서 감아 버렸다. 어쩌면 꿈을 꾸고 있는 건지도 몰랐다.

제니 이모가 나타난 건 그때로부터 며칠, 아니면 몇 분 만이 었을까? 이모의 충혈된 눈에 눈물이 어려 있었다. 이모가 침대에 걸터앉아 벤의 머리카락을 쓰다듬었다. 엄마가 그랬던 것처럼 벤의 뺨도 어루만졌다. 산장에서 요리를 하다 그대로 달려왔는지 이모에게서 음식 냄새가 났다. 벤은 움직이는 이모의 입술을 주시했다. 서로 수군거리는 간호사들의 모습이 보였다. 머릿속에 나뭇잎이 가득 든 것처럼 느껴졌다. 입을 열어 들리지 않는다고 말하려 했지만 아무 말도 나오지 않았다.

간호사가 제니 이모에게 종이 한 장과 펜을 건넸다. 이모는 뭐라고 끼적인 다음 종이를 벤에게 건넸다.

"안 들리는 거 알아. 말하려고 애쓰지 마. 그냥 가만히 누워 있어."

머리가 지끈거렸다. 이모는 내가 무슨 생각을 하는지 어떻게 알았을까?

"넌 사고를 당했어. 벼락에 맞았어. 하지만 괜찮아질 거야."

제니 이모가 단어 한 개를 썼다가 지우고 다시 썼다.

"……네카 너희 집에 벼락이 떨어졌어. 전기가 전선을 타고 네가 귀에 대고 있던 전화기로 흘러 들어갔어."

벤은 잘 들리는 아니, 잘 들렸던 쪽 귀를 손으로 비볐다. 벼락에 맞았다고? 내가 그때 집에서 무엇을 하고 있었지? 수화기는 왜 들고 있었지? 벤은 기억을 되살리려고 애를 썼지만 생각나는 것이라고는 은제 로켓뿐이었다. 벤의 손이 본능적으로 목으로 향했다. 그런데 로켓이 없었다.

"재닛이 오늘 아침 너희 엄마 방에서 널 발견했어. 미안하다, 벤. 네가 너무 많은 일을 겪게 해서."

벤은 무슨 말이든 해야겠기에 일어나 앉으려 했지만 이모는 벤을 편안히 눕히며 눈으로 흘러내린 머리칼을 쓸어 올려 주었다. 이모는 코를 풀고 나서 계속 적었다.

"의사가 검사를 더 해 봐야 한대. 내일 널 덜루스 어린이 병원으로 옮길 거야."

덜루스? 내가 덜루스로 간다고? 거긴 한때 가고 싶어 하던 곳이 아니던가?

이모를 보고 있는 벤의 눈앞에 환히 빛나는 노란색 커튼의 환영이 나타났다. 그러고 나서 조개껍데기로 만든 거북이가 나타나고, 낡은 푸른색 책이 보이고, 그 다음에는 모든 이미지가 흐려졌다.

머리와 몸이 어찌나 쿡쿡 쑤시던지 벤은 다시 눈을 감아야 했다. 고통스러워서 비명을 지른 게 분명했다. 간호사가 약을 더 가지고 와서 정맥 주사를 놓았던 것이다. 서서히, 서서히 통증이 사라지고 침묵이 그를 완전히 삼켜 버렸다.

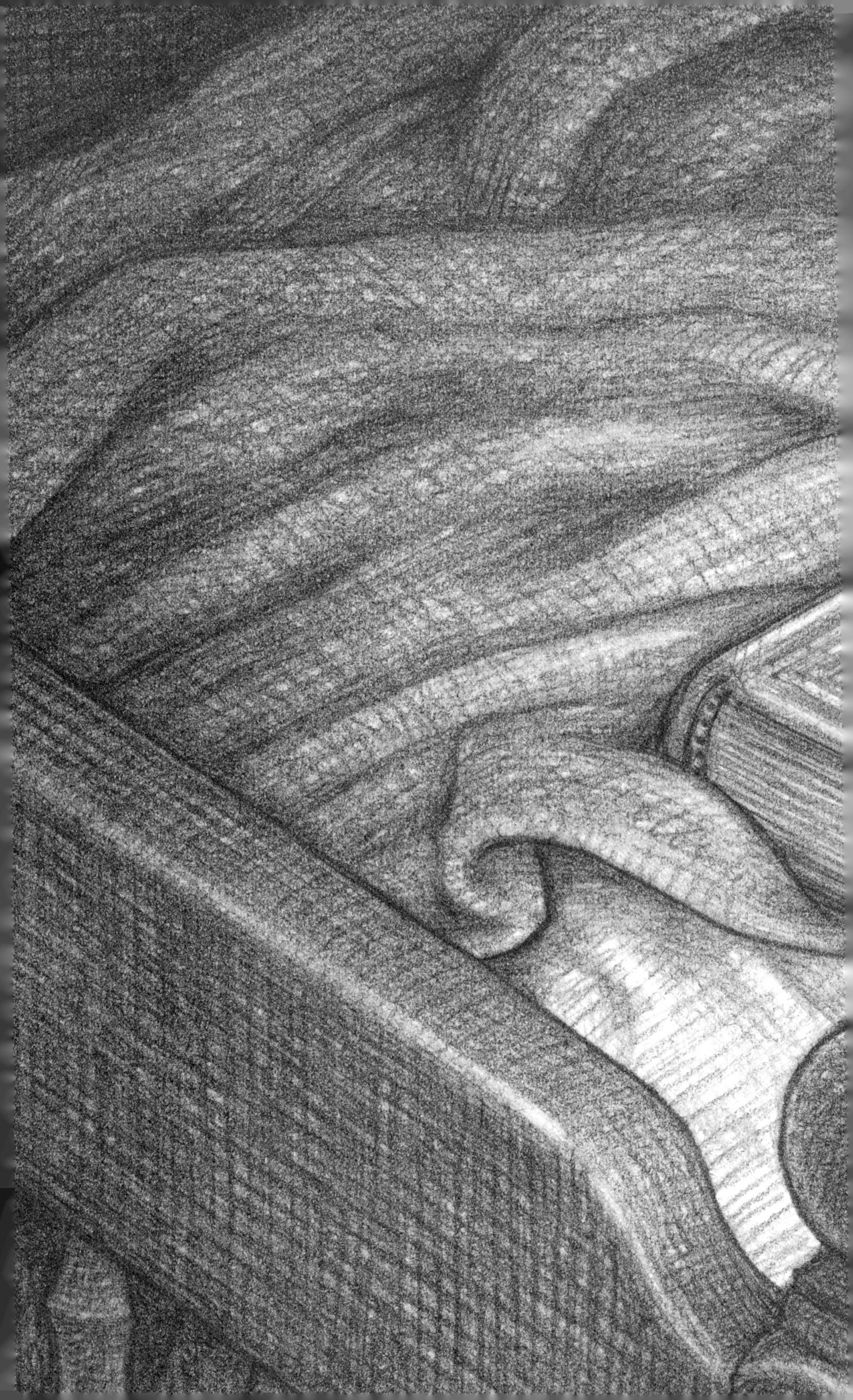

『청각장애인을 위한
독순법과 구화』
T. M. 맥길 박사 지음

혼나 볼 테냐?
가정교사 선생님이
연습하라고 두고 가신
책이다.
— 아비
TEACHING
THE DEAF
TO
LIPREAD
AND SPEAK
BY
DR. J.M. McGill
1927
AND

TEACHING
THE DEAF
TO
LIP-R
AND S
DR. T.M. McGill

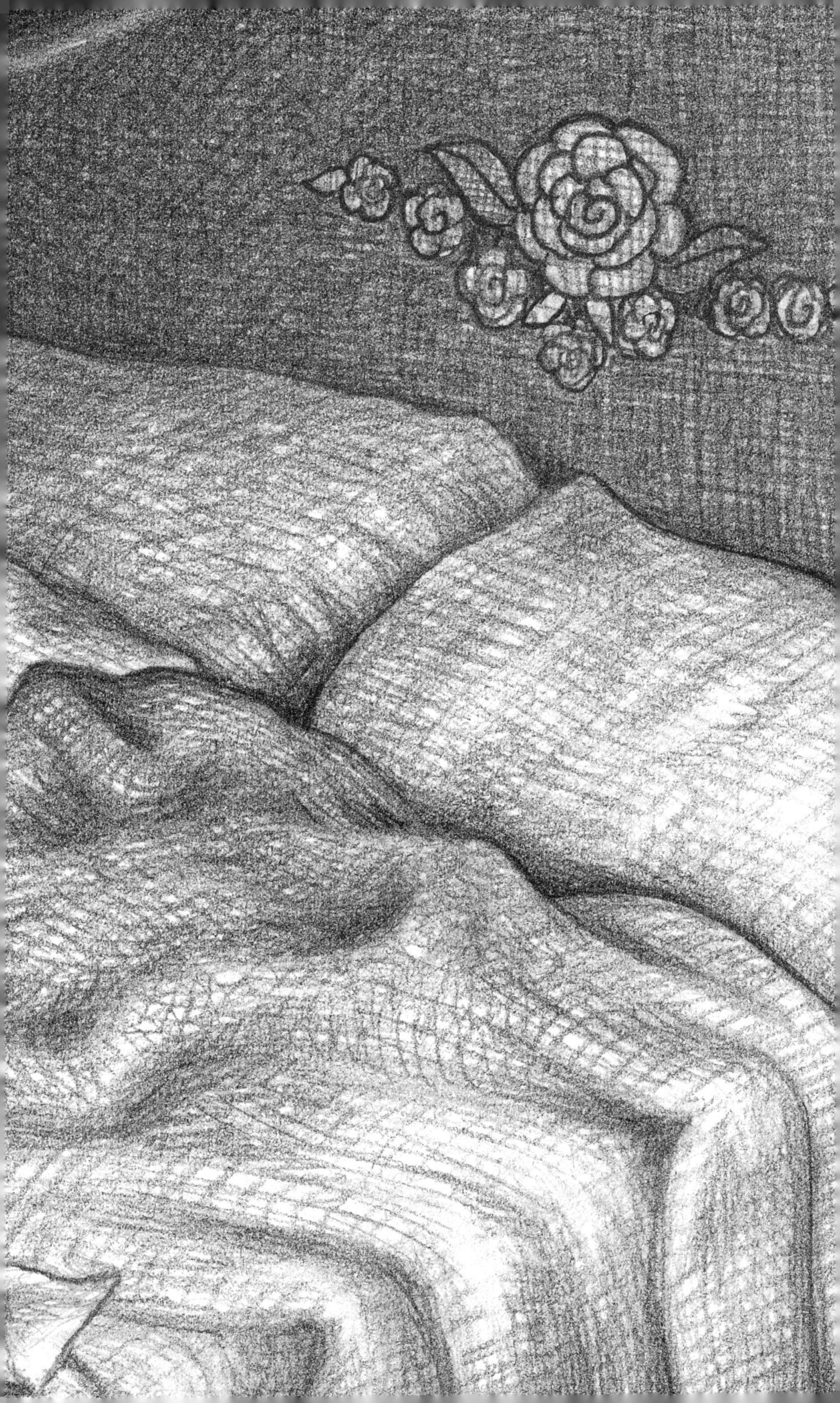

TEACHING THE DEAF TO LIP-READ AND SPEAK

INTRODUCTION

In this volume we will discuss how best to teach the deaf child to communicate. We must remember that spoken language brings a child more closely into contact with the world. A deaf person who cannot lip-read or speak has only one means of communication with the world — pencil and pad. The more speech a deaf child has, the larger his circle of friends.

In the uneducated deaf-mute we see the mind confined within a prison. He knows nothing of the touching power of the human voice. But with much work the deaf can be helped to communicate with the hearing world. Even Miss Helen Keller said her own education in speech and lip-reading brought her from isolation to "friendship, companionship [and] knowledge."

So let us begin our work.

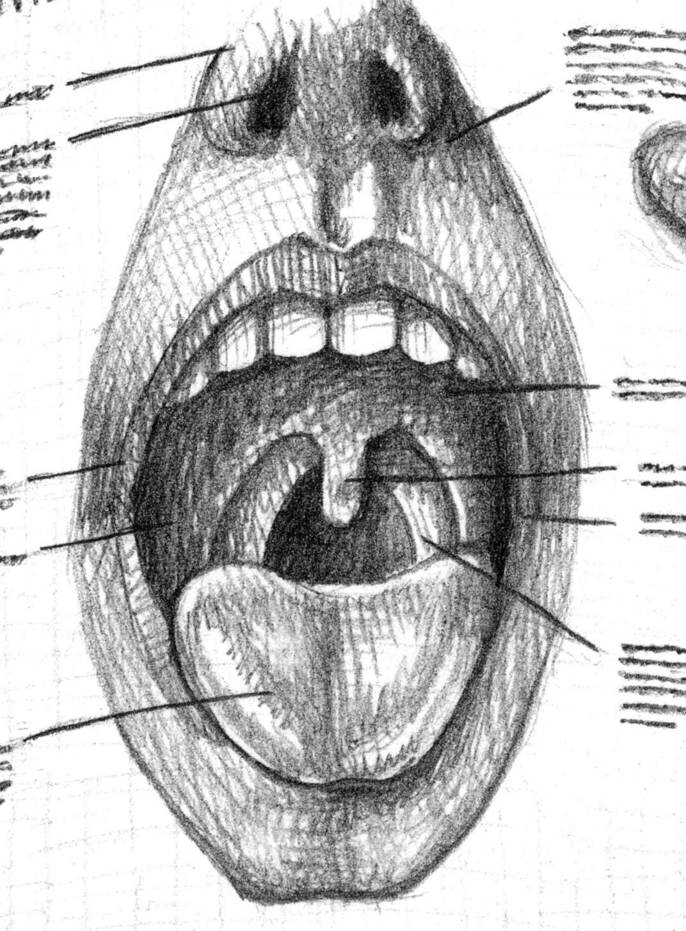

CHAPTER ONE

THE ELEMENTS CLASSIFIED

MOUTH CAVITY

NG THE DEAF
AD AND SPEA
NTRODUCTION

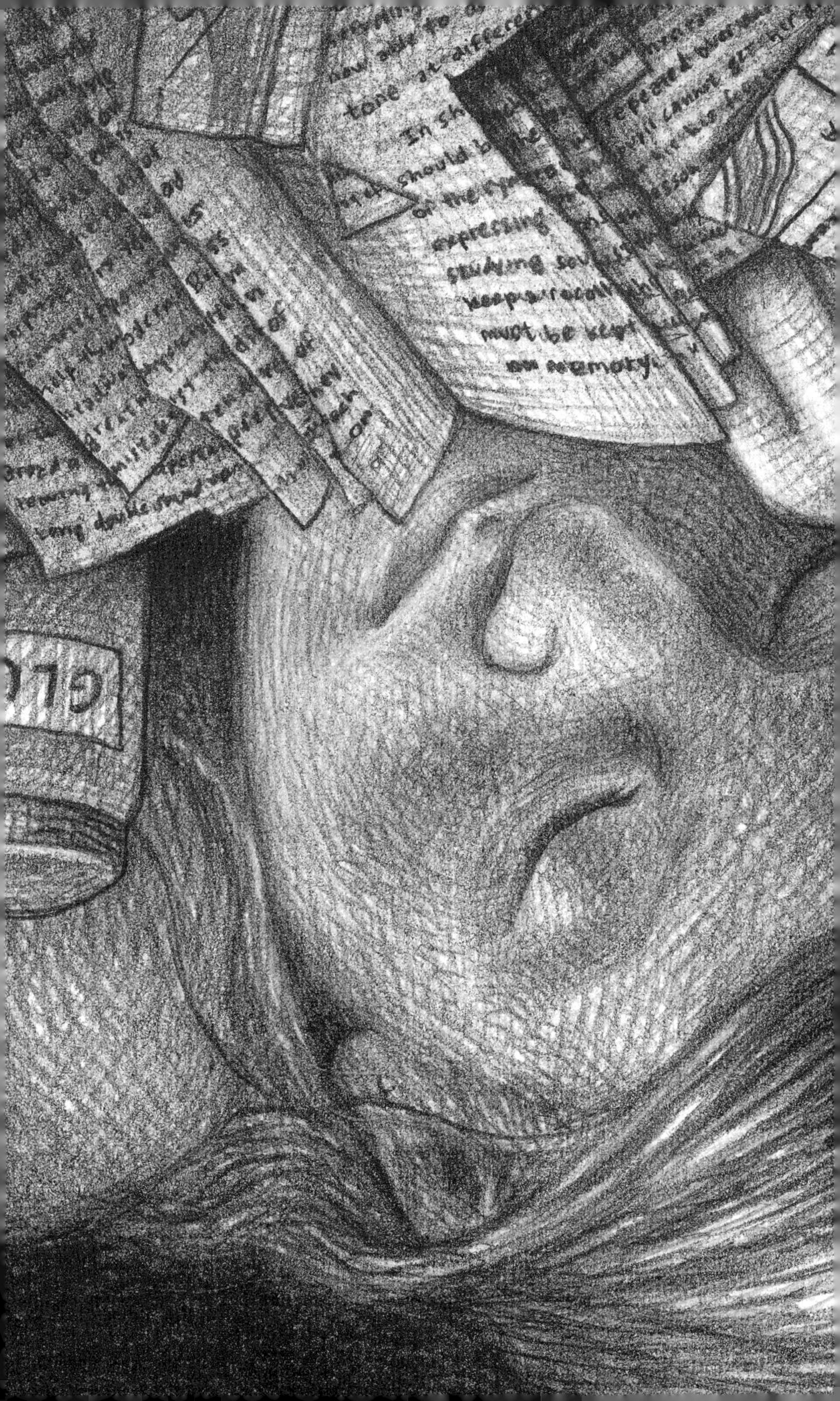

바람 소리, 물 위의 보트가 덜컹거리는 소리, 짝을 부르는 새들의 아름다운 지저귐, 눈길을 지나는 뽀드득 발자국 소리, 멀리에서 들려오는 사람들의 목소리……. 삶의 파편들이 수면으로 떠오르려다가 이내 가라앉았다. 벤은 물 밖으로 고개를 빼고 있으려 안간힘을 썼다.

"난 아주 특이한 방법으로 떠 있다. 오늘은 별들이 아주 달라 보인다."

조각 장식이 된 선반들과 이상한 물건들로 가득한 방이 벤을 에워싸며 저절로 자라났다. 시오도어 루스벨트가 현관에서 손을 흔들었다. 엄마의 침대도 벤을 기다리고 있었다. 벤은 침대의 움푹 들어간 자리에 누워 몸을 웅크렸다. 책갈피가 허공을

둥둥 떠다니다 가슴 위로 떨어졌다.

벤은 문 뒤에서 스며들어 오는 담배 냄새를 맡았다. 침대가 윙 소리를 내며 솟아오르더니 우주를 떠다녔다. 그는 북극성 주위를 맴도는 외계인이었다. 톰 소령이 손을 흔들어 작별 인사를 했다.

"난 여기, 세상과 멀리 떨어져 양철 깡통 속에 앉아 있다."

그리고 저기, 백만 마일 아래에, 늑대가 보였다.

아름다웠다.

그리고 위험해 보였다.

늑대는 뉴욕의 거리를 질주하고 있었다.

〈호보켄 일보〉

THE HOBOKEN SUN
ZIP!
SHAME
LAUNDRY
NEW CLOTHING FOR FALL and WINTER
204 SENATOR
NOW PLA
DAUGHTER

THE HOBOKEN SUN
OCTOBER 11, 1927
OCTOBER 11, 1927
LAST DAY!
POULTRY
HEAR THE WORLD SERIES
RET OPE
Radio

HERE I COME!
ZIP!
WHAT TROUBLE ARE YOU PLANNING, MISS?

LIN-
GET BACK HERE!
IT'S

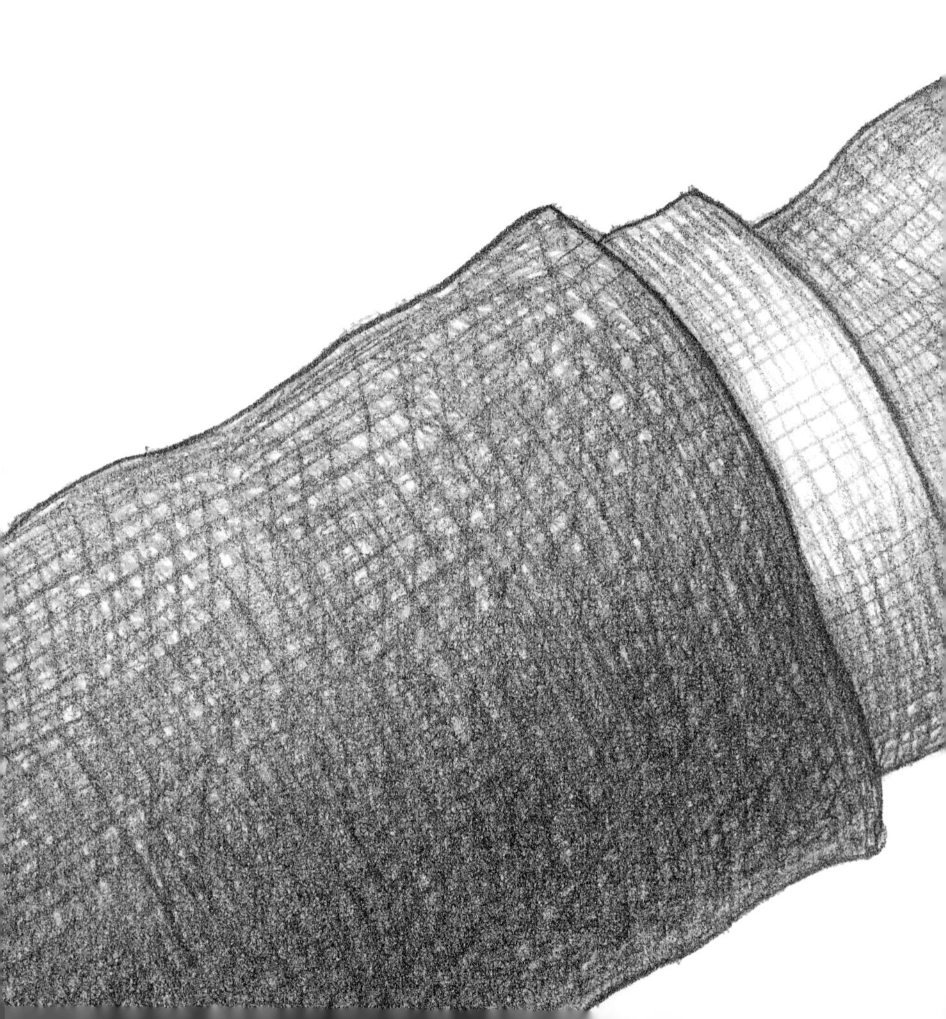

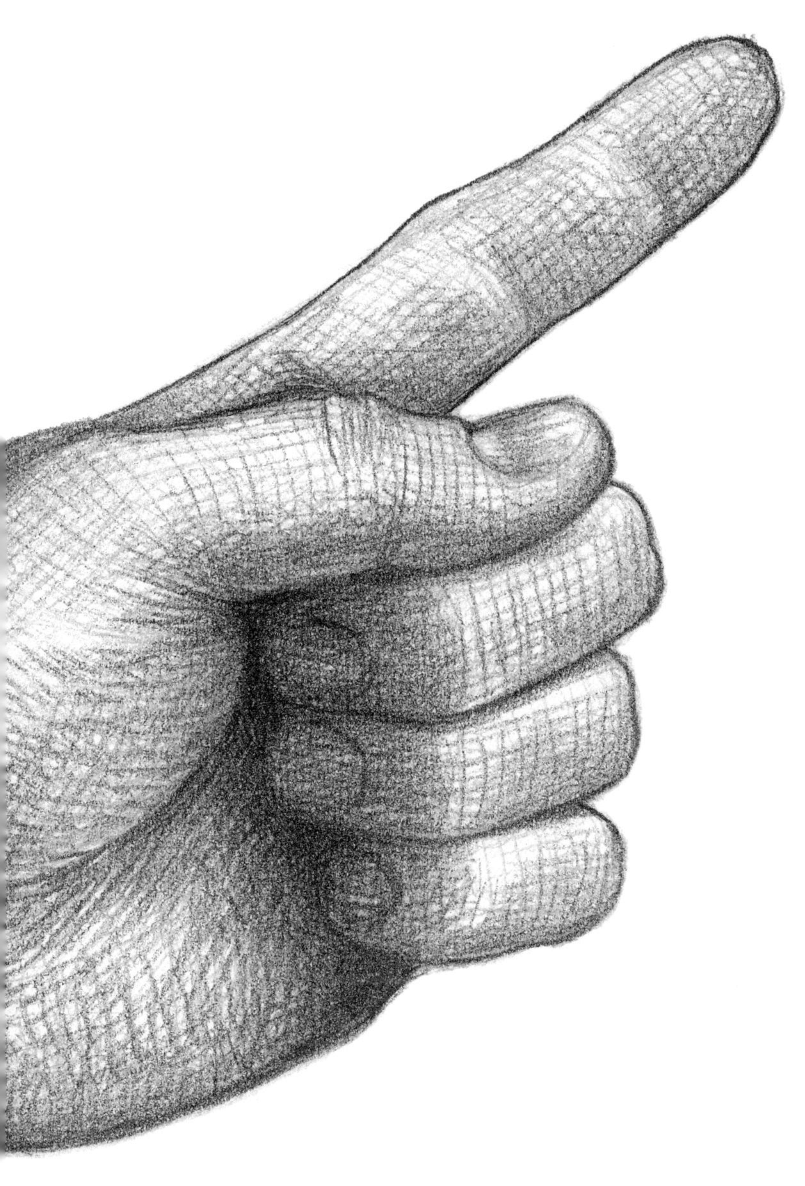

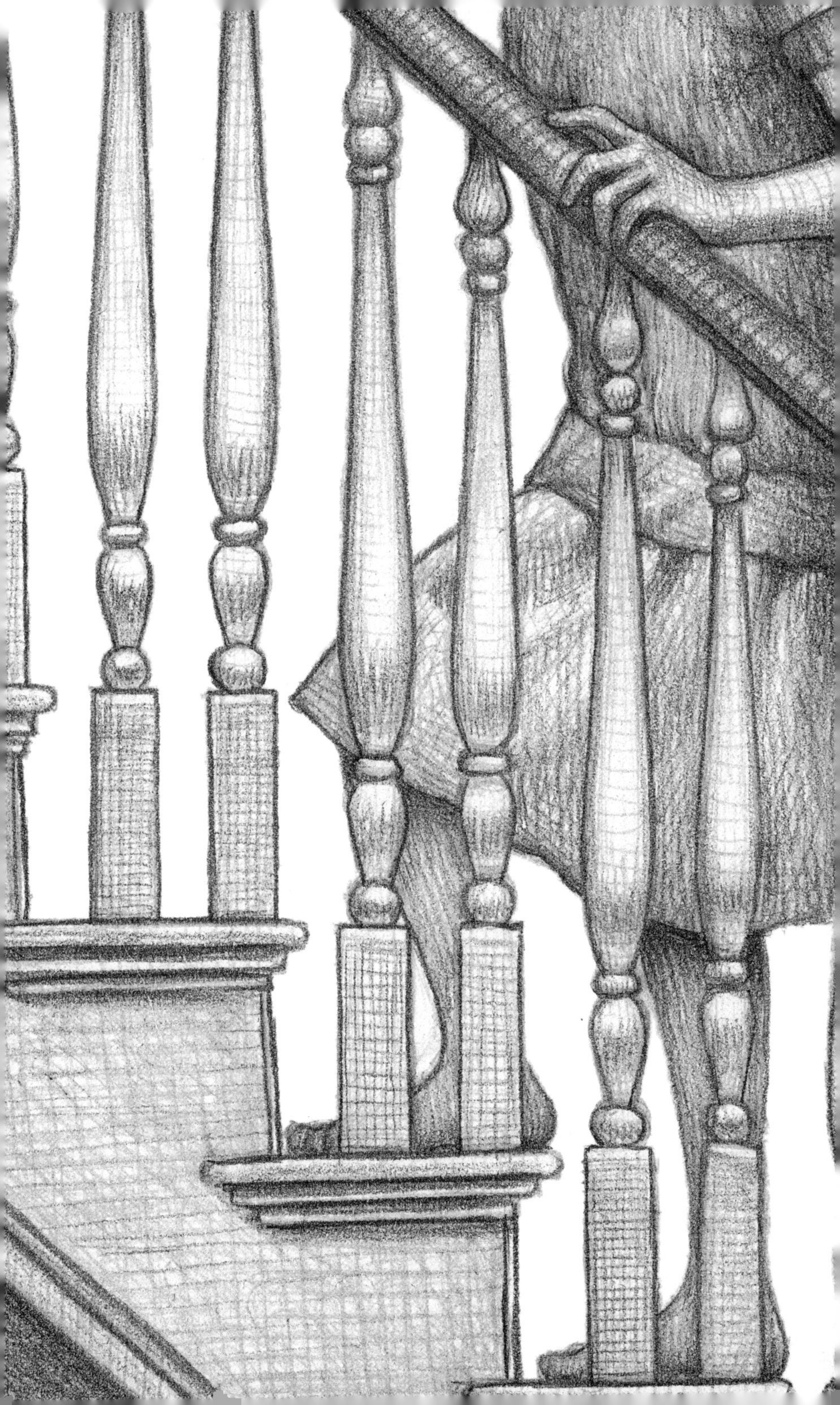

메이휴 뉴욕 무대에 오르다
유명 스타 새로이 빛나리

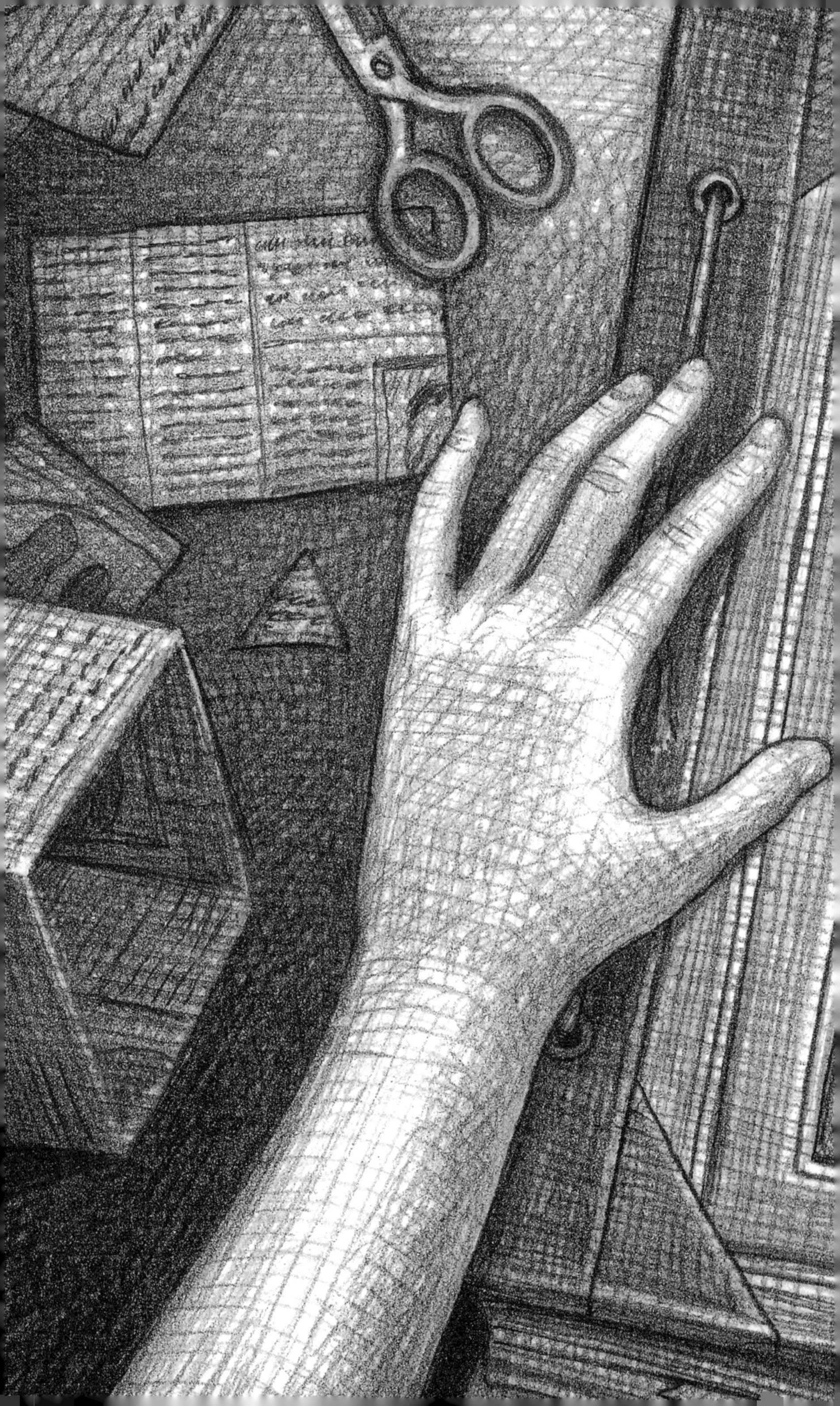

스크랩북

메이휴 빛을 발하다
메이휴 양이 우리에게 들려주는 이야기
메이휴 〈안티고네〉 출연
릴리언 메이휴 약혼

릴리언 메이휴 의사와 결혼
릴리언 메이휴 주연 〈사랑의 맹세〉
릴리언 메이휴의 〈파멸〉

무비스타 젊은 배우와의 염문으로 이혼
〈금지된 사랑〉
메이휴 충격
헐리우드 배우의 이혼
스캔들!

MAYHEW TO STAR ON NY STAGE
FAMOUS STAR WILL SHINE ANEW
Miss Lillian Mayhew
WHA
CHIL
S HER CAREER OVER?

메이휴 뉴욕 무대에 오르다
유명 스타 새로이 빛나리
메이휴 여기에서 끝날까?

SCRAPBOOK
February 1927
Happy
GUIDE to NEW
NEW YORK
ALICE IN WONDER
ADVEN

1927년 2월

생일 축하한다,
로즈.

사랑하는
월터가.

뉴저지 주 호보켄 래버가
168번지.
로즈 킨케이드

NEW
YORK
GIRLS
ADVENTURE
LILLIAN MAYHEW

HOBOKEN

ERRY COMPANY
NEW YORK
EW YORK
호보켄 페리 선착장
뉴욕행

2부

벤은 자신의 뺨에 닿는 누군가의 따뜻한 피부를 느꼈다. 눈을 뜨고서야 옆자리에 잠들어 있는 키 큰 젊은 남자에게 몸을 기댄 채 자고 있었음을 깨달았다.

버스가 덜컹거리며 흔들렸다. 마치 몇 달 동안 도로에서만 지내 온 듯 느껴졌지만 기껏해야 하루나 이틀밖에 지나지 않았을 것이다.

벤은 바닥에 내려놓은 옷 가방을 두 발로 꽉 붙들었다. 가방은 걸쇠가 고장 났지만 열리지 않고 그럭저럭 닫혀 있었다. 배가 고팠고, 몇 주 전 벼락에 맞은 후로 줄곧 쿵쿵 울리는 머리의 통증은 여전했다.

벤은 더러운 버스 유리창 밖으로 휙휙 지나가는 세상을 구경하며 손가락으로 은제 로켓을 만지작거렸다. 다시 목걸이를 걸

게 되어 다행이었다. 얇은 줄에 건 로켓을 줄을 따라 왔다 갔다 옮기면서 쪽지라도 한 장 써 두고 올 걸 그랬다고 아쉬워했다.

다시 잠들고 싶지 않았지만, 이내 또 늑대 꿈을 꾸었다. 늑대들이 건플린트 호수에서부터 줄곧 그를 뒤쫓는 꿈이었다. 잠에서 깼을 때는 수 마일을 달린 것처럼 숨을 헐떡거리고 있었다. 머리도 지끈거렸다.

버스가 더 이상 움직이지 않고 있었다. 옆자리의 젊은 남자는 다른 사람들과 마찬가지로 어디론가 가고 없었다. 시간이 멈춘 것처럼, 이상하리만치 주변이 적막했다.

벤은 유리창에 얼굴을 댔다. 순간 여전히 꿈을 꾸고 있는 건지도 모른다는 생각이 들었다.

WEL
NEW

뉴욕에 오신 것을 환영합니다

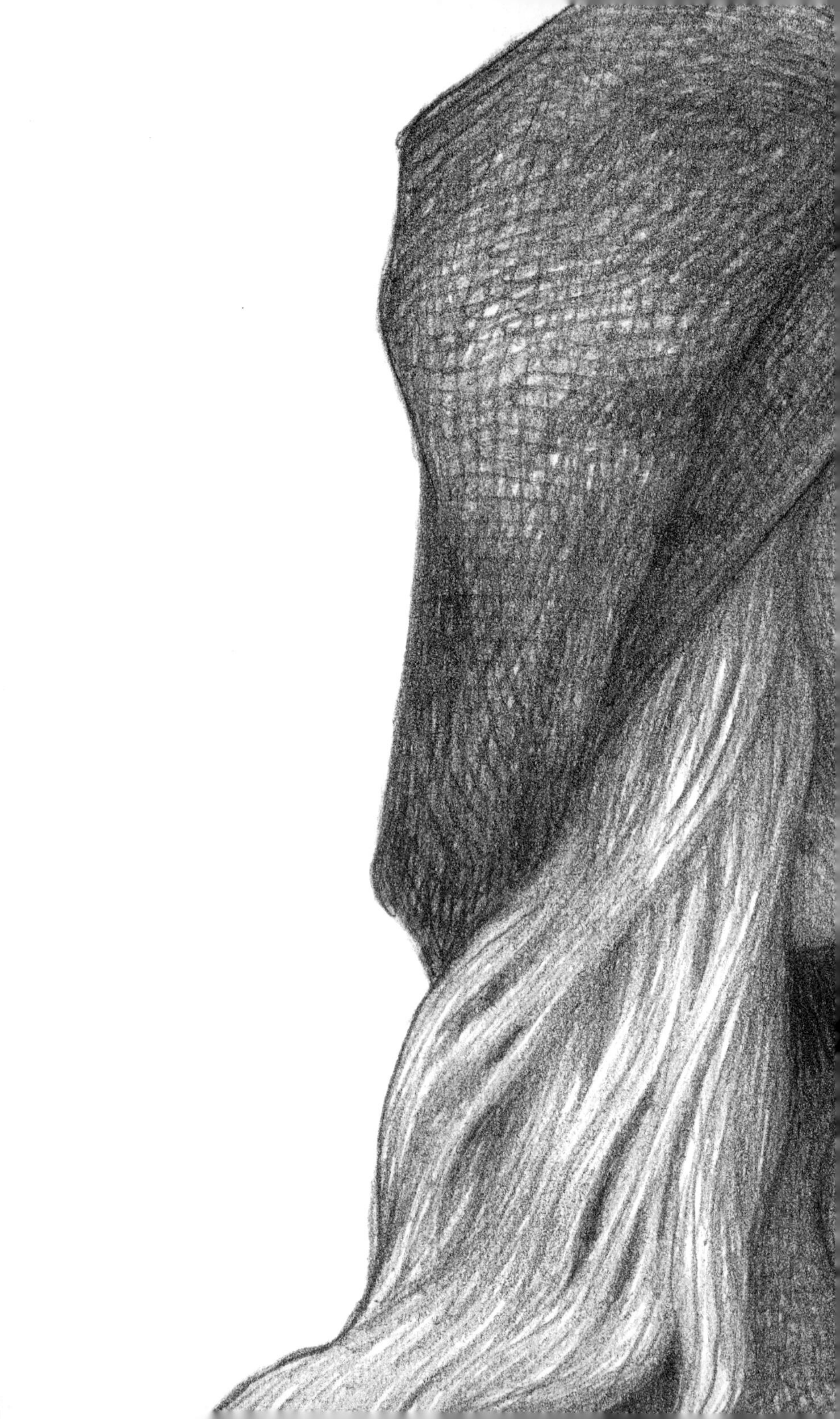

MOVIE LIFE
Lillian Mayhew
MOVIE LIFE
Lillian Mayhew
The New York Times
New York Times
NEW YORK
Life
TODAY

MOVIE LIFE
Lillian Mayhew
Stage & Screen
LINDBERGH PARADES IN ATLANTA
GOOD
TRUE

〈무대와 은막〉
연예가 뉴스 1927년 10월 10일
릴리언 메이휴 내일 뉴욕 무대에 오른다

Screen
OCTOBER 10, 1927
MENT NEWS
PENS TOMORROW
RK STAGE
HER LEADING MAN
Percy Schiller
Overcoming Scandal
ERGH
IN

내가 정말 뉴욕에 온 건가? 벤은 옷 가방을 손에 든 채 버스에서 내려 후텁지근한 터미널로 들어갔다. 마치 물에 뜬 카누 위에 서 있는 것처럼 다리가 후들거렸다. 버스를 얼마나 탄 걸까?

벽에 걸린 시계는 9시 30분을 가리키고 있었다. 하지만 터미널에는 창문이 없어서 9시 30분이라고 해도 아침인지 저녁인지 알 수가 없었다.

벤은 인파를 따라 회색과 빨간색으로 꾸며진 널따란 공간을 지났다. 조명은 형광등이었는데, 절반은 고장 나고, 남은 절반도 깜빡깜빡하고 있었다. 불빛에 눈이 아팠다. 더러운 바닥은 한없이 이어졌다. 넝마 차림의 사람들이 벽을 따라 펼쳐 놓은 종이 상자 위에 웅크리고 누워 있었다. 그리고 너무나 조용했다.

벤은 그제야 자신이 아직 듣지 못한다는 사실을 기억해 냈다. 의사는 청력이 돌아올 수도 있다고 했다. 병원에서는 수많은 검사 끝에 벼락에 의해 고막이 손상되었다는 결론을 내렸다. 벤은 역을 조용히 오가는 신발들을 내려다보다가 조용히 움직이는 입들을 올려다보았다. 만약 청력이 돌아오지 않으면 내 인생은 어떻게 될까?

인파에 섞여 모퉁이를 돌고 에스컬레이터를 타고 내려가서 마침내 밖으로 나가는 커다란 유리문에 다다랐다. 문밖의 아침 햇살이 눈부셨다.

P
Lillian Mayhew in
MY MOTHER'S ADVICE
MY
MAYHEW
TICKETS
ON SALE
at 3

릴리언 메이휴 주연 〈어머니의 조언〉
내일 8시 개막

NEW IN
ADVICE
AT B

STAGE
DOOR

STAGE
DOOR

무대 입구

STA
←

PROPS
COSTUMES

Quiet Please
REHEARSAL
IN PROGRESS
정숙
리허설 진행 중

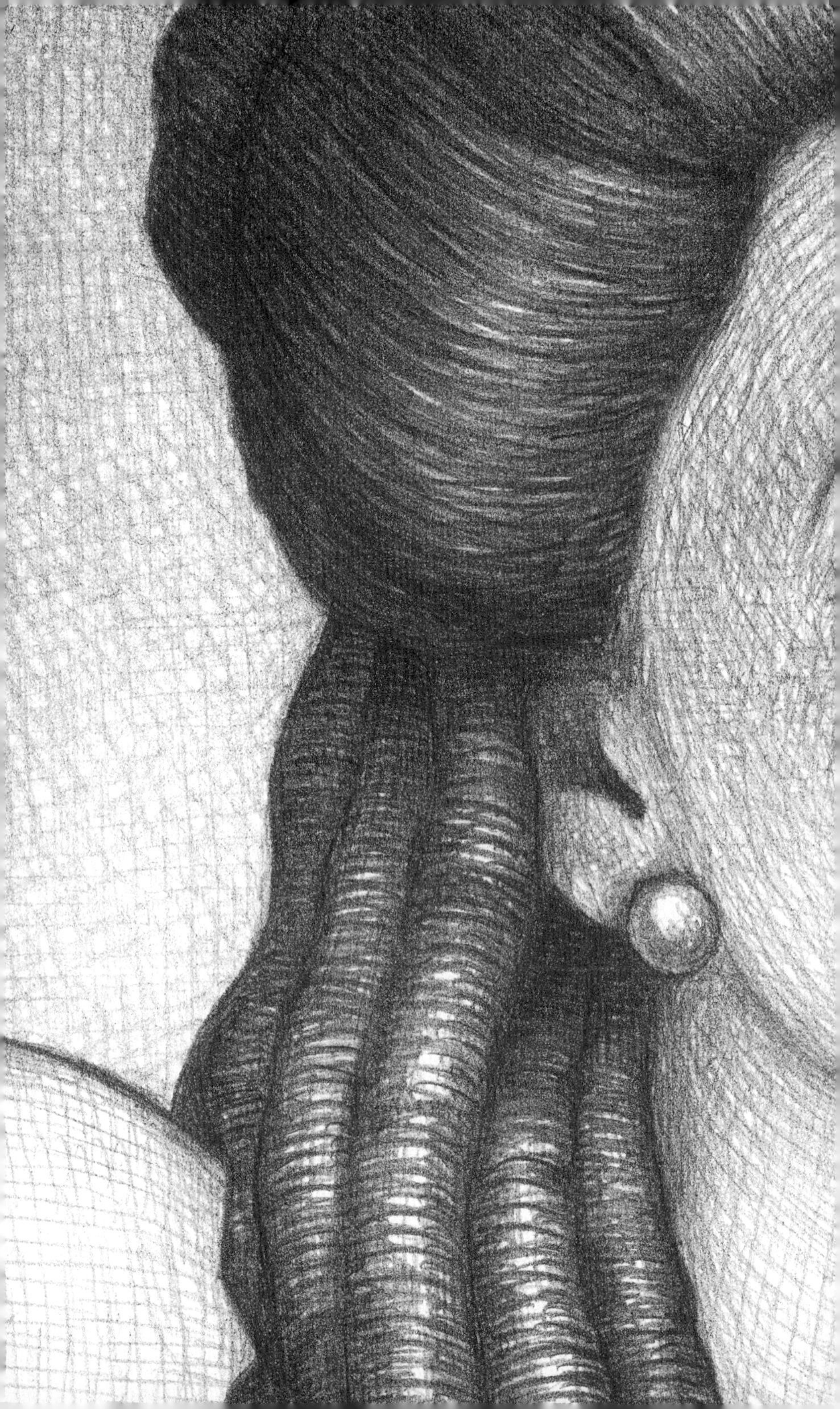

거리는 자동차와 번쩍이는 간판, 사람들로 북적거렸다. 고향에서 나무들이 벤의 집을 에워싸고 있었듯, 여기서는 도로 양쪽에 키 큰 건물들이 하늘을 향해 치솟아 있었다. 더러운 차들과 노란 택시들은 그 옆을 줄지어 행진했다. 정체를 알 수 없는 냄새가 코를 찔렀다.

보도의 가판대에서는 '폭염!', '살인!', '스캔들!', '납치!' 같은 신문의 헤드라인이 눈길을 끌었다. 깨진 유리창은 스프레이로 휘갈겨 쓴 단어들로 뒤덮여 있었다. 줄지어 선 극장에서는 벤이 들어 보지도 못했고 별로 보고 싶지도 않은 영화들을 광고하고 있었다.

벤은 휘둥그레진 눈으로 주변을 두리번거렸다. 온갖 색깔과 냄새와 움직임에 취해 낭떠러지에서 떨어지는 것 같은 기분이 들었다. 건플린트 호수에서 살 때는 이렇게 많은 사람들을 본 적이 없었다. 게다가 어디의 누구를 보아도 피부색이 달랐다. 마치 사회 교과서 표지가 실물로 나타난 것 같았다.

누더기가 된 군복 상의와 낡은 바지를 입은 남자가 팔꿈치를 괴고 눈을 감은 채 길가에 드러누워 있었다. 그의 발 사이에 다리가 빼빼 마른 작은 개가 웅크리고 있었다. 그리고 주위에는 동전이 몇 개 들어 있지 않은 깡통이 놓여 있었다. 벤은 주머니에 손을 넣었다가, 몸을 굽혀 남자의 깡통에 갖고 있던 잔돈을 전부 넣었다. 도시가 그들을 에워싸고 빙빙 소용돌이치다 폭발할 것만 같았다. 벤에게는 이곳이 지구상에서 가장 시끄러운 곳처럼 생각되었는데도 남자와 개는 잠만 잘 잤다.

벤은 빵빵, 끼익끽, 뻑뻑거리는 배경의 소리를 상상하려고 애썼지만 소리를 꺼 버린 공포 영화처럼 아무 소리도 들리지 않았다. 데이비드 보위가 부른 톰 소령에 대한 노래만 머릿속에서 맴돌았다.

갈라지고 금이 간 보도블록 사이에 신발끈과 단추, 조약돌 따위가 박혀 있었다. 벤은 박물관 상자에 넣을 작은 기념품 삼아 그것들을 주우려고 했다. 그때 손바닥만 한 바지를 입고 머리를 커다랗게 부풀린 여자가 롤러스케이트를 타고 지나다가 실수로 벤을 넘어뜨렸다.

겨우 몸을 일으킨 벤은 손에 쥐고 있던 조약돌을 주머니에 넣었다. 그리고 42번 스트리트와 8번 애비뉴가 만나는 곳에 있는 핫도그 노점까지 걸어갔다.(뉴욕의 도로 체계는 남북 방향으로 뻗어 있는 애비뉴와 동서 방향으로 뻗어 있는 스트리트로 이루어져 있다.—옮긴이 주) 더 이상 잔돈이 없었기에 다리 사이에 옷 가방을 내려놓고 뒷주머니에서 지폐를 꺼내야 했다.

선 채로 지폐를 세고 있을 때였다. 웬 손이 등 뒤에서 잽싸게 날아왔다.

분장실

DRESSING ROOMS

LILLIAN MAYHEW
릴리언 메이휴

Lillian—
I love You
Percy

너
무서하는

여기서
기다려?

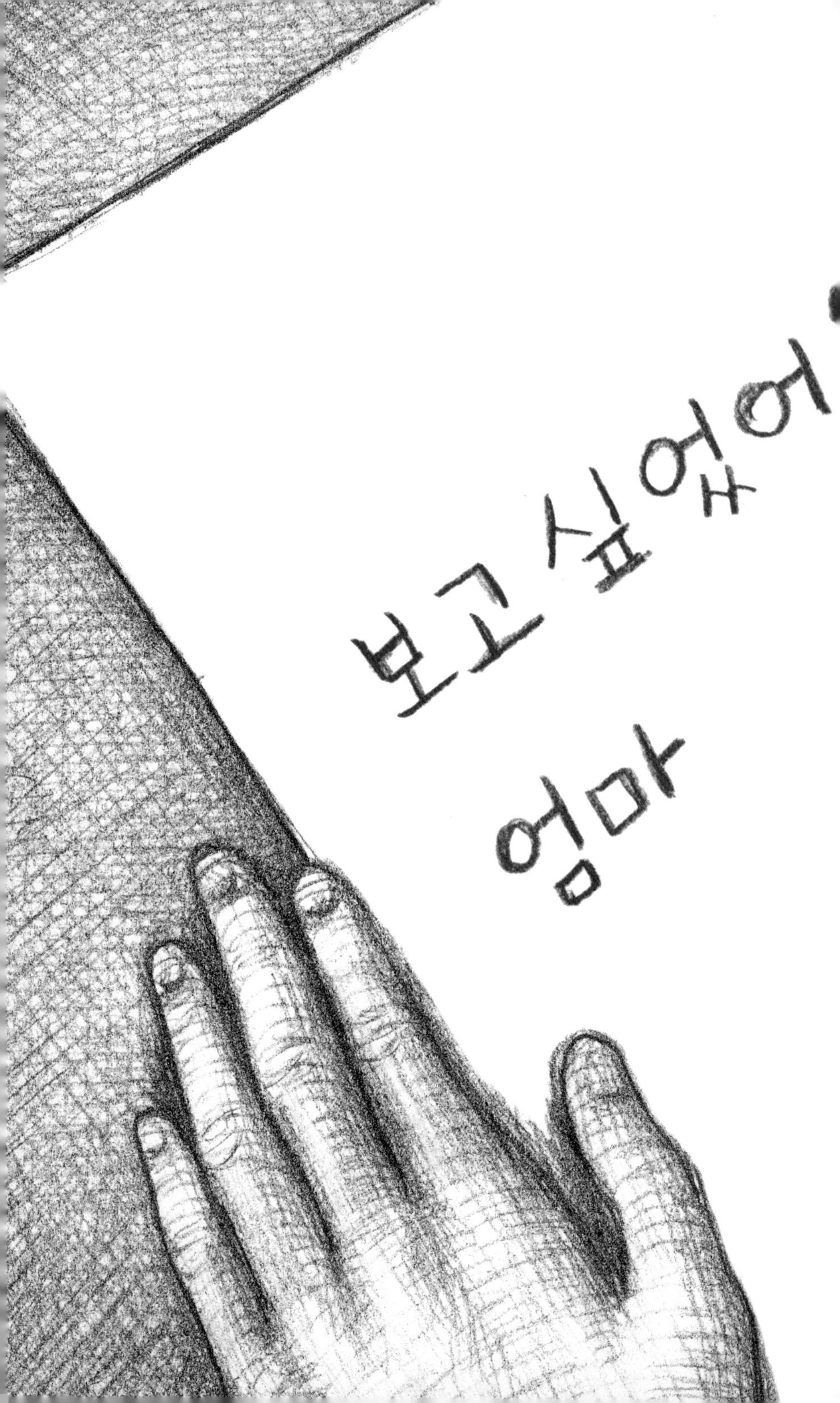

보고싶었어
엄마

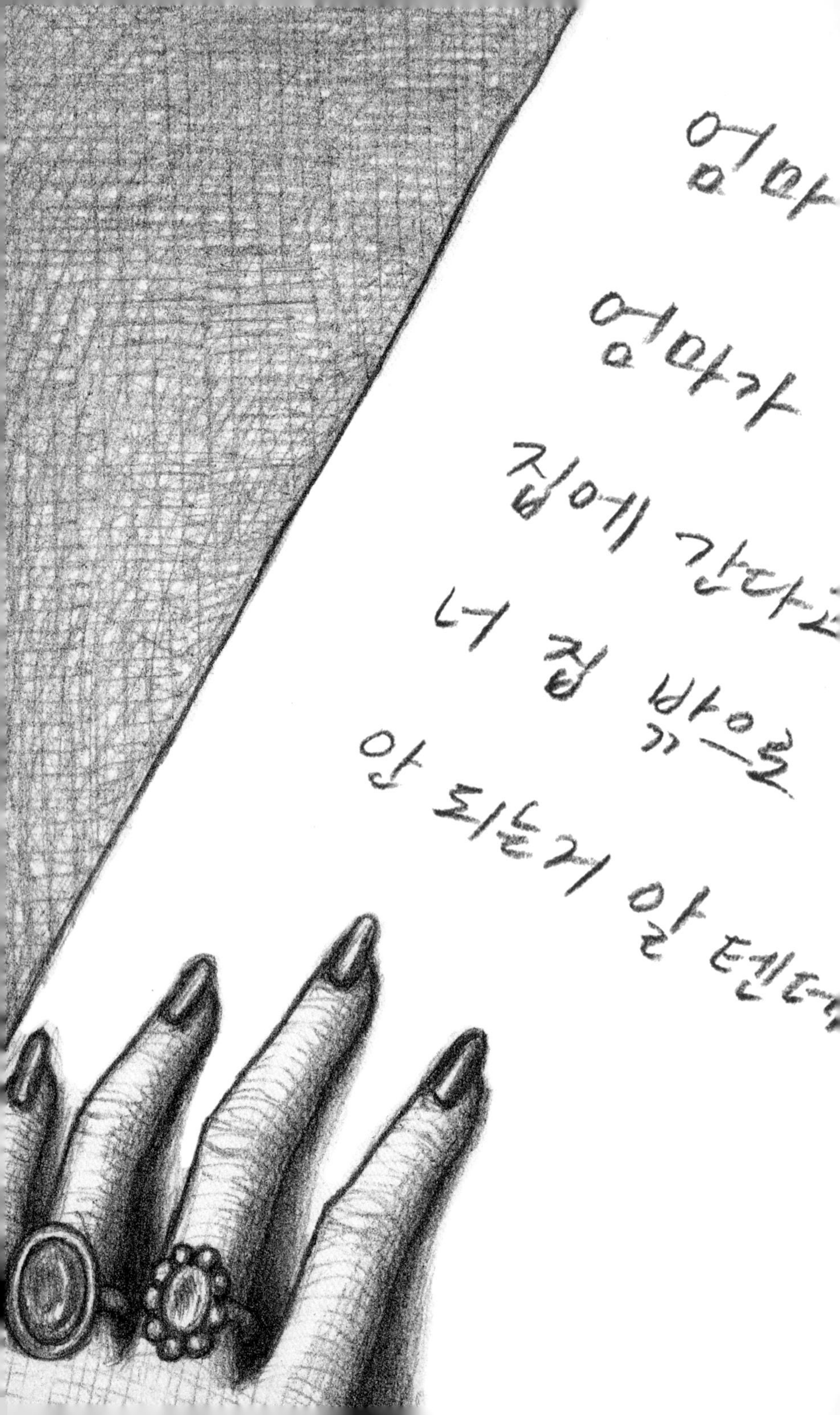

엉아
엉아가
집에 간다고
너 집 밖으로
안 틀켜 안테

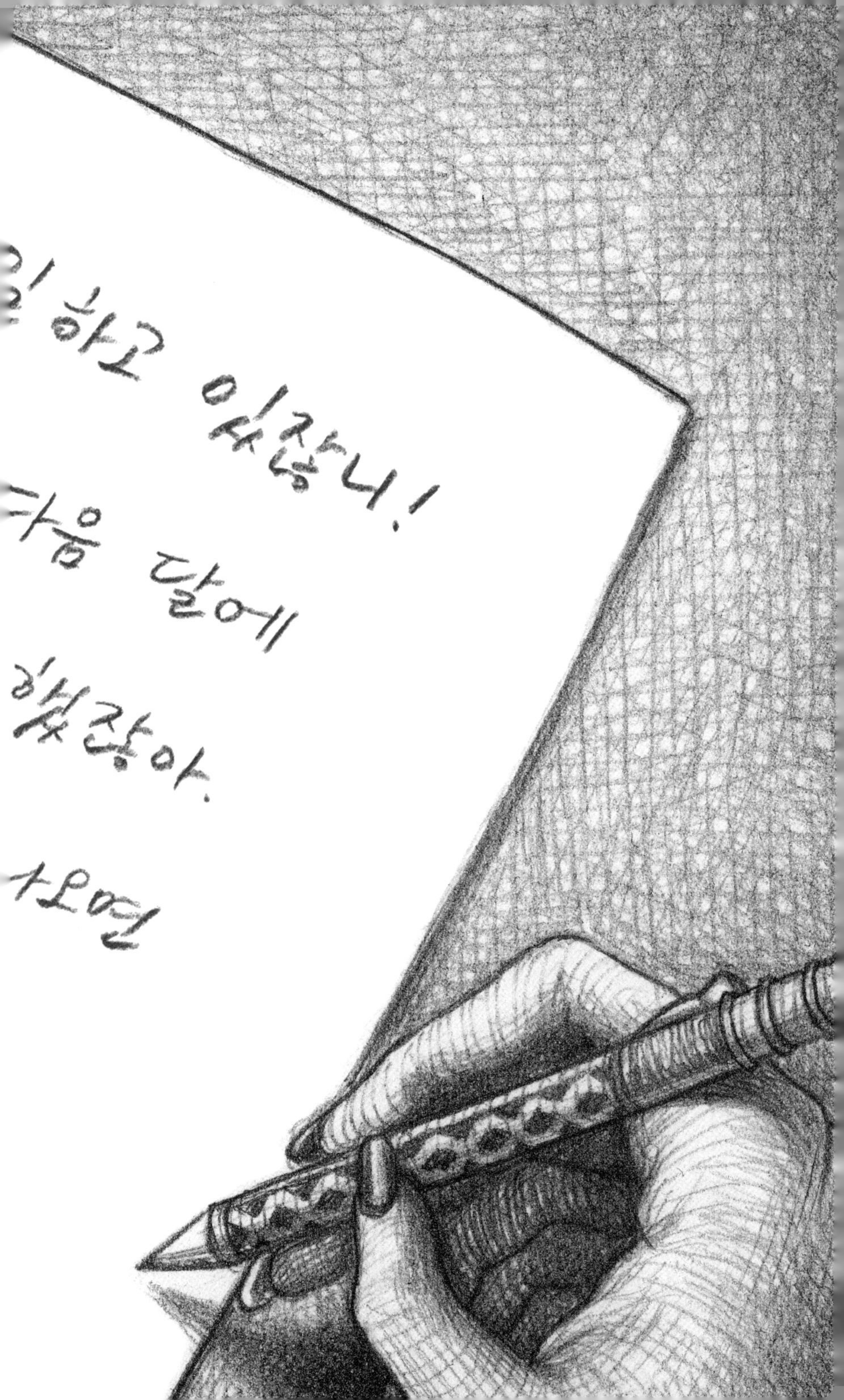

하고 있잖니!
가슴 닿에
행복장아.
나오리

엄마 제발
잡어

라고 하지

마세요.

춥님이 높아 여기
높아다가는 건
자에 자이거나사
낡지를 당향한 수

누구나
아이에요

그럴 수

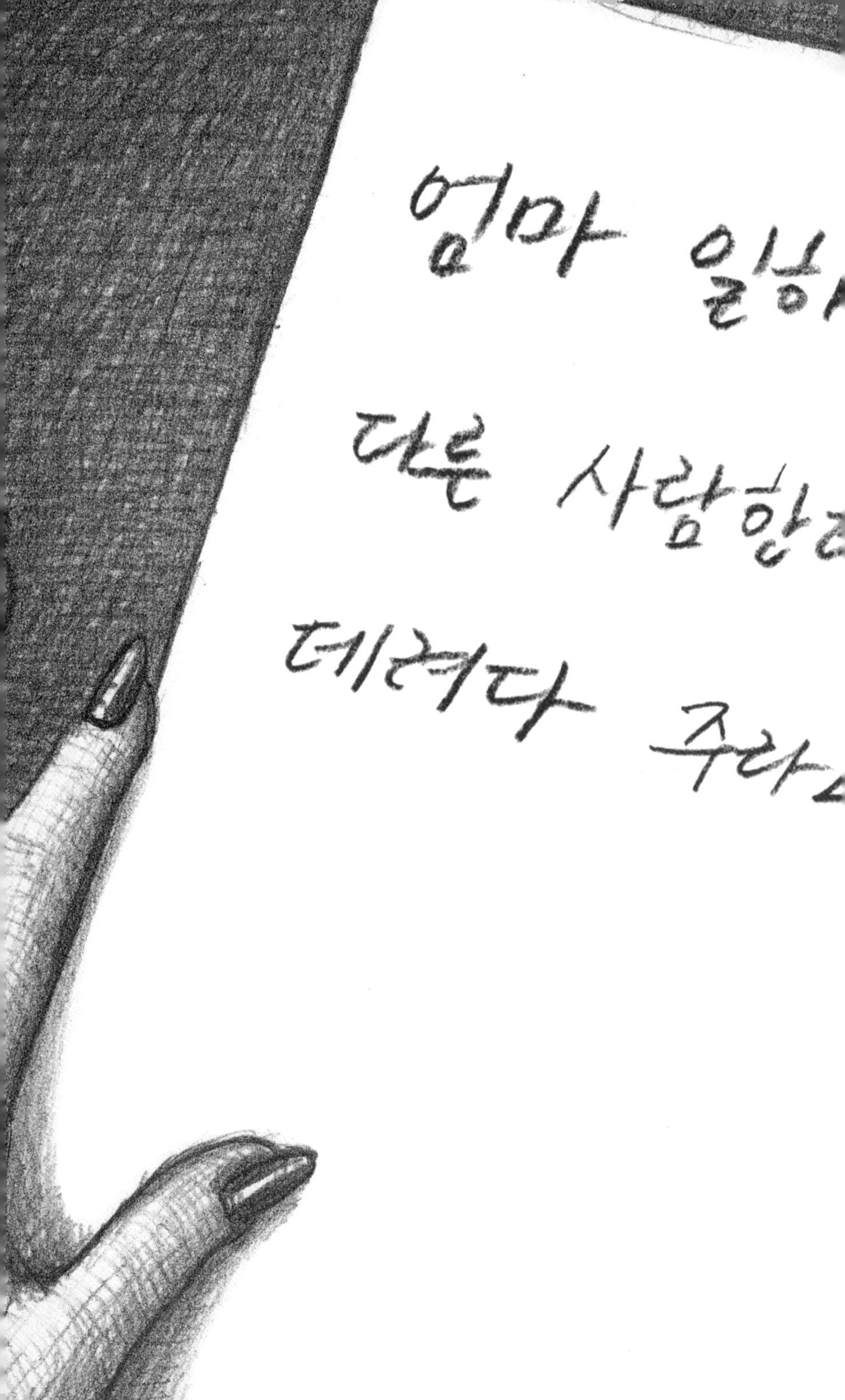
엄마 일
다른 사람힘
데려다 주라

가 봐야 해.
너 집에
말해 둘게.

ILLIAN MAYHEW

벤은 다시 땅에 넘어졌다. 잠시 후 자줏빛 운동복 바지에 하얀 티셔츠를 입은 덩치 큰 남자가 인파 속으로 사라지는 모습이 보였다. 벤은 빈손을 내려다보며 길거리에서 돈을 꺼내 세어 본 자신을 탓했다. 뉴욕에 관한 책도 읽었고 TV나 영화에서도 많이 봐서 이 도시가 얼마나 위험할 수 있는 곳인지 잘 알고 있었는데.

몸을 일으킨 벤은 주머니에서 책갈피를 꺼냈다. 아빠의 주소를 확인하고 고개를 들어 가늘게 뜬 눈으로 거리를 둘러보았다. 43번 스트리트라는 표지판이 보이기에 8번 애비뉴를 따라서 숫자가 점점 커지는 방향으로 걷기 시작했다. 거리가 숫자 순서로 되어 있어서 얼마나 다행인지 몰랐다. 74번 스트리트가 나올 때까지 걸어가기만 하면 될 것 같았다.

절반쯤 갔을 때 어디에서 나타났는지 모를 택시 한 대가 벤의 다리를 스쳐 지나갔다. 이내 어떤 손이 벤의 셔츠를 움켜쥐고 안전한 보도로 잡아끌었다. 그 손의 주인은 분홍색 롤 핀으로 만 머리에 푸른색 손수건을 동여맨 부인이었다. 그녀는 벤의 얼굴 앞에서 손가락 하나를 흔들어 댔다.

당황한 벤은 계속 걸었다. 얼마 안 가 거대한 로터리가 나왔다. 한꺼번에 여러 갈래로 난 길을 보니 머리가 어지러웠다. 어느 길로 가야 하지? 벤은 뚱뚱한 갈색 개를 산책시키는 아주머니 앞에 책갈피를 내민 다음 손가락으로 아빠의 주소를 가리켰다. 아주머니는 거기에 적힌 글을 읽기 위해 잠깐 걸음을 멈췄다. 그러더니 입을 움직이며 손으로는 커다란 공원을 끼고 있는 길 쪽을 가리켰다. 차들을 피해 로터리를 통과한 벤은 이내 공원과 보도를 구분하는 담장 위로 드리워진 초록색 나무 아래를 걷고 있었다. 버스 터미널 근처보다는 사람이 적었지만 건 플린트 호수에 비하면 여전히 사람들로 붐볐다.

벤은 마침내 74번 스트리트에 도착했다. 그곳에는 길이 한 방향으로만 나 있어서, 왼쪽으로 돌아 갖가지 모양의 갈색 건물들 앞을 지나갔다. 모두 2층과 연결되는 계단이 따로 있는 건물들이었다. 더러운 흰색 고양이 한 마리가 보도를 종종걸음 쳐 쓰레기 더미 위로 올라갔다. 벤은 책갈피의 주소를 다시 확인했다. 고개를 들어보니 아빠가 사는 건물 바로 앞에 서 있었다.

MAYHEW
CONO
LM
엄마 말하고 있잖니!
엄마가 다음 달에
집에 간다고 했잖아
너 집 밖으로 나오면
안 되는거 일 테

MAYHE
CON

계단을 올라가 초인종이 붙어 있는 황동 판을 훑어보는데 심장이 쿵쿵 뛰었다. 초인종 버튼마다 옆에 이름이 적힌 작은 종이쪽지가 붙어 있었다. 이름이 적힌 부분이 너덜너덜해져서 글자를 알아보기가 힘들었다.

벤은 옷 가방을 내려놓고 이마의 땀을 닦은 뒤 책갈피를 주머니에 넣기 전에 한 번 더 읽었다. 그리고 3층 B호의 버튼을 눌렀다. 제대로 연결이 될까 걱정이 돼서, 한 손으로 버튼을 계속 누르면서 다른 손으로는 목에 건 매끄러운 은제 로켓을 만지작거렸다.

몇 분쯤 지났을까. 얇은 푸른색 나이트가운 차림의 자그마한 부인이 문을 열었다. 잿빛 머리에 갈색 피부가 땀으로 번들거리는 부인은 언짢은 기색이었다. 아마 문이 열리기도 전에 말을 하기 시작한 것 같았다. 벤은 움직이는 부인의 입을 뚫어져라 주시했다.

"대니얼 씨를 찾아요." 벤이 말 중간에 불쑥 끼어들었다. 자기 목소리가 들리지 않는 채로 말을 한다는 게 아직도 어색하기만 했다. "저희 아빠예요." 벤은 로켓을 열어 부인에게 사진을 보여 주었다.

부인은 사진을 본 다음 벤을 쳐다봤다. 표정에 불쾌함이 감돌았다. 그녀는 가끔 손을 사용해 요점을 강조하며 계속 말했지만, 벤은 무슨 말인지 짐작할 수가 없었다.

고향에 있을 때도, 사실 가족들이나 병원 직원들은 벤을 위해 종이에 용건을 써 주기는 했지만 그러면서도 자기들끼리 더 많은 말을 했다. 벤은 산산조각난 대화의 많은 부분을 추측으로 이해해야 했었다.

로켓을 닫아 셔츠 안으로 넣은 뒤, 벤은 다른 질문을 했다. "혹시 3B호에 대니얼 씨가 살고 계시지 않나요?"

이번의 대답은 명확했다. 아니.

벤은 머리가 핑 도는 것 같았다. 왜 아빠가 이제 여기에 살지 않을 수도 있다는 생각은 못 했을까?

실망한 벤이 다시 물었다. "그럼 혹시 그분이 지금 어디 사는지 아세요?"

그 부인은 웃는 듯하더니 이내 무슨 말을 했는데 대니얼이라는 이름은 들어 본 적도 없다고 말하는 것 같았다. 벤은 계속 그녀의 입만 주시했다. 입술이 '엄마'라고 말하는 것 같았다. 엄마는 어디 계시냐고 묻는 건가?

벤이 근처에 주차된 하얀 승용차를 가리켰다. 운전석에 어떤 여자가 앉아 있었다. "저 분이 저희 엄마예요."

문가에 서 있던 부인이 조롱하듯 웃다 무슨 말을 했는데, 좋은 말이 아닌 것만은 분명했다. 이윽고 부인은 벤의 면전에서 문을 쾅 닫았다.

눈에 눈물이 차오르자 알알했다. 도로가 거꾸로 뒤집힌 것 같았다.

간단한 일이라고 생각하다니, 얼마나 어리석었는지! 벤은 계단 꼭대기에 털썩 주저앉아 머리를 두 손에 묻었다.

몇 분이 지났을까, 벤은 로켓을 열어 아빠의 검은 눈을 바라보았다. 그리고 "어디 계세요?"라고 조그맣게 물었다. "이제 전 어떻게 해야 하죠?" 벤은 아빠의 성도 몰랐다.

벤은 어디로 가야 할지 몰라 막막해하다 주머니에서 다시 책갈피를 꺼냈다. 접힌 부분에 쓰인 아빠의 손글씨가 닳아서 희미해져 있었다.

벤은 책갈피를 뒤집어 킨케이드 서점과 검은 고양이, 책들을 그린 그림을 살폈다. 별다른 단서가 없었다. 하지만 일단 서점까지 걸어가기로 결심했다. 만약 아빠가 한때 이 동네에 살았다면 킨케이드 서점 직원 중에 아빠를 기억하는 사람이 있을 수도 있었다. 모험이었지만, 지금으로선 달리 갈 데가 없었다.

도심을 벗어나 주택가로 향했다. 몇 개의 블록을 지나고는 도로에서 얼마쯤 뒤로 물러나 있는 어떤 붉은 벽돌 건물 앞에서 걸음을 멈췄다. 나무들에 에워싸인 이 건물은 근처 여느 건물에 비해 훨씬 커 보였다. 두 기둥 사이에 걸린 현수막에 건물 이름이 적혀 있었다.

마치 동화에 나오는 성 같았다.

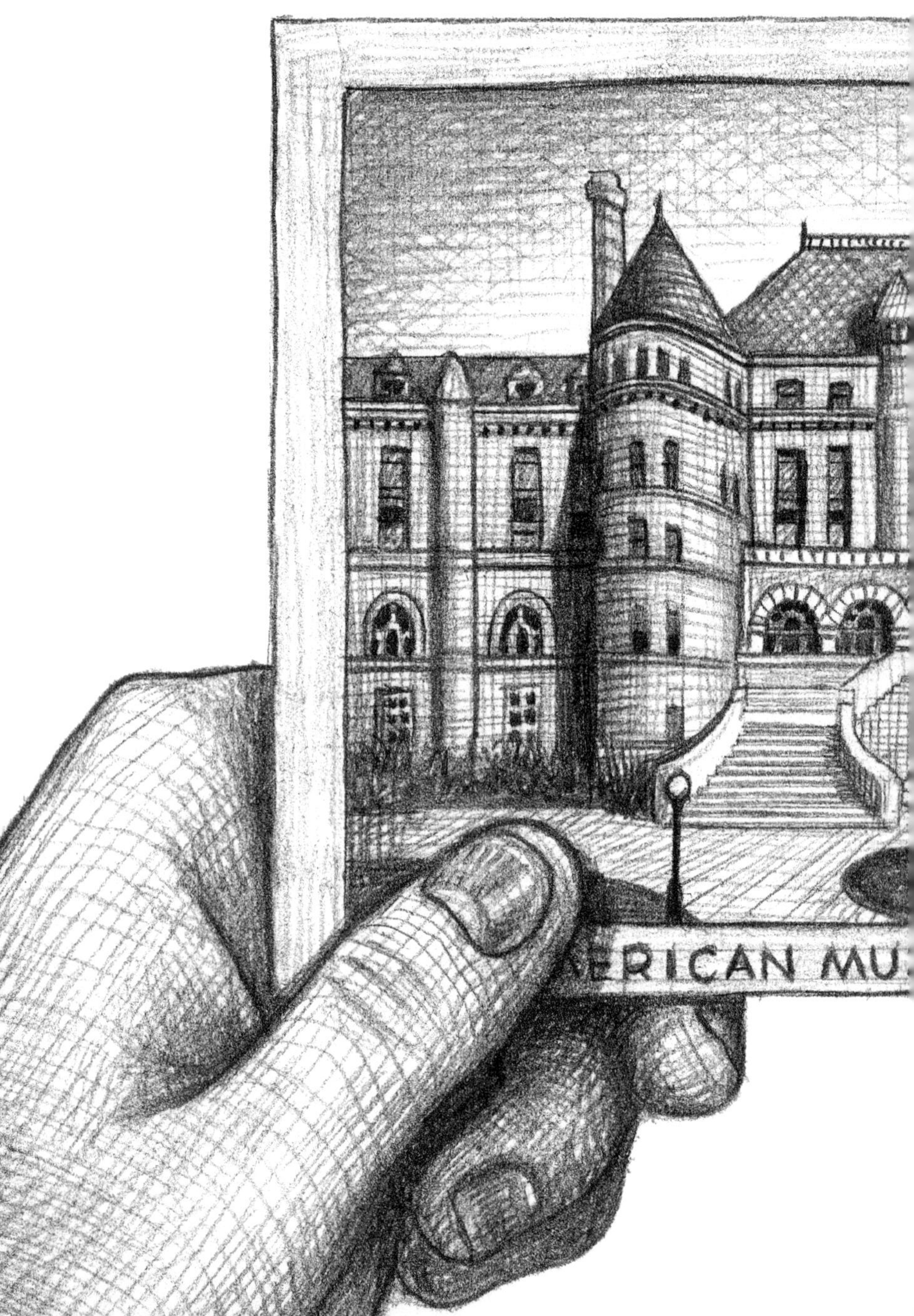
ERICAN MU

미국 자연사 박물관
OF NATURAL

1927년 2월
생일 축하한다,
로즈.
사라

1927
N.Y.
뉴저지 주 호보켄 리버가
168번지
로2 킨케이드 앞

벤은 놀라워하며 박물관을 살펴보았다. 계단, 초록색의 거대한 말 탄 남자 조각상, 기둥과 창문들…… 모든 것이 웅장했다. 엄마와 함께 왔다면, 내 어깨에 팔을 두른 엄마와 함께 걷는다면 얼마나 좋았을까. 엄마는 아빠가 이사한 사실을 알고 있었을까, 아니면 엄마도 여기 와서 알고는 놀랐을까? 설령 아빠를 찾지 못하더라도 엄마와 박물관을 함께 둘러볼 수는 있었을 텐데.

서점에서 일하는 누군가가 아빠를 기억하기를 바랄 뿐이었다. 책갈피에 나온 주소지에 도착했을 때는 티셔츠가 땀으로 흠뻑 젖어 있었다.

상점 앞 땅바닥에는 담배꽁초와 신문지 조각들이 지저분하게 널려 있었다. 벤은 상점 전면의 진열창을 올려다보았다. 검은 고양이도 책 상자도 없었다. 심지어 서점도 없었다. 다만 깨진 유리창에 맹꽁이 자물쇠로 잠긴 쇠창살이 쳐져 있었다. 창살 뒤로는 합판이 못질되어 있었다. 게다가 '킨□□□ 서점'이라는 글자만 남은 간판이 달랑 못 하나에 간신히 매달려 있었다.

벤은 널빤지에 난 구멍에 눈을 갖다 댔다. 배 속이 메슥거렸다. 바닥에 나동그라진 책장 몇 개, 이상한 각도로 기대어 있는 파이프들, 뒤집어진 마분지 상자 두세 개 빼고 상점 안은 텅 비어 있었다.

이제 뭘 해야 하지?

믿기지 않아서 멍하니 바라보고 있는 사이에 어디에선가 나타난 벤 또래의 남자아이가 벤을 놀라게 했다. 길고 구불거리는 검은 머리에 줄무늬 티셔츠를 입은 아이였다. 목에는 폴라로이드 카메라를, 등에는 배낭을 메고 있었다. 그 아이가 입을 움직이며 그 블록 아래쪽을 가리켰다. 도대체 왜 그러는 거지? 근처에 서 있던 어떤 남자가 그 아이에게 성급히 손짓을 했다.

머릿속이 혼란스러웠다. 벤은 얼른 가방을 챙겨 달아나기 시작했다. 열기가 참기 힘들 정도였고, 피부도 햇볕에 발갛게 익었지만 계속 달려서 박물관으로 되돌아왔다. 조각상 옆을 지나 돌계단을 성큼성큼 뛰어 올라갔다. 계단 꼭대기에 이르렀을 때였다. 발을 헛디디는 바람에 옷 가방의 걸쇠가 풀리고 말았다. 가방 속 물건들이 계단 아래로 쏟아져 내렸다.

벤은 울지 않으려고 입술을 지그시 깨물었다. 물건을 주우려고 허리를 굽히는데 머리 위로 그림자가 드리워졌다. 고개를 들어보니 아까 그 줄무늬 티셔츠를 입은 곱슬머리 아이가 입을 움직이며 내려다보고 있었다. 그 아이는 벤에게 『원더스트럭』 책을 내밀었다. 계단을 올라오다 주운 게 분명했다. 벤은 책을 받아 옷 가방에 넣고 가방을 딸깍 닫았다. 그러고 나서 소년을 지나쳐 쏜살같이 회전문 안으로 들어갔다.

WELCOME
1927년 2월
생일 축하한다,
요요.

사랑하는
할머가

뉴저지 주 호보켄 래가
168번지
요요 김제이 앞

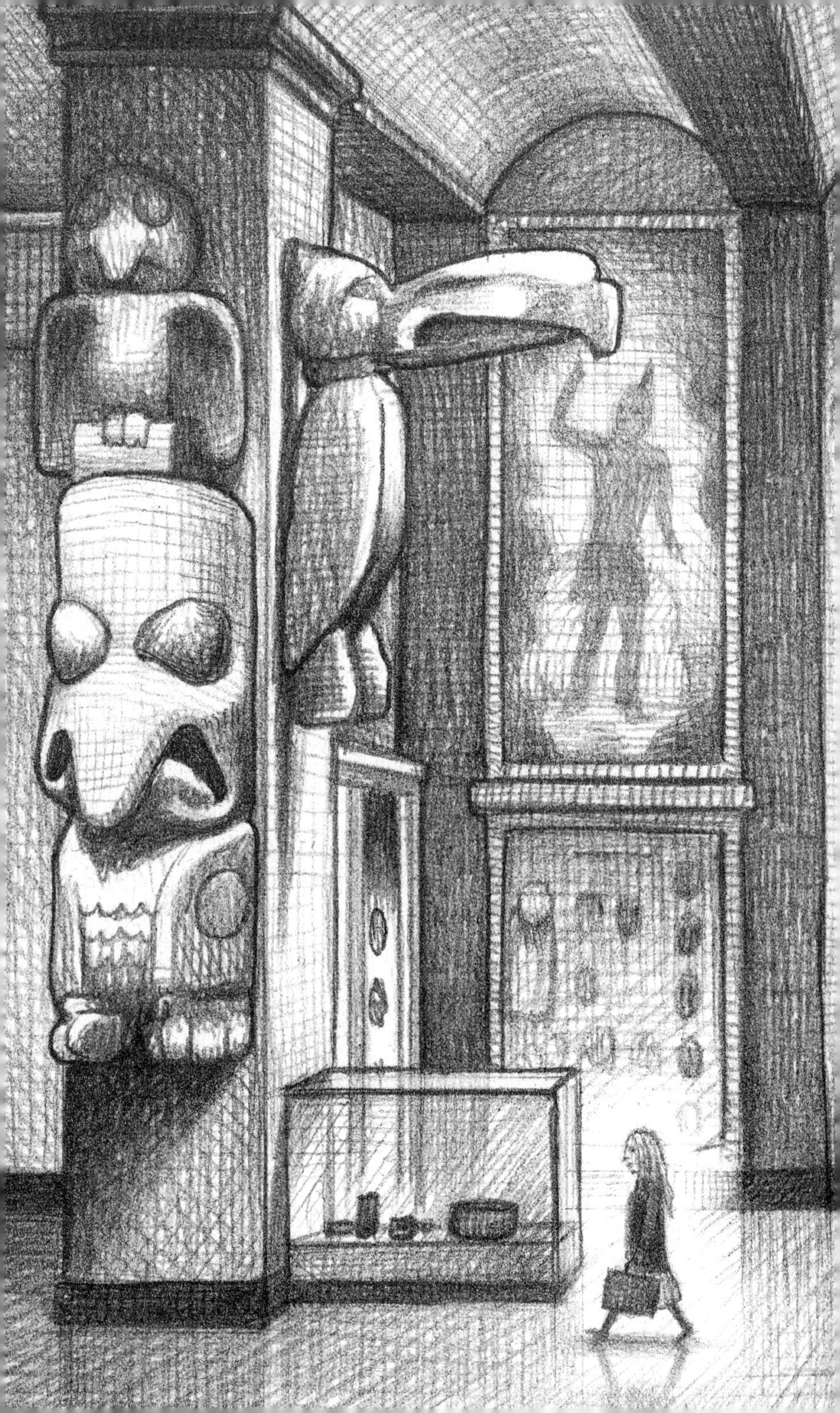

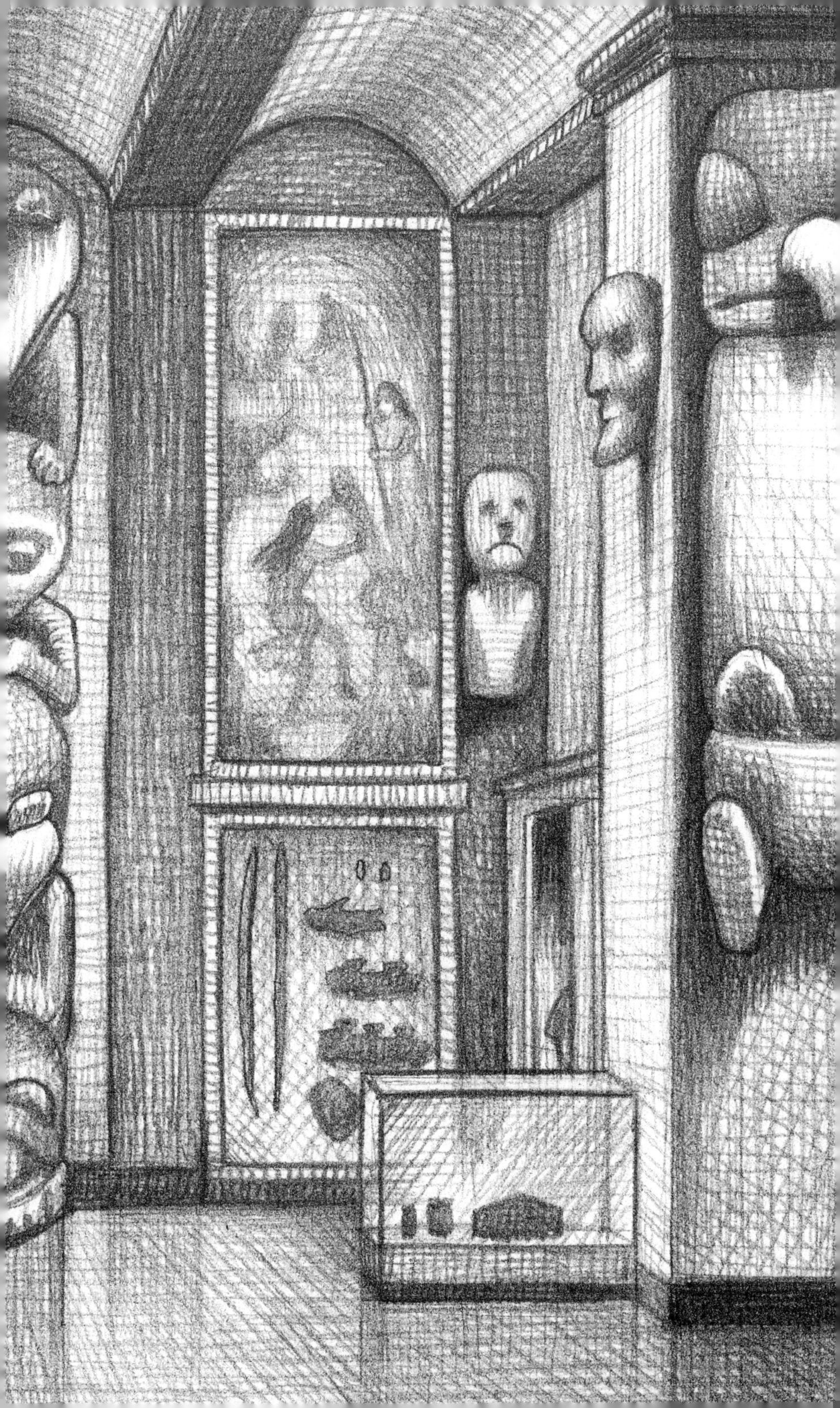

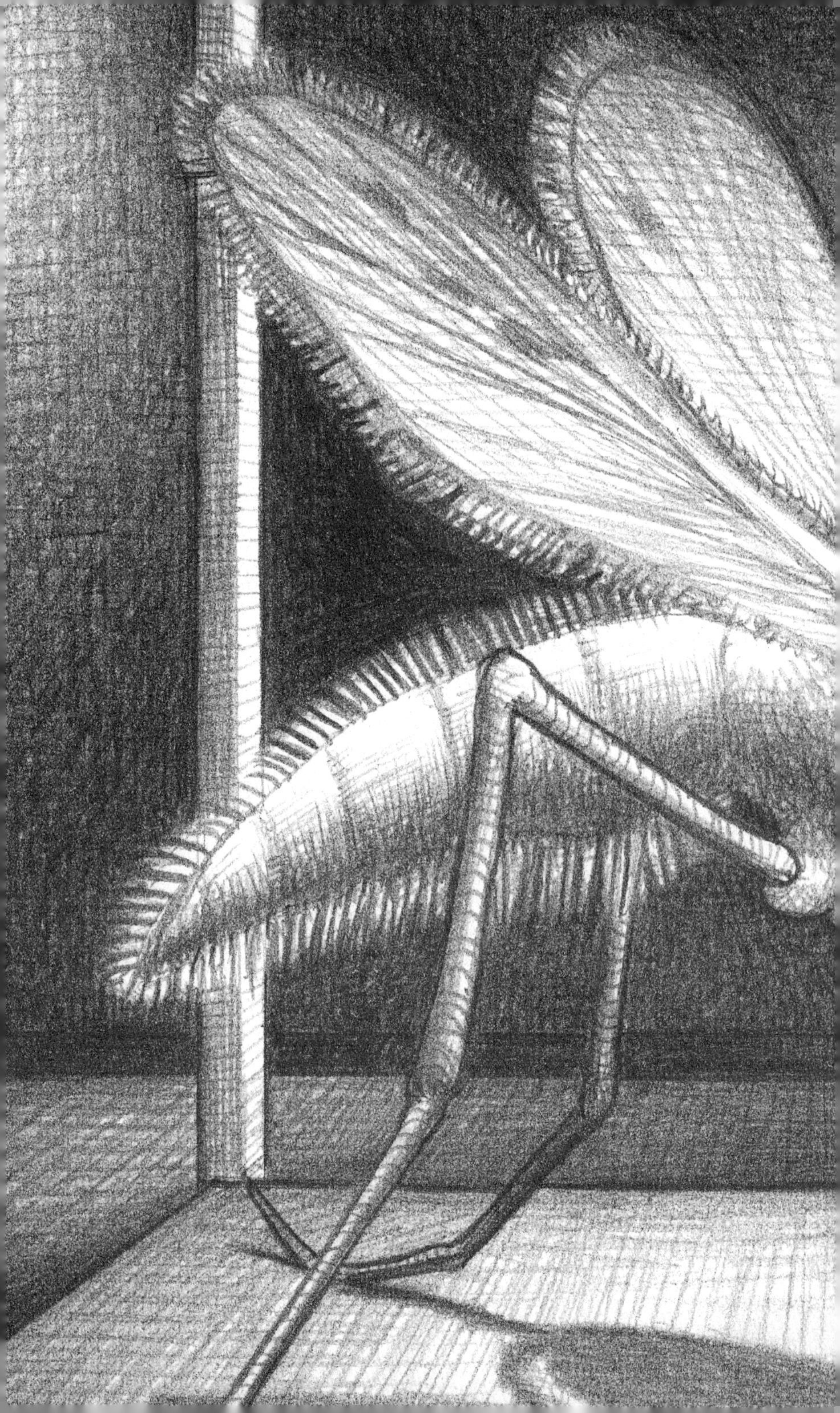

박물관 안의 공기는 서늘했다. 위쪽에서 빛이 새어 들어왔다. 문득 엄마의 도서관으로 가는 길 아래쪽에 있는 교회가 생각났다. 벽은 따뜻한 색감으로 그린 사람과 동물, 식물 그림으로 뒤덮여 있었다. 시어도어 루스벨트의 말을 인용한 긴 문장도 적혀 있었다. "실패는 나쁘다. 그러나 성공하려고 노력조차 하지 않는 것보다는 낫다." 벤은 자기도 이 말에 동의하는지 아닌지 확신할 수는 없었지만, 엄마라면 이 글귀를 좋아했을 거라고 생각했다. 엄마라면 분명히 냉장고에 붙였을 것이다.

벤은 입장권을 살 돈이 없어 누가 안내원한테 질문하는 틈을 타서 재빨리 차단 로프 밑으로 기어 들어갔다. 그리고 화장실을 찾아내어 수도꼭지를 틀고 물을 실컷 마셨다. 얼굴과 팔도 씻었다. 피부에 닿는 찬물의 느낌이 상쾌했다. 거울에 자신을 비춰보다가 문득 낯선 사람을 보는 듯한 착각이 들었다. 피곤한 얼굴에서 땟국물이 뚝뚝 떨어지니 정말로 외계인처럼 보였다.

얼굴의 물기를 닦고 있는데 누가 세면대 옆에 버린 박물관 안내도가 눈에 띄었다. 안내도를 펼치자 각 전시관에 붙은 이름이 보였다. 운석, 보석과 광물, 인류의 고향 아프리카, 북서부 해안의 인디언, 조류의 생태, 작은 포유 동물, 지구의 역사. 엄마의 도서관처럼 일목요연하게 정리된 세계가 여기에서 벤을 기다리고 있었다.

화장실을 나오자 작은 카페가 보였다. 테이블 위 쟁반에 누군가 먹다 버린 샌드위치와 반쯤 남은 우유가 있었다. 벤은 아무도 보지 않을 때 샌드위치를 한입에 넣고 우유를 마셨다. 그때까지는 얼마나 배가 고픈지도 몰랐다.

표지판을 따라 엘리베이터를 타고 꼭대기 층으로 올라갔다. 안내도 덕분에 구식 롤러코스터처럼 머리 위를 가로지르는 공룡 뼈를 쉽게 찾을 수 있었다. 천장에 매달려 있는 새 떼 아래를 돌아다니다 끝이 갈라진 혀를 길게 빼고 있는 코모도왕도마뱀과 꼼짝 않고 제 알을 품고 있는 거대한 거북이 두 마리 앞을 지나갔다. '보세요, 엄마. 거북이예요!' 벤은 속으로 말했다.

벤은 성에서 길을 잃은 소년처럼 돌아다니다가 웅장한 복도도 지나고 대리석 계단도 내려갔다. 높이 돋운 단 위에는 사진을 찍으려고 포즈를 취한 것마냥 서 있는 코끼리 떼가 보였다. 해양 생물 전시관에는 고래 한 마리가 푸른색 비행선처럼 공중에 떠 있었다. 무시무시한 하얀 입을 쩍 벌린 채 벽을 향해 뛰어오르는 상어들은 언제라도 벤을 잡아먹을 것만 같았다.

벤은 박물관을 구석구석 돌아보다 실물 크기의 디오라마(배경 위에 모형을 설치하여 하나의 장면을 묘사한 것—옮긴이 주)를 발견하고 감탄했다. 디오라마는 어두컴컴한 동굴에 유리창을 낸 것 같은 모양이었다. 눈부시게 빛나는 노을과 눈 쌓인 산, 고지대의 초원 등의 풍경이 끝없이 펼쳐진 듯 보였다. 각각의 디오라마 안에는 그 순간 그대로 얼어붙은 것 같은 모형 동물들이 들어 있었다. 고개를 모로 꼬거나 바위에 앉아 있는 동물, 냇가로 걸어가다 그대로 영원히 멈춰 버린 것 같은 동물도 있었다.

1927년 2월
생일 축하한다,
로그.
사랑하는
할머가.
뉴저지 주 호보켄 래버가
168번지
로그 리케이드 앞

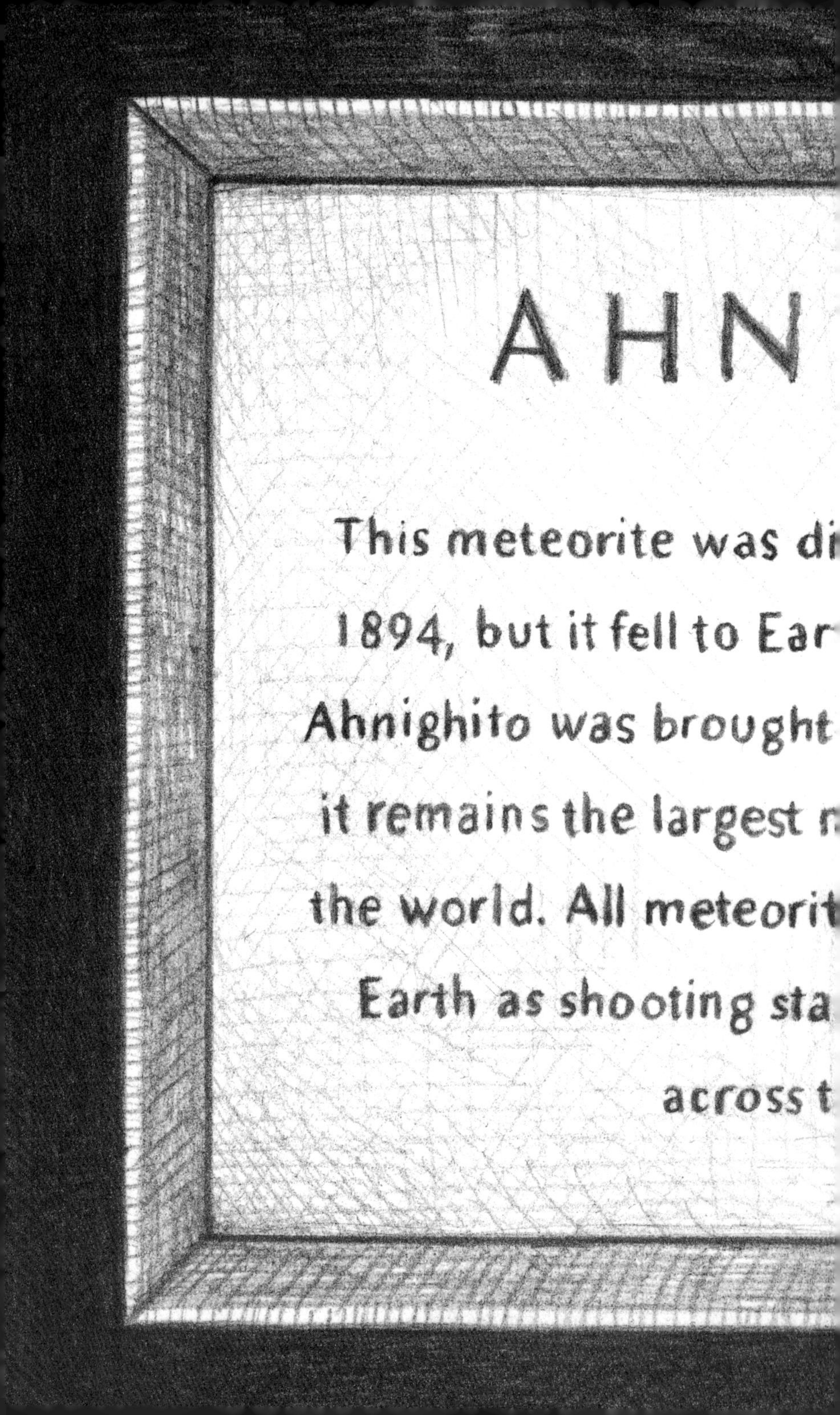

AHN

This meteorite was di

1894, but it fell to Ear

Ahnighito was brought

it remains the largest

the world. All meteorit

Earth as shooting sta

across t

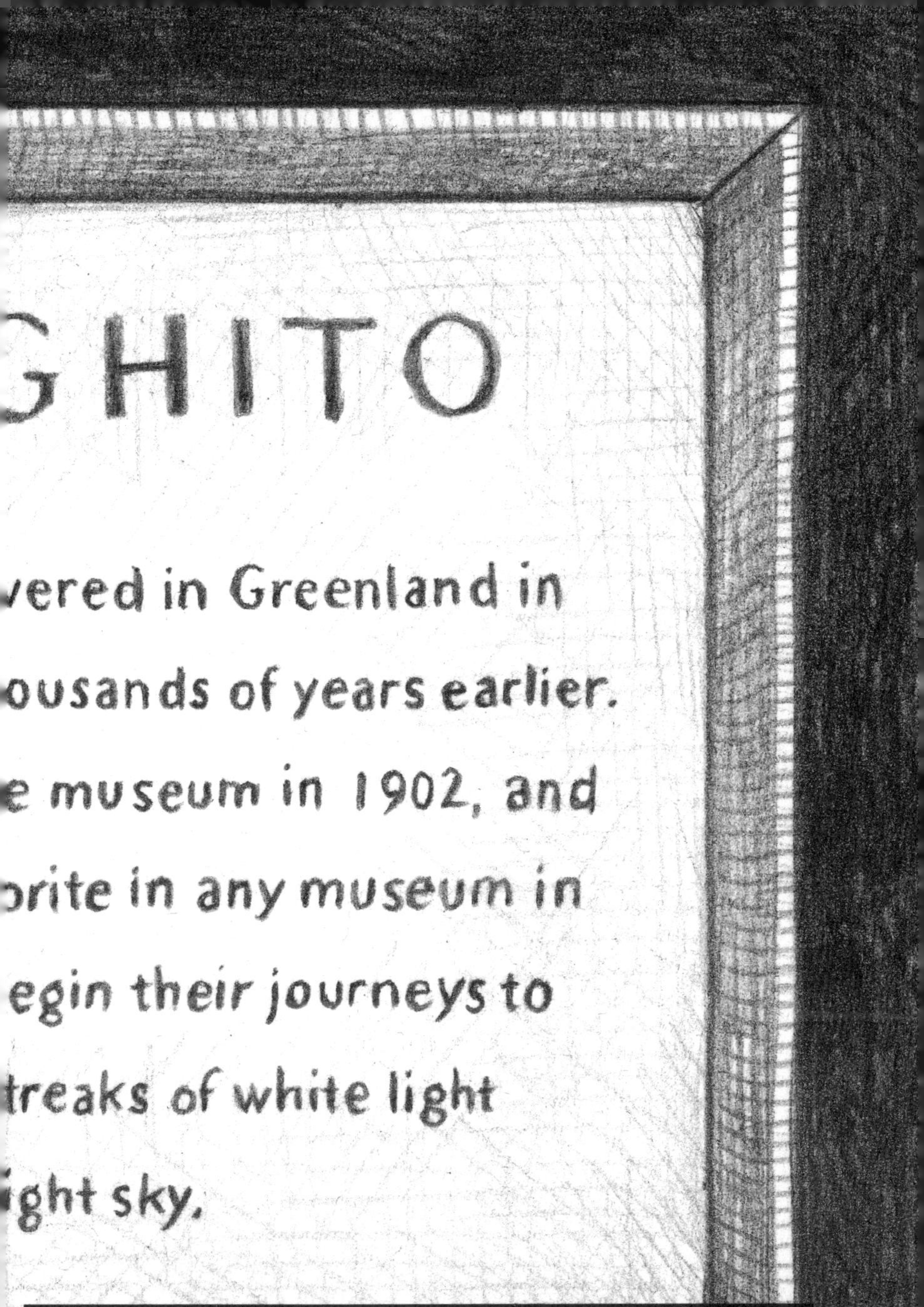
GHITO
vered in Greenland in
ousands of years earlier.
e museum in 1902, and
orite in any museum in
egin their journeys to
treaks of white light
ight sky.

아니하이토
이 운석은 1894년 그린랜드에서 발견되었지만 사실 그로부터 수천 년 전에 이미 지구에 떨어졌던 것이다. 아니하이토는 1902년에 우리 박물관으로 가져왔으며 현재 전 세계 박물관에 소장된 운석 중에 가장 크다. 하얀 빛을 내뿜는 별똥별이 밤하늘을 가로지르며 지구로 떨어지면 운석이 된다.

ld. All m

as shoot

ac

eteorites

ng stars,

ross the

"별똥별"

벤은 몇 걸음 안 가 어두컴컴하고 둥근 공간으로 들어섰다. 방 한가운데에 놓인 주 전시물을 위해 지어진 곳 같았다. 거기, 스포트라이트 불빛 아래에 자동차만 한 크기의 거대한 검은 운석이 놓여 있었다.

빛이 나는 굴곡진 표면을 손바닥으로 쓸어 보았다.

손에 닿는 느낌이 매끄러웠다. 근처에 있는 안내판을 읽자 엄마가 설명해 준, 20억 년 전에 건플린트 호수를 만들었다던 운석 생각이 났다. 그게 이것보다 더 컸을까? 만약 운석이 별똥별과 같은 거라면, 지구에 떨어지고 난 다음에 소원을 빌어도 이루어지지 않을까?

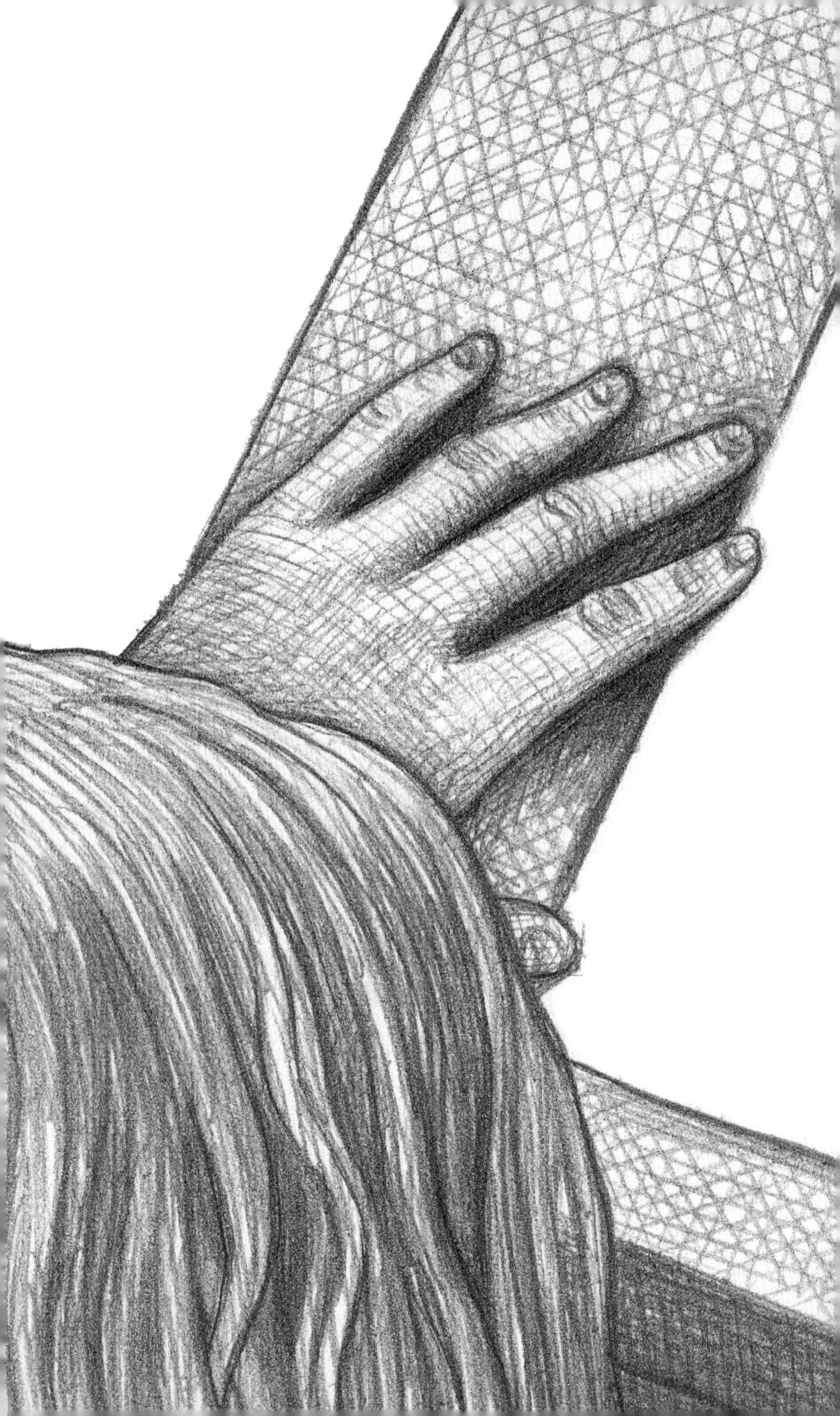

에 게도

나에게도 어딘가
속할 곳이 있다면
얼마나 좋을까.

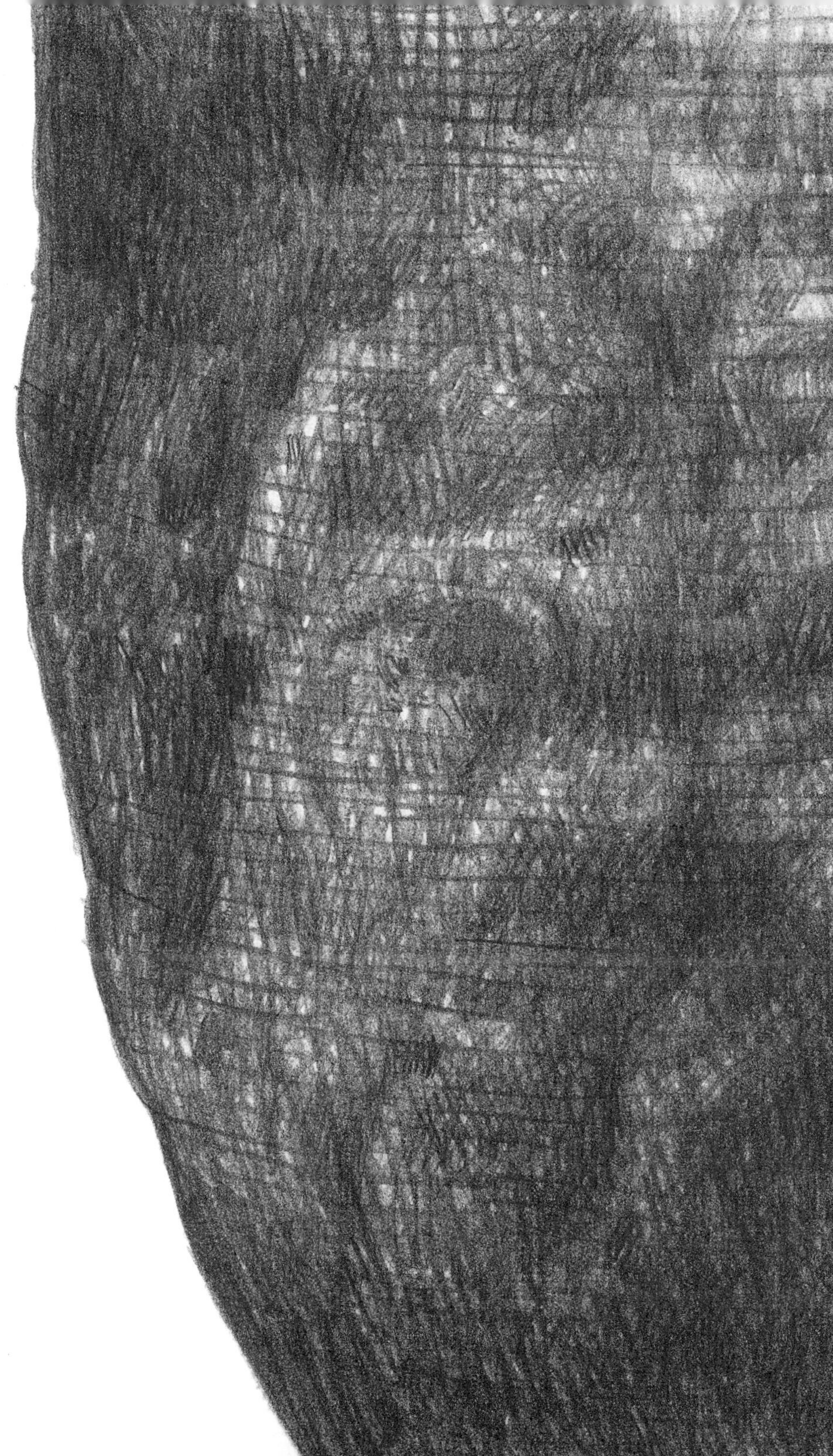

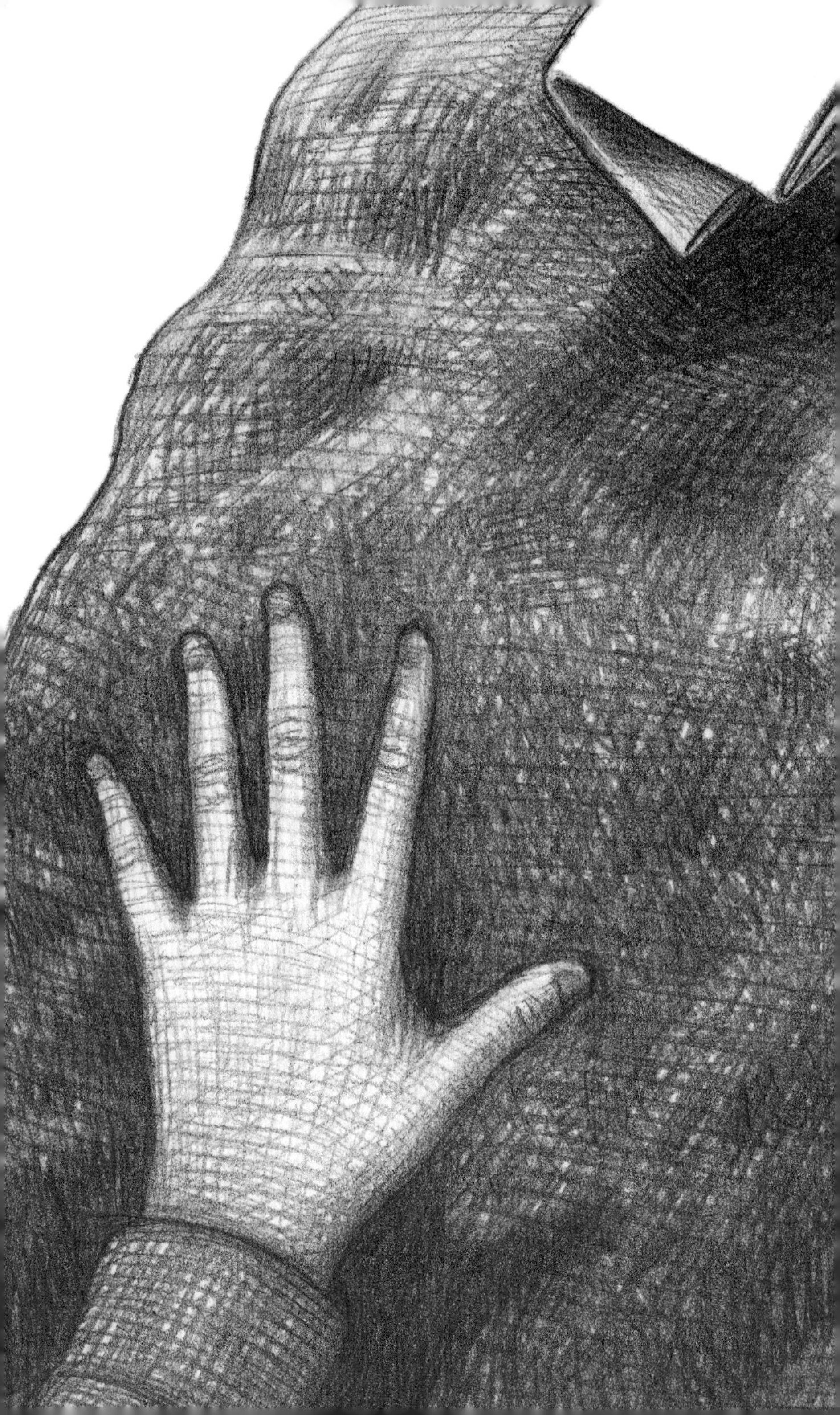

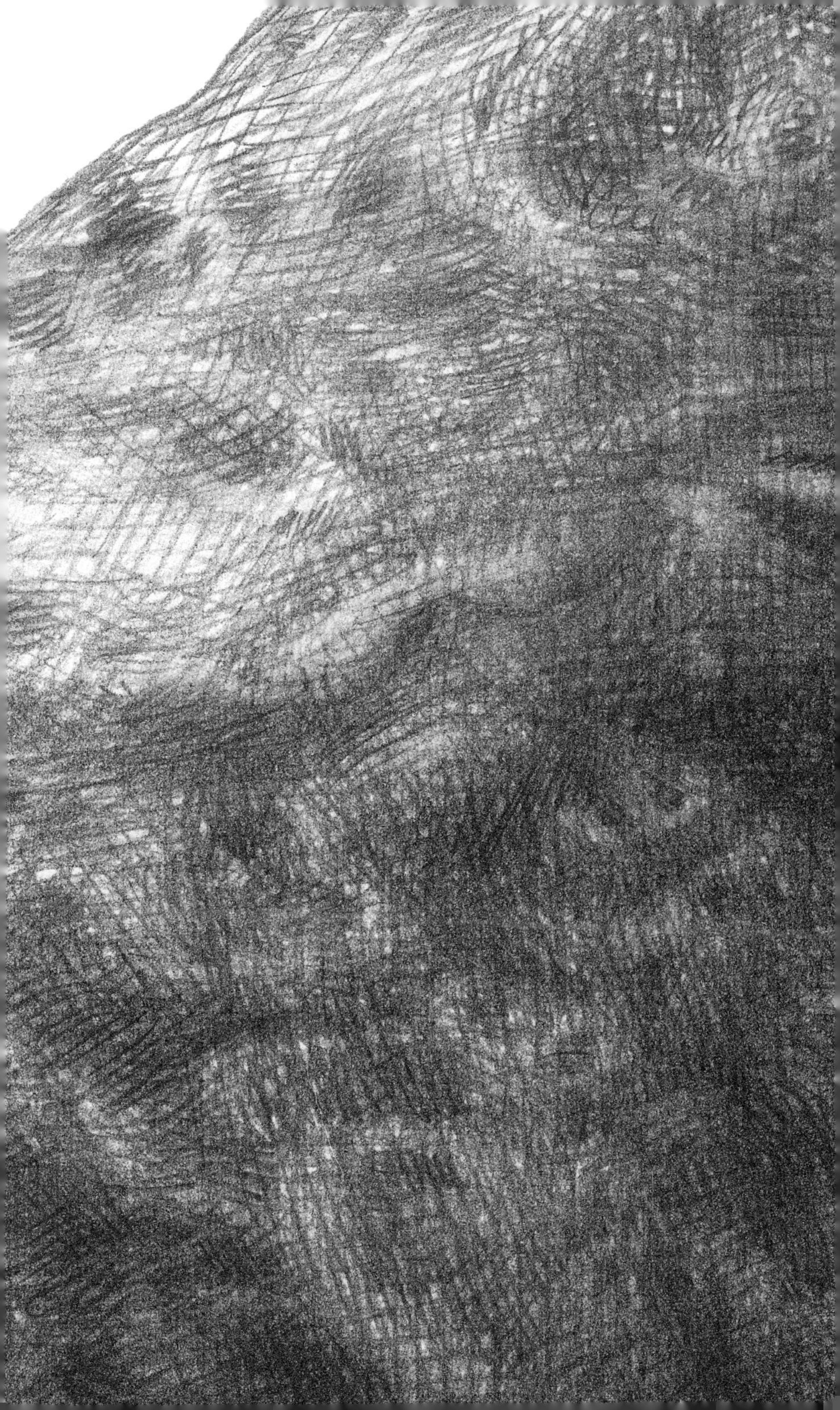

벤은 손으로 운석을 눌러 보았다. 단단한 느낌이 좋았다. 이번에는 바닥에 옷 가방을 내려놓고 매끄러운 표면에 뺨을 대고 눈을 감았다. 벤은 소원을 한 가지 더 빌었다.

눈을 뜨고 고개를 들자, 천장에 달린 거울에 사람들이 아니하이토 운석 위에 던진 동전들이 비쳐 보였다. 그리고 은빛 동전들 사이에 꼬깃꼬깃 접은 종이쪽지가 하나 있었다. 쪽지를 막 집으려고 할 때였다. 갑자기 몸이 뒤로 홱 젖혀지며 운석으로부터 멀어졌다. 벤은 주위를 둘러보다 화가 난 표정의 경비원 아저씨와 눈이 마주쳤다. 벤의 어깨를 움켜쥔 경비원은 고함을 지르고 있는 게 분명했다. 사과를 하려는데 누군가 경비원 뒤로 재빨리 지나갔다. 그 틈을 타서 얼른 몸을 빼려고 했지만 잘 되지 않았다. 벤은 경비원 아저씨의 입술을 읽으려고 애썼다. 부모님이 어디에 있느냐고 묻고 있는 것 같았다.

"부모님이 10분 있다가 해양 생물관에서 만나자고 그랬어요."

경비원은 고개를 저으며 뭔가 다른 말을 더 했다. 그러더니 보석과 광물 전시관 쪽을 살폈다. 그쪽에 무슨 문제가 생긴 것 같았다. 아저씨는 뭐라고 한 마디 던진 뒤 그리로 가 버렸다.

조심스럽게 몸의 균형을 잡으며 옷 가방 위로 올라간 벤은 손을 뻗어 마침내 종이쪽지를 손에 넣었다. 쪽지를 펴 보았다. 초록색으로 이렇게 씌어 있었다. "상자에 뭐가 들어 있니?"

이 종이쪽지가 언제부터 저 위에 있었을까? 벤은 궁금했다. 쪽지를 한 번 더 읽고 나자 옷 가방 속에 있는 박물관 상자 생각이 났다. 가방이 열려 물건이 쏟아졌을 때 상자를 도로 가방에 넣었던가? 기억이 나지 않았다. 벤은 가방을 열어 옷가지 사이를 뒤져 보았다.

상자가 없었다!

종이쪽지를 뒤집자 손으로 직접 조그맣게 그린 박물관 1층 안내도가 나왔다. 그것도 초록색이었다. 위에 그려진 긴 점선은 복도를 따라 이리저리 꺾여 있고 그 선이 끝나는 곳에 마치 보물 지도처럼 X자 표시가 되어 있었다.

안내도를 보며 이 방 저 방 다니다 지금까지 한 번도 지나간 적이 없는 좁은 복도에 들어섰다. 디오라마가 줄지어 있는 곳이었다. 안내도의 X는 다섯 번째 디오라마를 가리키고 있었다.

그 디오라마를 들여다보자 뒷덜미의 솜털이 곤두서는 것 같았다. 옷 가방이 손에서 떨어졌다.

배경에 그려진 밤하늘에 오로라의 어른거리는 빛이 펼쳐져 있었다. 게다가 보이지 않는 달의 푸른 빛 아래 늑대 두 마리가 눈 쌓인 풍경을 가로질러 벤에게로 곧장 달려오고 있었다. 온몸에 섬뜩한 전율이 흘렀다.

마치 누군가가 벤의 머릿속 꿈을 꺼내어 유리 진열장 뒤에 펼쳐 놓은 것 같았다.

벤은 볼록한 금색 글자로 된 디오라마의 이름을 읽어 보았다.

늑대(학명: 카니스 루푸스CANIS LUPUS), 미네소타 주, 건플린트 호수

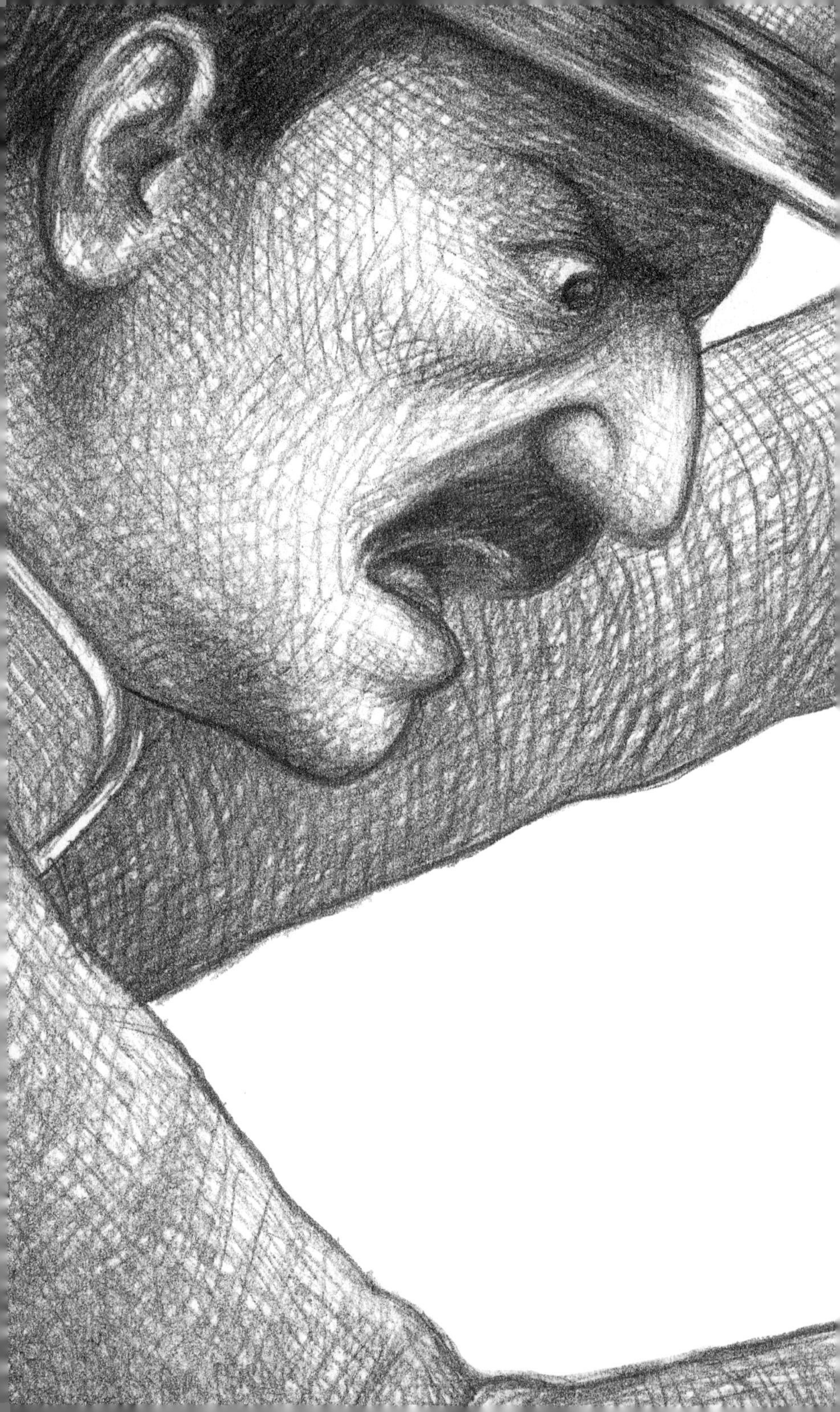

무릎이 탁 풀리는 느낌이었다. 벤은 비틀거리며 뒷걸음질을 치다 복도 반대편 바닥에 주저앉았다.

어떻게 이럴 수 있지? 그 늑대들이 여기 있을 수가 없는데…… 여기에 있었다. 벤은 지금 자기 눈으로 늑대를 보고 있었다.

그때 누군가 달려와 벤을 일으켜 주었다. 벤은 얼마나 정신이 없었는지, 도와준 사람이 아까의 그 곱슬머리 소년이라는 사실을 1분쯤 지나서야 깨달았다.

아이 둘을 데려온 어떤 가족이 벤의 옷 가방을 둘러싸고 있었다. 가방은 아직 전시관 한가운데에 놓여 있었다. 곱슬머리 소년이 얼른 가방을 가지러 갔다. 소년은 그 부인에게 사과했다. 잠시 후 옷 가방을 가지고 돌아오는 소년의 입이 움직였다. 벤은 그의 입술을 보며 "고마워."라고 말했다. 그리고 몸을 쭉 편 다음 손으로 얼굴을 비볐다.

소년은 한쪽 입 꼬리를 올리며 미소를 지었다. 그리고 어깨에서 초록색 배낭을 내려 지퍼를 열더니, 가방 안에서 박물관 상자를 꺼내 벤에게 내밀었다. 벤은 상자를 받아 가슴에 안았다. 소년이 계속 말을 걸었다. 벤은 그가 묻는 질문에 대답을 해 줘야 했지만 무엇을 물어보는지 알 턱이 없었다.

벤이 소년의 말을 가로챘다. "왜 나를 하필 이 디오마라로 오게 한 거야?"

소년이 뭐라고 대답했지만 벤은 속수무책으로 바라보는 수밖에 없었다. 소년의 입술과 손짓을 보며 무슨 말을 하는지 파악하려고 애썼지만 헛수고였다. 번개에 맞기 전에는 가끔 잘 들리는 쪽 귀를 막고 연습 삼아 입술을 읽어 보곤 했었다. 하지만 아주 간단한 단어가 아니면 도무지 알 수가 없었다. 벤은 계속해서 소년의 입을 뚫어져라 쳐다봤다. 그리고 똑같은 질문을 다시 했다.

소년이 고개를 갸우뚱하며 눈을 가늘게 뜨고 벤을 바라보았다. 그의 입술이 움직이더니 손가락이 디오라마를 가리켰다.

벤이 고개를 끄덕였다.

소년은 일부러 손을 천천히 앞으로 뻗어 벤에게서 박물관 상자를 빼앗았다. 그리고 뚜껑에 조각된 늑대를 손가락으로 가리킨 다음 다시 디오라마 속의 늑대들을 가리켰다.

그랬구나! 상자 뚜껑에 늑대가 있어서 여기서 만나야겠단 생각을 한 거야!

그때 잿빛 머리가 긴 할머니가 디오라마로 걸어오더니 소년들 바로 옆에서 걸음을 멈추었다. 할머니는 이쪽을 보며 다정하게 웃었는데, 실은 그들을 향해 웃은 게 아니라 달빛 비치는 디오라마를 보고 있었다. 벤과 소년은 할머니가 어서 지나가기를 기다렸지만 할머니는 늑대와 나무들, 배경으로 그려진 하늘에 드리운 커튼 같은 빛을 보며 한동안 서 있었다.

곱슬머리 소년은 할머니가 그곳에서 마음껏 늑대들을 감상하도록 벤을 앞 유리로부터 떼어 놓았다. 그러고는 산양 디오라마가 있는 복도로 벤을 잡아끌었다.

벤은 잠깐 벽에 기대어 서서 눈을 감았다. 다시 눈을 떴을 때
는 소년의 입이 움직이고 있었다. 게다가 벤의 머리 옆으로 손
을 뻗어 병원에서 간호사가 그랬듯이 두 손가락 끝을 딱딱 부
딪치고 있었다. 잠시 후 소년은 주머니에서 작은 수첩과 초록
색 펜을 꺼냈다.

그리고 뭐라고 쓴 다음 수첩을 내밀었다. 거기에는 이렇게 적
혀 있었다. "너 귀가 안 들리니?"

벤은 마지못해 고개를 끄덕였다.

"그래서 내 말을 못 들은 척했던 거구나."

벤은 어깨를 으쓱했다.

소년은 할머니를 손으로 가리킨 뒤 이렇게 적었다. "저 할머니
는 맨날 여기에 오셔." 또 자신을 가리킨 뒤 이렇게 썼다. "난 제
이미야."

"난 벤."

제이미는 오른손 손가락으로 이상한 모양을 만들기 시작했
다. 벤이 반응을 보이지 않자 제이미가 이렇게 썼다. "수화 몰라?
나 학교에서 알파벳은 배웠는데."

벤이 고개를 끄덕였다.

"왜 안 배웠어?"

벤이 자신의 귀를 가리키며 말했다. "이렇게 된 지 한 달밖
에 안 됐어."

"어쩌다가?" 제이미가 물었다.

벤은 그의 입술을 읽고 대답했다. "벼락 때문에."

"벼락?"

벤이 다시 고개를 끄덕였다.

"어, 난 사람이 벼락을 맞으면 죽는 줄 알았는데." 제이미가 수첩에 썼다.

벤은 "그렇지는 않은가 보네."라고 말하는 듯 눈썹을 위로 끌어 올렸다. 제이미는 무슨 말인지 이해하는 것 같았다.

제이미가 벤의 옷 가방을 가리켰다. "가출한 거야?"

다시, 벤이 고개를 끄덕였다. 제이미의 입이 '와아' 하고 움직였다. 그러더니 이렇게 썼다. "어디에서 왔어?"

벤이 대답을 하려고 하는데 아까 그 할머니가 그들 옆을 지나 전시관을 빠져나갔다.

둘은 다시 늑대가 있는 곳으로 돌아갔다. 벤이 늑대의 빛나는 유리 눈알을 보며 완전히 넋이 나가 있는데 제이미가 어깨를 두드리더니 손가락으로 "어디에서 왔어?"라고 쓴 글씨를 가리켰다.

벤은 대답 대신 디오라마에 붙어 있는 '건플린트 호수'라는 금빛 글자를 가리켰다.

제이미가 웃었다.

벤은 다시 글자를 가리키며 제이미를 똑바로 보았다.

제이미의 눈이 휘둥그레지더니, 벤의 어깨에 손을 얹고 벤이 다시 디오라마를 등지고 서도록 했다. 그런 다음 뒤로 물러나서 카메라를 꺼내 사진을 찍었다.

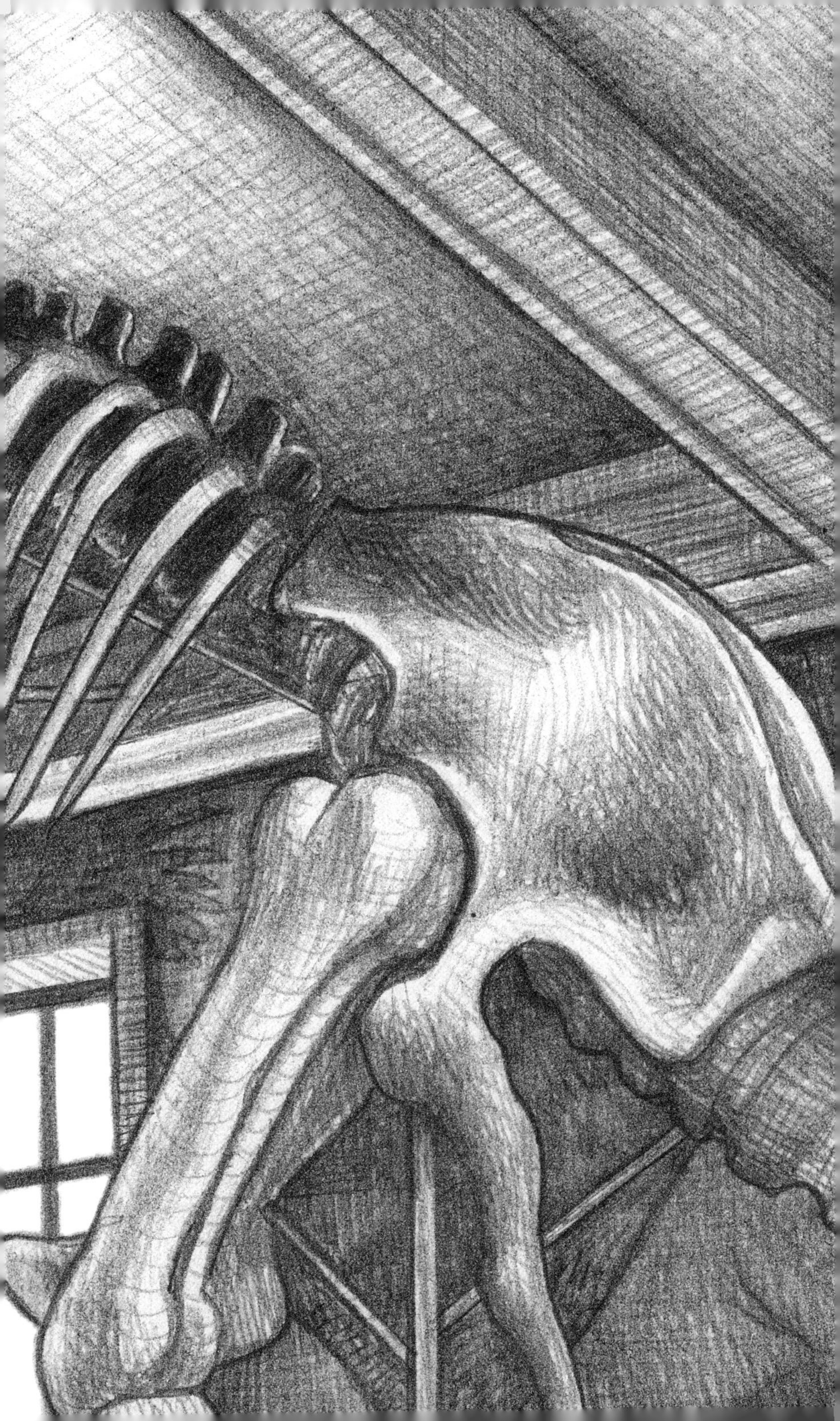

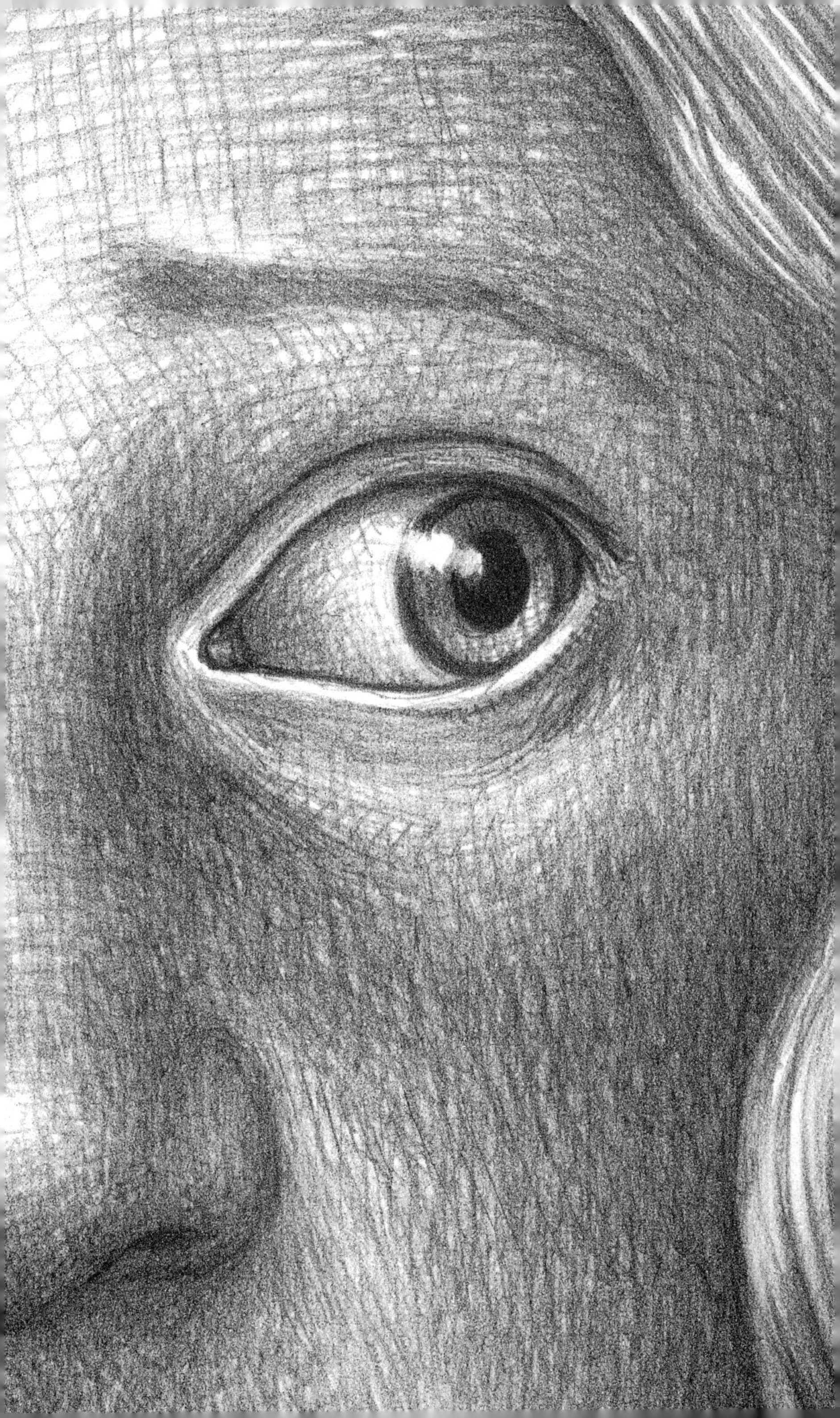

환하고 하얀 플래시 불빛이 터지자 눈앞이 캄캄해졌다. 게다가 번개의 기억이 떠올라 몸서리가 쳐졌다. 겨우 적응된 눈을 뜨자, 제이미가 방금 찍은 사진을 들고 한쪽 입꼬리가 올라가는 미소를 짓고 있었다. 좀 전에 카메라 앞의 가느다란 홈에서 미끄러져 나온 흰색 테두리를 두른 회색의 사각형 사진을 든 채였다. 벤은 몇 분 내에 그 사진이 저절로 인화될 거라는 것을 알았지만 제이미는 사진이 또렷해지기도 전에 제 주머니에 넣어 버렸다.

"왜 그런 거야?" 제이미가 수첩에 썼다.

"뭘?"

제이미는 손가락 두 개로 다리 모양을 만들어 움직이며 '가출'하는 시늉을 했다.

벤은 뭐라고 대답해야 할지 모르겠어서 그냥 무릎을 꿇고 앉아 박물관 상자를 옷 가방에 도로 넣었다. 제이미가 손짓을 했다. 따라가는 수밖에 별 도리가 없었다. 늑대를 두고 떠나고 싶지는 않았지만, 너무 지친 데다 뾰족한 수가 없었다. 잠이나 실컷 자고 싶었다.

그들은 기나긴 복도를 지나 계단을 올라간 뒤 '출입금지'라고 적힌 문에 다다랐다. 제이미가 주머니에서 열쇠 꾸러미를 꺼내 벤의 얼굴 앞에서 신 나게 흔들어 보인 다음 재빨리 문을 열었다. 벤은 문 저편에서 희미하게 새어 나오는 빛을 보며, 순간 들어가야 할지 말아야 할지 망설였다.

그런 벤의 모습을 제이미가 눈치 챈 게 분명했다. 제이미는 벤의 팔을 잡고 안으로 이끌었다. 두 소년은 방으로 들어갔다.

창문에 더러운 비닐 방수포가 덮여 있어서 들어오는 빛이 침침한 회색빛이었다. 방안에는 상자와 오래된 책들이 가득했고, 사방 벽에는 선반이 천장 높이까지 달려 있었다. 곳곳에 서류들이 널려 있고 벽에서는 물이 샜다. 저쪽 한 귀퉁이에는 가구들이 뒤죽박죽 쌓여 있었다. 게다가 어디에나 먼지가 두껍게 앉아 있었다.

벤이 주위를 두리번거리며 말했다. "여기가 어디야?"

제이미가 적었다. "내 비밀의 방."

"아니, 여기가 뭐하는 데였냐고?"

제이미가 어깨를 으쓱했다. "글쎄, 창고?"

벤은 탑처럼 높이 쌓여 있는 상자와 서류 더미를 찬찬히 살펴보았다. 문득 엄마의 도서관에 있었던 곰팡내 나는 문서 보관실이 생각났다. 그곳 서가에는 더 이상 발행되지 않는 예전의 신문과 잡지들이 꽂혀 있었다. 제이미는 선반에 놓인 상자 하나에서 털가죽 담요를 꺼냈다. 뒷면에 1947년 '선사시대 인간' 전시에 쓰였던 물건이라는 꼬리표가 달려 있었다. 제이미는 담요를 흔들어서 털었다. 그러고는 한쪽 발을 이용해 바닥의 먼지와 잡동사니를 방 뒤쪽으로 밀어냈다. 그러자 색이 거의 바랜 격자무늬가 드러났다. 벤은 피곤했지만 언젠가 본 적이 있는 무늬라는 확신이 들었다. 아마 버스 터미널이나 박물관의 어디에서였을 것이다.

제이미는 바닥에 털가죽 담요를 깔았다. 그리고 다른 상자에서 손전등을 꺼내 벤에게 주었다. 두 소년은 담요 위에 앉았다. 약간 퀴퀴한 냄새가 나기는 해도 부드럽고 아늑한 담요였다.

제이미는 작은 배낭에 손을 넣어 샌드위치를 꺼내더니 반을 잘라서 한쪽을 벤에게 주었다. 별로 좋아하지 않는 참치 샌드위치였지만 벤은 얼른 먹어 치웠다.

"고마워." 먹는 도중에 벤이 말했다.

다 먹고 나자 기분이 한결 나아지기는 했지만 벤은 여전히 잠을 자고 싶었다. 이 곰팡내 나는 담요에서라도 꽤 오래 잠을 잘 수 있을 것 같았다. 그러고 나면 머릿속도 정리되고 그 다음 무엇을 해야 할지 생각이 날 것이다. 하지만 제이미는 벤이 부탁하지도 않았는데 오른손을 들어 주먹을 쥐었다. 그 다음 엄지를 뺀 네 손가락을 쭉 편 상태에서 오른손 엄지가 손바닥을 비스듬히 가로지르도록 놓았다. 그러고는 지금까지 한 동작을 한 번 되풀이했다. 그 다음에 손으로 초승달 모양을 만들었고, 이어서 검지만 위로 쭉 뻗은 채 나머지 손가락을 모두 엄지로 모았다.

제이미는 벤에게 온갖 모양을 몇 번이고 따라하게 하면서 입으로는 손 모양에 해당되는 알파벳을 발음했다.

싫다고 말하는 것도 피곤했던 벤은 제이미가 하라는 대로 동작을 따라했다. E, F, G, H…… 손가락으로 알파벳 모양을 만드는 느낌은 나쁘지 않았고 덕분에 잠도 약간 깨는 것 같았다. C나 L, O, Z 같은 경우에는 실제 글자와 모양이 비슷해서 별로 어렵지 않았다. 하지만 P, H, F 같은 글자들은 쉽게 외워지지 않았다.

둘은 처음부터 끝까지 알파벳을 몇 번쯤 연습했다. 그러고 나자 제이미는 가까운 선반 아래에서 폴라로이드 사진이 담긴 신발 상자를 꺼내 벤에게 내밀었다.

벤은 제이미가 사진을 보여주고 싶어 한다는 것을 알았다. 그래서 사진을 한 장 한 장 넘기며 공룡 뼈라든지 공중에 떠 있는 푸른 고래 사진 수십 장, 디오라마 속 들소, 도마뱀, 고릴라, 산양, 엘크(말코손바닥 사슴—옮긴이 주), 코요테, 늑대 등을 가까이에서 찍은 사진까지 구경했다. 상자의 또 다른 칸에는 박물관 관람객들의 사진이 들어 있었다. 머리 모양, 안경, 옷들이 제각각 다른 사람들의 사진이 수없이 많았다. 그중에는 아까 늑대 디오라마 앞에서 봤던 할머니 사진도 있었다.

"그 할머니는 맨날 온다고 내가 그랬지! 한번은 할머니를 뒤따라갔는데, 할머니가 이 방 출입금지 표지판까지 오더니 손으로 그걸 어루만지는 거야. 난 그전에는 거기에 문이 있는지도 몰랐거든. 우리 아빠가 여기에서 일하시기 때문에 사무실에서 열쇠 꾸러미를 훔쳐서 들어왔지."

그러고 나서 제이미는 짧은 금발에 커다란 금테 안경을 쓴 여자 사진을 보여 주었다. 그의 입이 이렇게 움직였다. "우리 엄마야.” 제이미의 엄마는 그네가 매달린 나무 옆에 서 있었다. “엄마는 늦게까지 일해.” 제이미가 이렇게 썼다. “난 학교가 끝나면 버스를 타고 집에 와. 내 열쇠도 따로 있지. 난 보통 혼자서 오후 시간을 보내. 우린 뉴욕 주 북부에 살아.”

벤은 그곳이 정확히 어디쯤인지는 몰랐지만 꽤 먼 곳처럼 느껴졌다. 벤은 “그럼 뉴욕에 사는 게 아냐?” 하고 물었다.

제이미는 고개를 저으며 사진을 계속 뒤적이다 비뚤어진 나비넥타이를 매고 모자를 쓴 채 카메라를 향해 걸어오는 남자 사진을 찾아내고는 입술을 움직였다. “우리 아빠야.” 벤은 자기도 모르게 셔츠 아래 로켓으로 손이 갔다.

“아빠 여기 뉴욕에 사셔.” 제이미가 썼다. “나는 주말이랑 명절마다 아빠를 만나러 와. 여름방학 때는 주로 아빠랑 지내고.”

제이미는 주머니에 손을 넣어 아까 찍었던 벤의 사진을 꺼냈다. 그리고 그 사진을 상자에 넣은 다음 뚜껑을 닫아 상자를 선반 아래로 밀어 넣었다.

제이미가 벤의 옷 가방을 가리키며 열어 보라는 몸짓을 했다. 벤은 그러고 싶지 않았다. 하지만 입 꼬리를 올리며 웃는 제이미의 미소를 보자 왠지 안심이 됐다. 벤이 가방을 열자 제이미는 얼른 박물관 상자를 향해 손을 뻗었다. 그 안에 뭐가 들었는지 보고 싶은 게 분명했다. 벤이 다시 망설였지만, 제이미는 어서 상자를 열라고 재촉했다.

모든 게 제자리에 있었다. 잿빛 돌멩이 두 개, 어릴 때 간 젖니, 작은 플라스틱 장난감, 화석, 새 머리뼈, 조개껍데기로 만든 거북이. 벤은 그 물건들을 하나하나 들어 올린 다음 그에 대한 설명을 짤막하게 덧붙였다. 빌리와 달리 제이미는 벤을 비웃지 않았다. 그러기는커녕 이야기를 즐겁게 들었다. 질문도 하고 손을 내밀어 직접 만져 보기도 했다. 벤은 그 물건들을 들고 있는 제이미를 보자 왠지 가슴이 뿌듯했다. 벤의 수집품에 이렇게 관심을 보여 준 사람은 엄마뿐이었다.

수집품을 모두 구경한 제이미는 초록색 배낭의 지퍼를 닫더니 어깨에 둘러멨다. 그리고 손으로 자신을 가리킨 다음 문을 가리켰다. "늦었어. 나 그만 가 봐야 해. 내일 또 올게." 그가 수첩에 이렇게 적었다. "넌 여기에서 자. 여긴 안전하니까. 화장실은 복도 끝에 있어. 야간 경비원만 조심하면 돼." 제이미는 문간에서 손을 흔든 뒤 방을 나갔다.

벤은 녹초가 된 몸으로 밤새 안전하게 쉴 곳이 생겼다는 안도감을 만끽했다. 박물관 상자를 옷 가방에 도로 넣을 때는 새의 머리뼈라든가 조개껍데기 거북이, 스트로마톨라이트를 조심스럽게 다루던 제이미가 떠올랐다.

털가죽 담요에 누워 무릎을 가슴까지 끌어당겼지만 눈을 감자마자 집 생각이 났다. 덜루스 어린이 병원에서는 벤이 없어진 걸 알고 분명 친척들에게 연락했을 것이다. 경찰이 여기 뉴욕까지 나를 잡으러 올까? 적어도 로비는 저 혼자 방을 쓰게 되었다며 좋아하겠지.

벤은 곁에 앉아서 자신의 눈을 똑바로 쳐다보도록 아들의 턱을 치켜들고 있는 엄마의 모습을 상상했다. 엄마가 어떻게 하라고 귀띔해 주고, 더 완벽한 조언을 해 주었으면 했다. 비록 엄마는 늘 벤이 스스로 판단하는 것을 좋아했지만 말이다. 그런데 말하는 엄마의 모습을 아무리 그려 보아도, 엄마는 "우리는 모두 시궁창에 있다. 하지만 그중에서도 어떤 이들은 별을 바라본다."는 말만 되뇌일 뿐이었다. 그 말을 하고 나서 엄마는 사라졌고, 벤은 집으로 돌아가는 것 말고 달리 무엇을 해야 할지 떠오르지 않았다.

머릿속이 윙윙거리고 피부가 따끔거렸다. 벤은 손전등을 켜고 로켓을 열었다. 사진 속 대니얼의 얼굴을 뚫어져라 봤다. 어쩌면 처음부터 완전히 틀렸는지도 모른다. 어쩌면 이 사람은 아빠가 아닐 수도 있었다. 벤은 자세히 알아보지도 않고 여기까지 달려온 자신이 바보처럼 느껴졌다. "아저씨는 누구세요?" 사진을 향해 물었다. 대답이 없었다. 벤은 꿈속의 늑대가 왜 여기에 있는지 알아낼 때까지만이라도 있고 싶었다. 하지만 친척들을 걱정시키고 있다는 죄책감이 마음속을 가득 채웠다. 그리고 미네소타로 돌아가야 한다는 것도 잘 알고 있었다.

NEW
XHIBITION

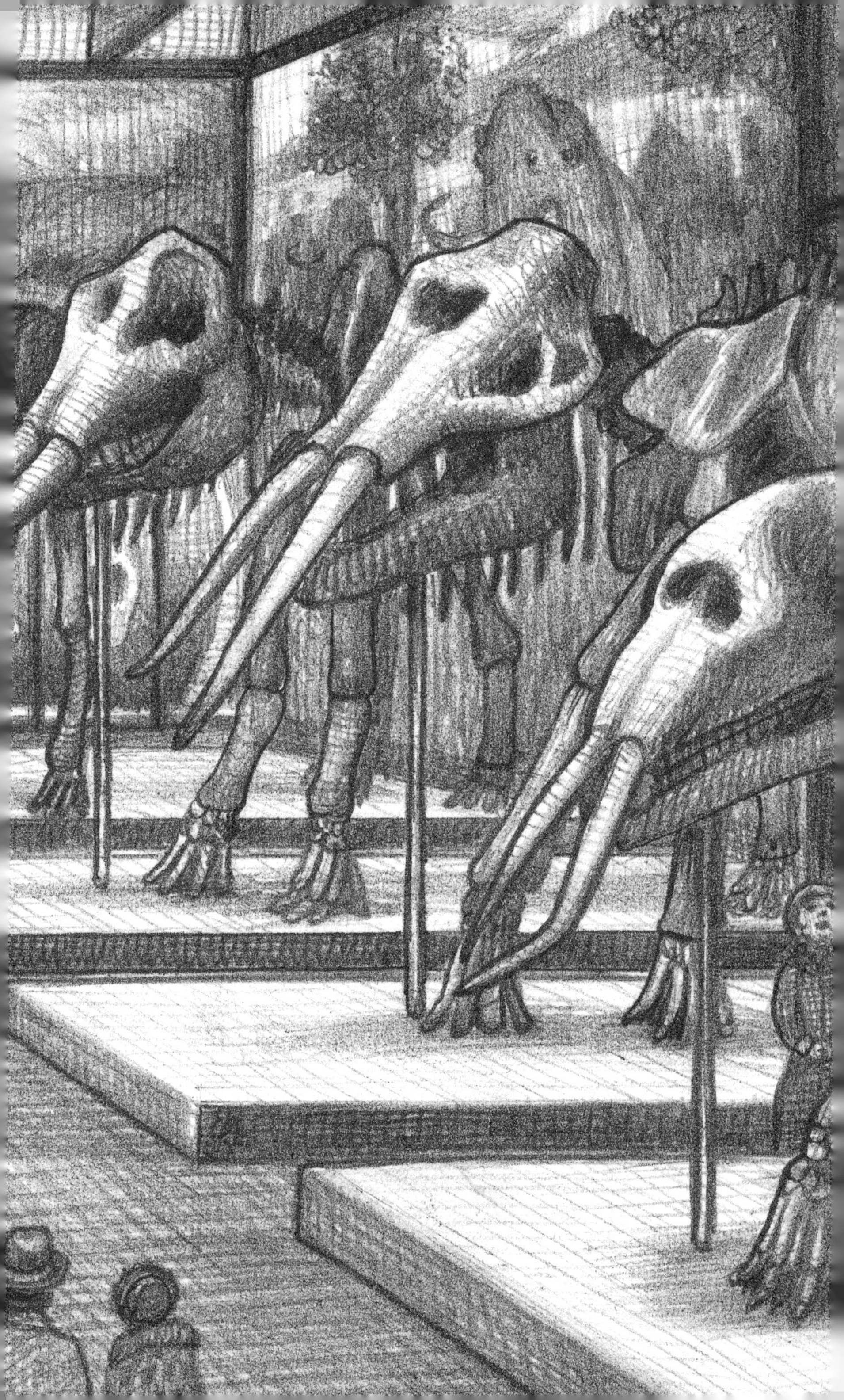

벤은 이번에도 눈 속을 달리고 있었다. 바람이 얼굴을 때려 숨을 쉬기도 힘들었지만 전과는 뭔가 다르게 느껴졌다. 질주하는 발소리, 길게 울부짖는 소리, 눈을 밟는 뽀드득 소리가 들리지 않았다. 사방이 조용해서 늑대가 어디에 있는지 짐작이 안 갈 정도였다. 늑대들이 사라진 걸까? 아니면 숨을 죽이다 바로 뒤에서 확 덮치려는 걸까? 벤은 돌아보기가 두려워서 계속 달렸다. 달리다 눈을 뜨니 털가죽 담요를 다리에 둘둘 만 채 식은 땀을 흘리며 숨을 헐떡이고 있었다.

다음 날 아침, 제이미는 돌아오지 않았다. 그에게 고맙다는 작별 인사도 없이 떠나기는 싫었다. 게다가 이모와 이모부에게 연락하려면 제이미의 도움이 필요했다.

벤은 배가 고팠다. 그래서 담요를 박차고 일어나 셔츠를 갈아입고 문은 잠그지 않은 채 박물관으로 갔다. 먼저 화장실에 들렀다가 카페로 가서 다른 사람이 먹다 남긴 샌드위치와 과일을 먹어치우고 손님이 떠난 테이블에 덩그러니 남아 있던 주스도 마셨다. 이윽고 벤은 늑대 디오라마가 있는 곳으로 가서 질주하는 늑대의 유리 눈알을 들여다보았다.

시간이 얼마나 흘렀을까, 벤은 디오마라 근처 벽에 붙어 있는 설명문을 발견했다. 어제는 미처 읽지 못했던 것이었다.

늑대 무리가 있는 환경

미네소타 주, 건플린트 호수

이 전형적인 12월 풍경은 건플린트 호수 주변의 모습이다. 이 호수 건너편은 캐나다 온타리오 주이다. 건플린트 호수는 슈퍼리어 호수에서 서쪽으로 멀리 레이니 호수에 이르는 옛 모피상들이 이용하던 무역로의 일부로, 원래는 육로 수송을 최소화하기 위해 개척되었다.

디오라마 속의 시각은 자정 무렵이다. 기온은 영하로 떨어졌다. '커튼' 모양의 오로라가 수평선에서 위를 향해 밝게 빛을 뿜고 있다. 큰곰자리와 작은곰자리 같은 별자리를 관측할 수 있다.

벤은 디오라마의 둥그런 배경에 그려진 밤하늘을 바라보았다. 그곳에…… 큰곰자리가 있었다. 게다가 작은곰자리의 꼬리 쪽에 위치한 북극성도 또렷이 보였다. 그럼에도 벤은 살면서 지금처럼 길을 잃고 헤매 본 적이 없었다.

앞쪽에 새로운 전시 진행 중

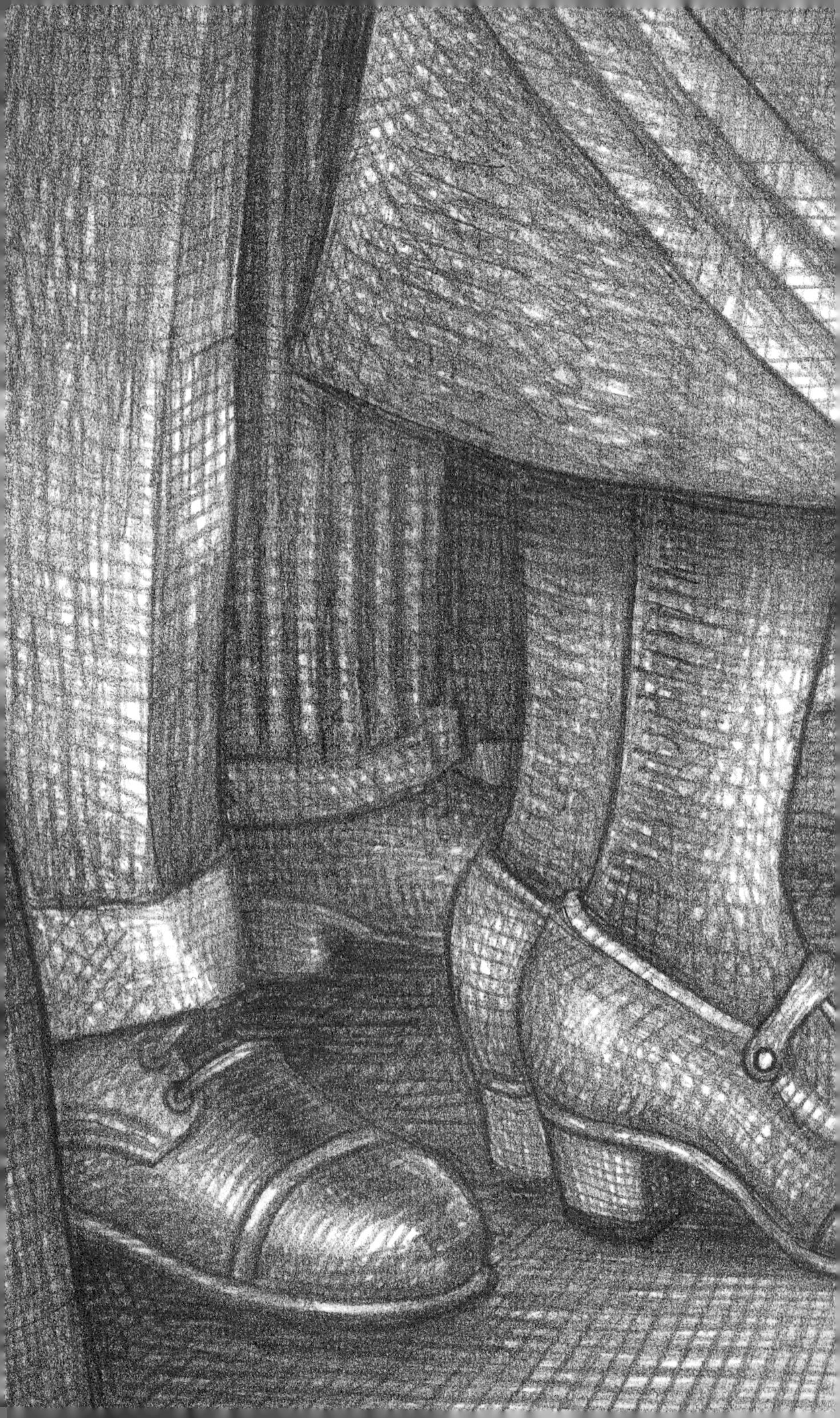

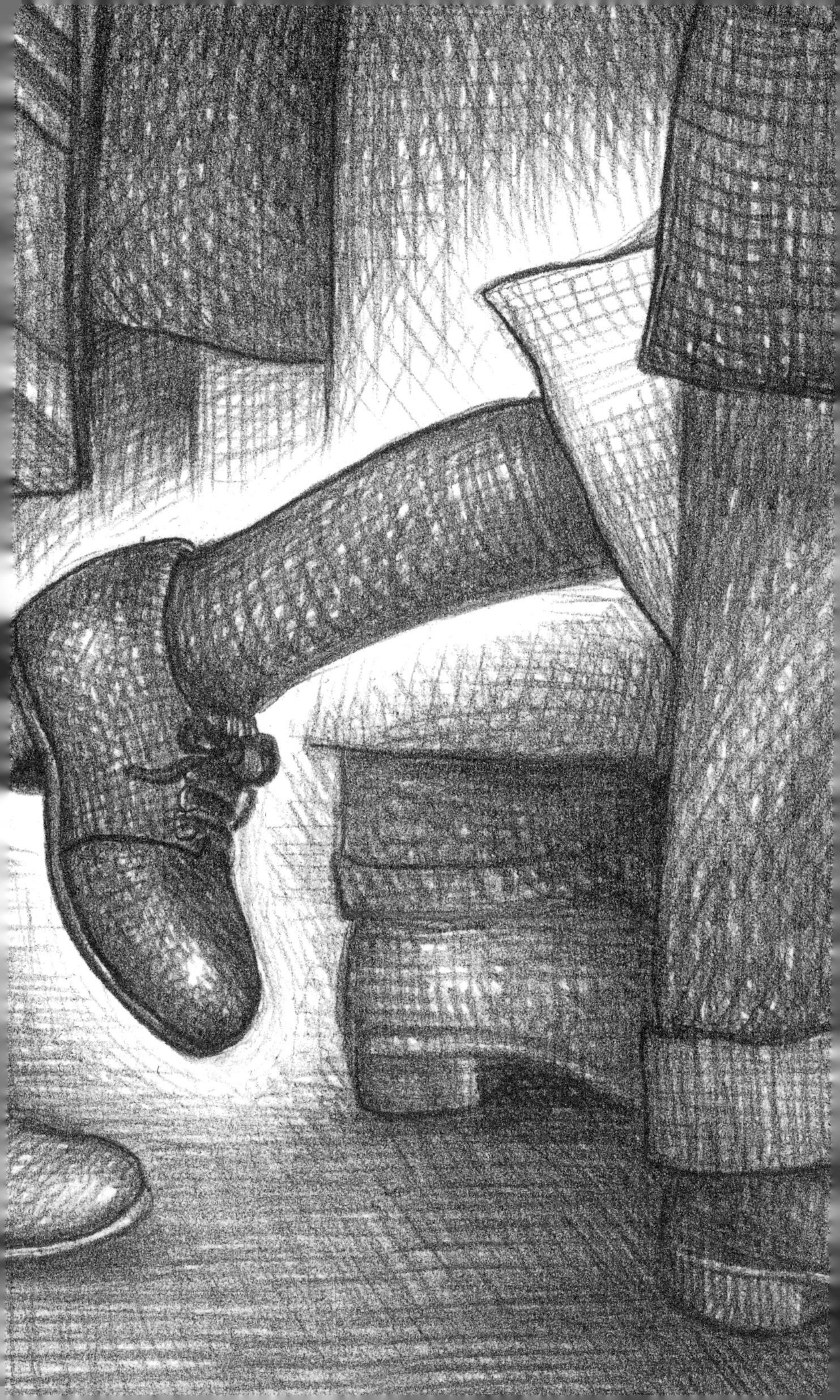

CABI

WON

HOW MUS

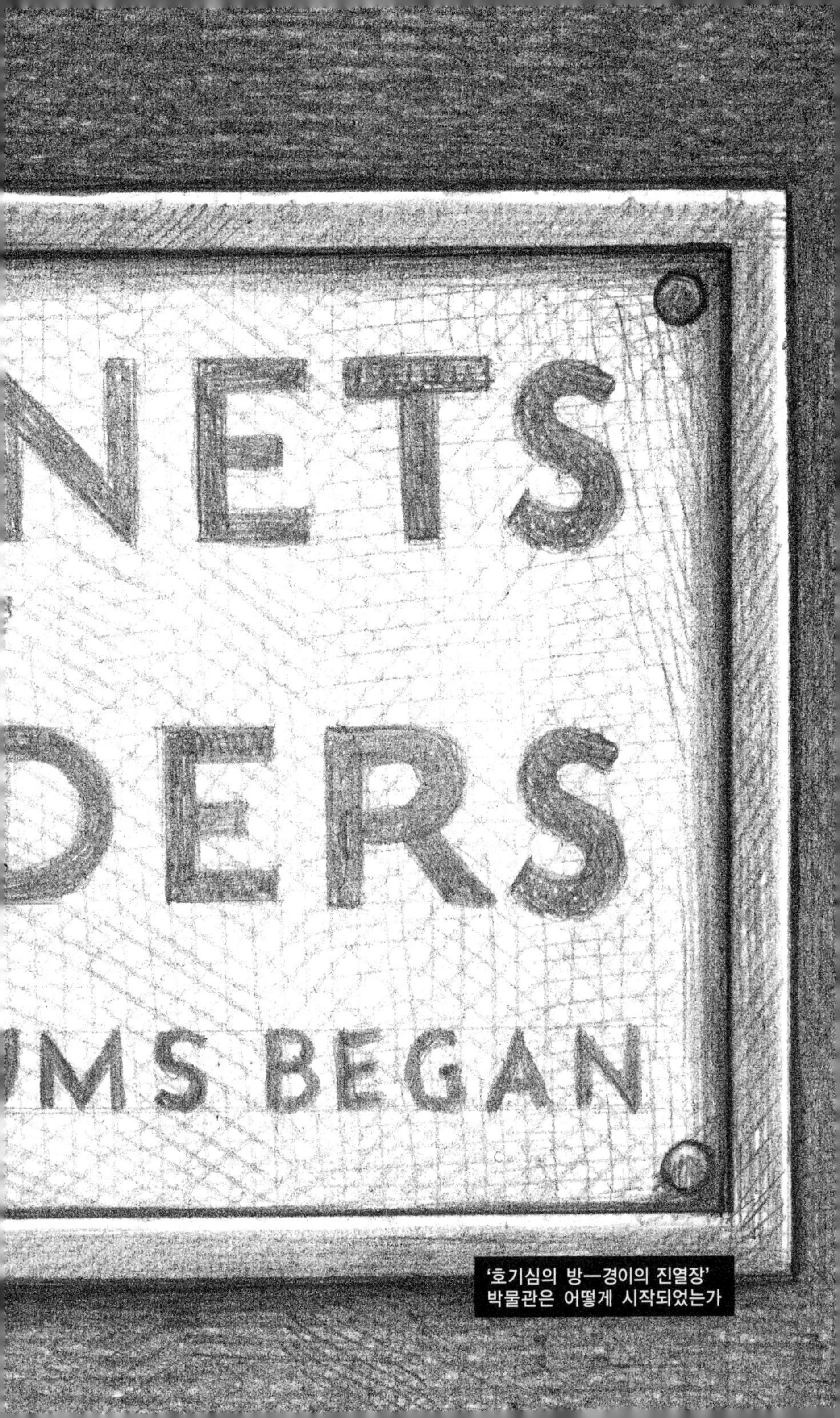

NETS

DERS

MS BEGAN

'호기심의 방—경이의 진열장'
박물관은 어떻게 시작되었는가

박물관을 돌아다니느라 몇 시간을 보냈을까. 이윽고 제이미를 기다리기 위해 비밀의 방으로 돌아온 벤은 박물관에서 주운 물건들로 가득 찬 주머니를 비웠다. 플라스틱 공룡과 명함, 머리핀 그리고 지하철 표.

그날 저녁, 『원더스트럭』을 꺼내어 읽고 있을 때 드디어 제이미가 나타났다. 제이미는 벤의 털가죽 담요에 다가와 앉더니 초록색 배낭에서 샌드위치 두 개와 탄산음료 캔 하나를 꺼냈다. 벤은 웃으면서 샌드위치를 하나 먹고 음료수를 조금 마셨다.

제이미는 수첩을 꺼내 이렇게 적었다. "늦게 와서 미안해. 아빠 출장길에 따라가야 한다는 걸 깜빡 잊어서."

벤은 고개를 끄덕였다. 벤이 샌드위치를 먹는 동안 제이미는 어떤 선반 아래에 손을 뻗어 낡은 푸른색 전축을 끄집어냈다. 벤은 엄마의 전축이 떠올랐다. 제이미는 걸쇠를 풀고 덮개를 올렸다. 그리고 근처의 음반 더미에서 한 장을 찾아내어 턴테이블에 올려놓았다. 그런 다음 턴테이블 바늘을 음반에 내려놓으려다 말고 자기 이마를 탁 때렸다. 그러더니 뭔가 어리석은 짓을 했다는 표정으로 벤과 자신의 귀를 차례로 가리켰다.

벤이 말했다. "괜찮아. 너는 들을 수 있잖아. 난 진동을 느끼면 돼."

제이미는 미소를 지으면서 바늘을 내려놓았다. 벤은 전축 앞면에 붙은 스피커의 천에 손을 대고 음악을 느꼈다. 마치 엄마가 그랬던 것처럼. 음악이 끝났을 때 벤이 말했다. "제이미, 나 집에 돌아가야겠어. 너희 아빠께 말씀드려서 우리 친척집에 전화 좀 해 줄 수 있겠니?"

제이미의 얼굴에 묘한 표정이 스쳤다. "알았어." 제이미가 수첩에 적기 시작했다. "그건 그렇고 너를 놀라게 해 줄 게 있어! 오늘은 아빠가 밤 늦게까지 일하셔서 몇 시간 더 있다 가도 돼. 따라와 봐."

벤이 따라나설 기미가 없자 제이미가 다시 수첩에 적었다. "나중에 꼭 우리 아빠한테 부탁할게."

밤이라 문을 닫은 박물관은 으스스할 정도로 고요했다. 제이미는 벤을 데리고 긴 복도 여러 개와 많은 문을 지났다. 어떤 문은 잠겨 있어서 제이미의 열쇠로 열어야 했다. 조명이 대부분 꺼져 있어서 모든 것이 어둠 속에 잠겨 있었다. 제이미의 손전등 불빛만 바로 앞의 바닥을 비추었다. 얼마쯤 갔을까, 복도 끝에 앉아 책을 읽고 있는 경비원과 맞닥뜨리자 제이미는 얼른 벤의 손을 잡고 모퉁이를 돌아 다른 복도로 갔다.

제이미가 '배전실'이라고 표시된 문을 열었다. 제이미는 조심스럽게 벤을 이끌고 접이식 의자가 줄지어 놓인 다른 문으로 들어가더니, 의자에 앉으라는 듯 벤의 어깨를 가볍게 쳤다. 겨우 눈이 어둠에 적응되자 제이미가 서 있는 곳의 제어판에서 새어 나오는 희미한 빛이 보였다. 그때 방 한가운데에 기계 곤충 같은 거대한 물체가 나타났다. 그것이 한 바퀴 빙 돌자 갑자기 천장이 별빛으로 빛났다.

벤은 숨이 멎는 것만 같았다. 천체투영관(플라네타륨)이었다!

제이미가 다가와서 옆자리에 앉았을 때 하늘에는 별똥별이 가득했다. 영사기가 돌아가고 장면이 바뀌었다. 두 소년은 하늘을 가로질러 질주하는 별똥별 '안'에 있었다. 그들은 달을 향해 날아가서 이 분화구에서 저 분화구로 통통 튀었다. 이윽고 행성들이 하나하나 시야에 들어오더니 어느새 그들은 태양계 너머에서 고대의 신처럼 우주를 굽어보고 있었다. 벤은 자기 방에 있는 야광별과 큰곰자리, 별에 관한 글귀, 그리고 엄마를 떠올렸다. 머리 위 빛나는 별들이 일정한 패턴에 따라 완벽한 반구 모양의 천장을 빙빙 돌았다. 마치 백만 개의 전기 반딧불이가 어둠 속에다 별자리를 만든 것 같았다.

쇼가 끝나고 조용히 지구로 귀환하고 나자 제이미는 벤을 다시 박물관으로 잡아끌었다. 둘은 그림자가 드리운 코끼리 떼와 한결같이 공중에서 박물관을 내려다보고 있는 검은 새들을 지나쳤다. 거대한 고래의 회색 실루엣 아래에서 벤은 위를 가리켰다. 주위의 디오라마는 모두 어둠에 잠겨 있었다. 진열장의 유리는 어두침침한 빛 속에서 거울로 변해, 소년들은 그 앞을 지날 때마다 거기에 비친 자신들의 모습을 보았다. 둘은 거울을 보며 손을 흔들거나 표정을 일그러뜨렸다. 거울에 비친 각도에 따라 그들 너머로, 어떨 때는 동물들이 세렝게티의 유령처럼 밖을 내다보는 듯 보였다. 잠깐 동안이었지만 벤은 환한 빛으로 가득하고 사람들로 바글거리는 박물관의 모습을 상상하기가 어려웠다. 늘 유령이 출몰하는 곳처럼 느껴졌다.

그때 제이미가 활짝 웃으며 손전등을 켜더니 곧 망가질 듯한 낡은 엘리베이터로 벤을 안내했다. 둘이 엘리베이터에 오르자 제이미는 엘리베이터의 철문을 밀어서 닫은 뒤, 기다란 황동 손잡이를 아래로 내렸다. 엘리베이터가 덜컹거리며 천천히 지하로 내려갔다. 이윽고 제이미는 벤을 또 하나의 미로 같은 복도로 데리고 간 다음, 오랜 세월에 걸쳐 덧칠한 페인트가 벗겨지고 있는 커다란 이중문으로 안내했다. 문에 검은색으로 '작업실'이라고 새겨져 있었다. 그 밑에는 "여기에 들어오는 자는 모든 희망을 버리라!"라고 누군가 손으로 쓴 글귀가 남아 있었다.

안으로 들어가자 제이미는 이 테이블, 저 테이블로 돌아다니며 금속으로 만든 도구와 호박처럼 빛나는 정체 모를 액체가 든 항아리를 집어 들었다. 벤은 그것들을 대체 어디에 쓸까 상상하면서 압도당한 눈빛으로 쳐다보았다.

잠시 후 제이미가 "더 있어!"라고 입술로 말하며 벤을 바로 옆의 거대한 창고로 안내했다. 벤은 신기해서 주위를 두리번거렸다. 먼지 앉은 오래된 공룡 뼈와 횃대에 앉은 작은 새들, 조개껍데기, 화석, 곤충, 옛날 옷, 화살촉, 터키옥, 상아 단추, 그 밖의 수많은 신기한 물건들을 손으로 쓸어 보기도 했다.

소년들의 탐험은 한동안 계속되었다. 나중에는 제이미가, 벽을 따라 서랍 다섯 칸 높이의 검은 철제 서류함이 늘어선 긴 복도로 벤을 데리고 갔다. 서류함 위에는 엄마의 도서관에 있는 것보다도 크고 오래된 텅 빈 색인카드함을 비롯해 버려진 가구들이 불안하게 쌓여 있었다.

벤은 줄지어 늘어서 있는 서류함을 살펴보았다. 서랍이 천 개도 넘는 것 같았다! 벤은 그중의 하나를 열어 안을 들여다보았다. 작은 식별표가 붙은 걸이식 서류철이 서랍 안쪽까지 빼곡하게 들어차 있었다. 서류 한 장을 꺼내 보니, 1913년에 황금 술잔을 입수했을 당시의 상세한 영수증이었다. 벤은 대충 훑어보다 박물관의 옛 사진을 꺼내어 보았다. 출입문의 모양이 지금과 다르다는 사실을 금방 알 수 있었다. 문득 박물관의 다른 곳들은 세월이 흐르면서 어떻게 변해 왔을까 궁금해졌다. 그때 제이미가 박물관의 중앙 통로로 돌아가자고 손짓을 했다.

그들은 어둠 속에서 왔던 길을 되돌아갔다. 가다 보니 시커먼 거울 같아 보이는 늑대 디오라마 앞까지 오게 되었다. 전기로 만들어 낸 달빛은 꺼져 있었지만 제이미가 손전등으로 안을 비추자 네 개의 유리 눈알이 번쩍 빛났다.

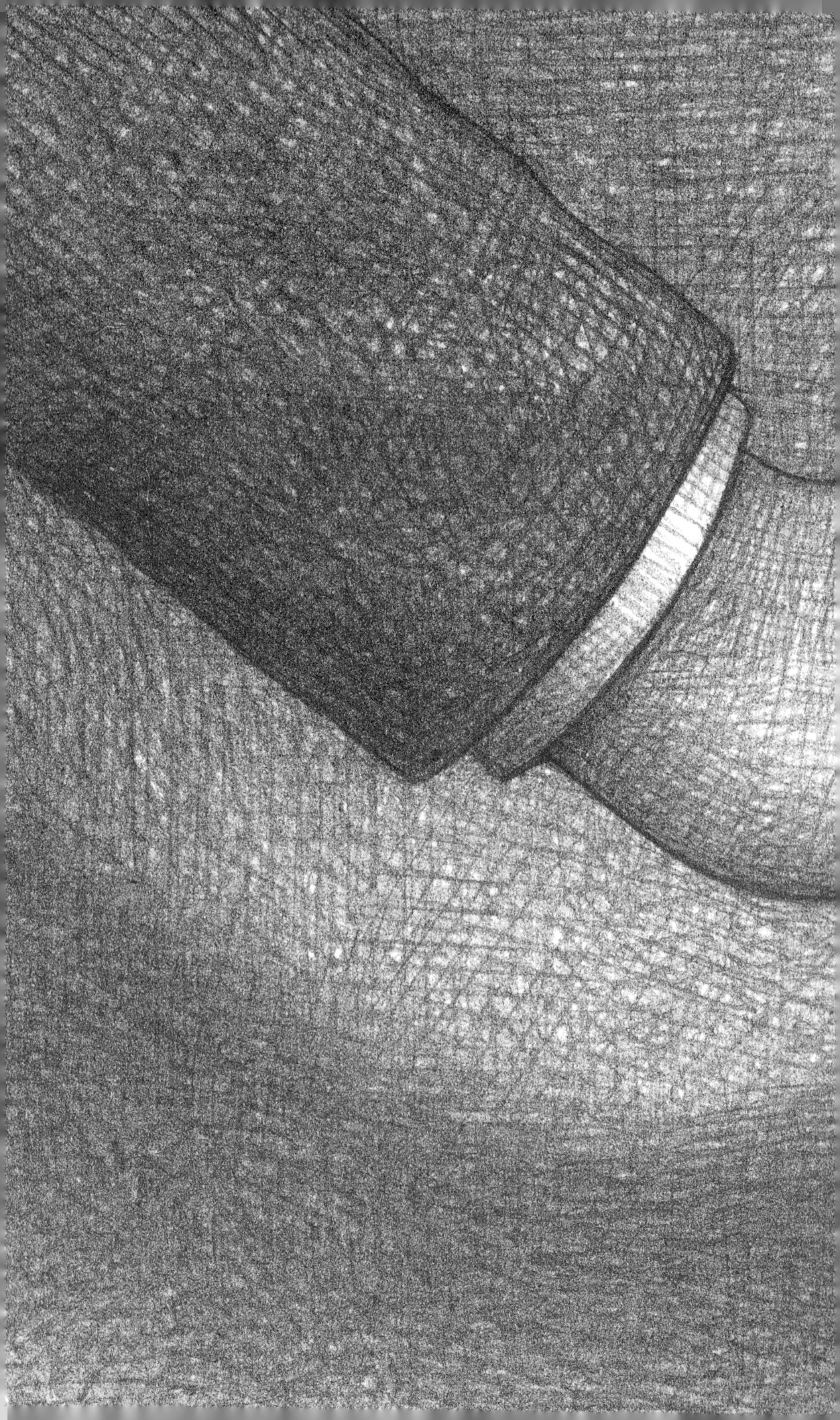

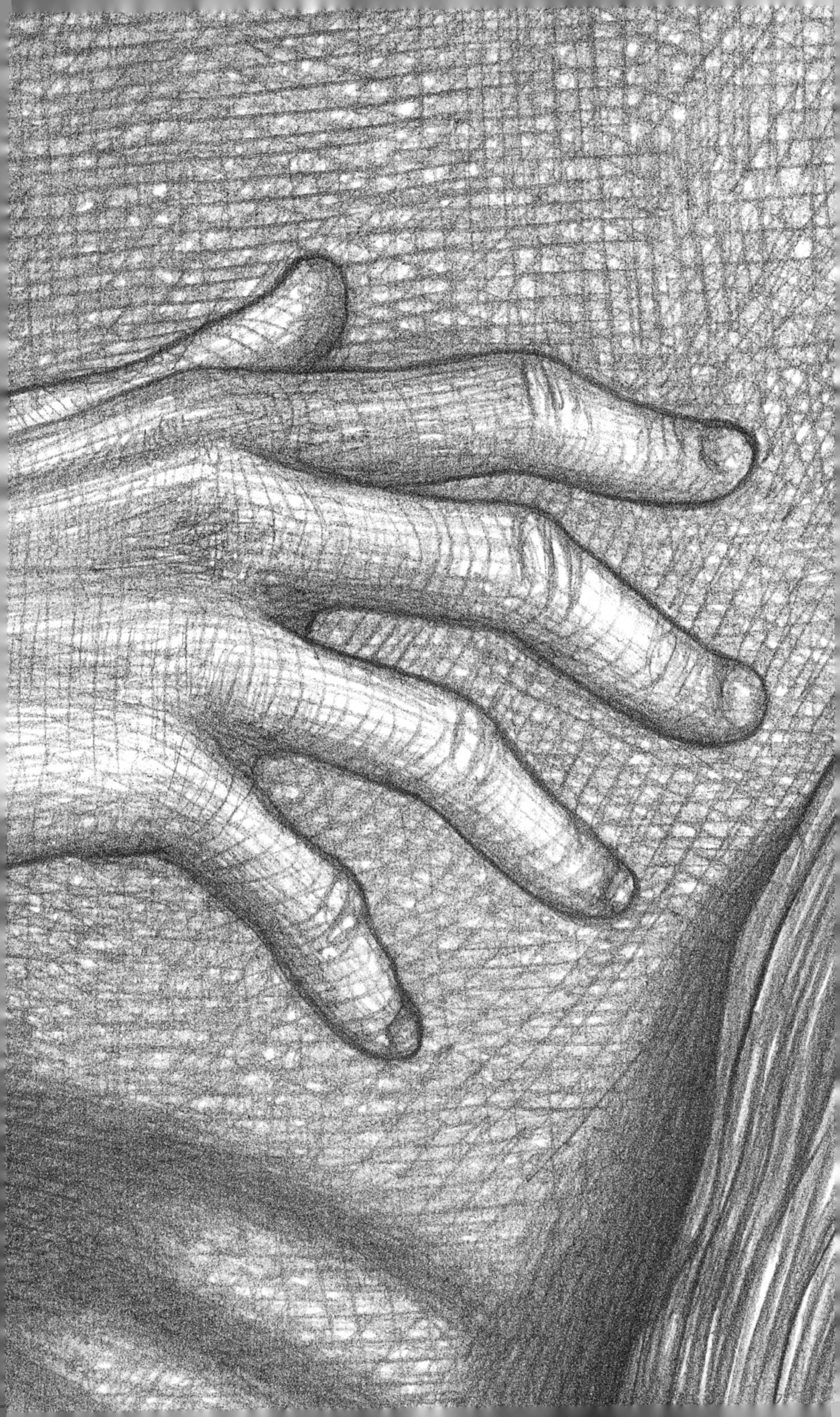

두 소년은 마침내 비밀의 방으로 돌아와 선사시대 인간의 털가죽 담요에 앉아서 숨을 골랐다.

“정말 멋졌어!” 벤이 고개를 절레절레 흔들며 말했다. “고마워!”

제이미의 얼굴이 환하게 빛났다. 그는 벤의 사진을 한 장 더 찍고 나서 벤에게 카메라를 건넸다. 벤도 제이미의 사진을 찍었다. 둘은 사진 두 장을 담요 위에 나란히 내려놓고 인화되기를 기다렸다. 제이미가 벤에게 손전등을 건네더니 혀를 장난스럽게 내밀고는 수첩에 제법 긴 글을 썼다.

“지금까지 누구에게도 박물관을 구경시켜 준 적이 없었어. 그런데 네 늑대 상자를 보고 너라면 좋아할 거라고 생각했지.” 제이미는 잠깐 쓰기를 멈추고 벤을 흘끗 보았다. 그 순간, 벤은 제이미의 시선에서 뭔가를 보았다. 비밀의 방과 박물관을 좋아한다는 점 말고도 둘을 연결해 주는 무언가가 있었다.

멈췄던 펜이 다시 움직이기 시작했다. “나는 여기에 친구가 없어. 아무도 내가 좋아하는 걸 좋아하지 않거든. 아무도 나랑 이런 것들을 보려고 하지 않아. 2년째 천체투영관에서 일하는 우리 아빠도 내가 하루 종일 뭘 하며 지내는지 모르셔. 관심도 없고. 그런데 넌 달라.”

벤은 ‘넌 달라’라는 글자를 응시했다. 자기도 똑같이 느낀다고 말해 주고 싶었다. 하지만 제이미가 계속 쓰도록 내버려 두었다.

“아빠가 나한테 관심을 가져 줬으면 좋겠어.”

“너희 아빠는 너한테 관심이 많으셔.” 벤이 말했다. “바빠서 그러시겠지.”

제이미는 어깨를 으쓱하며 입술로 말했다. “아마 그렇겠지.”

“아빠한테 말씀드려 봐.” 벤은 자기가 아빠에게 그런 말을 한다면 어떤 기분일지 상상하려고 애쓰며 말했다.

제이미는 대답 대신 수첩에 뭔가를 끼적거렸다. 긴 점선과 화살표로 이루어진 그림이었다. 벤이 긴 선을 따라 손가락을 움직이자 제이미는 웃었다. “미안해! 가끔 생각 중이거나 심심할 때 나 혼자 하는 놀이야. 난 안내도 그리기를 좋아해.”

이 글을 읽고 벤이 소리쳤다. “맞아! 그리고 넌 박물관을 돌아다니는 관람객을 따라다니기도 하지!”

제이미가 웃었다. “난 나만의 공간에서 사진을 정리하거나 음악 듣는 것도 좋아해.”

벤이 고개를 끄덕였다. “나도 엄마랑 책을 읽으면서 음악을 듣는 걸 좋아했어. 우리 엄마는 사서였어.”

“였다고? 그럼 지금은 뭘 하시는데?”

벤은 대답하려고 했지만 말이 나오지 않았다. 그래서 대신 수첩에 엄마와 교통사고 이야기, 이모네 집에서 지내게 된 사연을 적었다.

“이런.” 벤이 쓴 글을 다 읽고 나서 제이미가 입술로 말했다. “미안해.”

벤은 대꾸하지 않았다.

“너희 아빠는?” 제이미가 썼다.

벤은 어깨를 으쓱했다.

“너희 부모님도 이혼하셨어?”

벤은 고개를 저었다. 벤이 더 이상 아무 말도 하지 않자 제이미가 썼다. “건플린트 호수에 정말로 늑대가 있니?”

벤이 고개를 끄덕였다.

“그런데, 너 왜 그랬어?”

“뭘?” 벤이 물었다.

제이미가 벤의 옷 가방을 가리키며 두 손가락으로 도망치는 흉내를 냈다. “여기에서 엄청 멀지, 그렇지 않아?”

벤은 잠깐 시선을 내리깔며 한숨을 내쉬었다. “벼락에 맞은 후 오랫동안 덜루스의 병원에 입원해 있었어. 내 병실 창문으로 버스 터미널이 보였지.” 벤이 말을 멈추자 제이미는 계속 말하라고 부추기듯 고개를 끄덕였다.

“사촌 누나 재닛이 도와줬어. 누나가 병문안을 왔을 때 나는 내가 좋아하는 책과 엄마의 목걸이를 갖다달라고 했지. 또 깨끗한 옷과 내 박물관 상자 그리고 자동판매기에서 음식을 사 먹을 수 있게 엄마의 비상금도. 그 다음에 병문안을 왔을 때 누나는 내가 부탁한 것들을 가방에 넣어 가지고 왔어.”

“누나는 알았을까? 네가…….” 제이미는 또 다시 손가락으로 뛰어가는 모습을 흉내 냈다.

“몰랐을 것 같아. 만약 알았다면 부탁한 물건을 갖다 주지 않앉을 거야. 그날 밤 나는 내 옷으로 갈아입고 병원을 빠져나와 버스 터미널로 갔어. 그리고 뉴욕까지 절반쯤 왔을 때에야 친척들에게 쪽지라도 한 장 써 두고 나올걸 하고 후회했지.”

“그런데 너 아직 왜 이래야만 했는지는 말하지 않았어.” 그리고 제이미는 손가락 두 개를 또 달리듯 움직였다.

벤은 잠깐 멈췄다가 다시 말했다. “아빠를 찾고 싶어서.”

“아빠가 뉴욕에 사셔?”

“그런 줄 알았지.”

제이미의 표정을 본 벤은 설명이 더 필요하다는 것을 알았다.

“난 한 번도 아빠를 본 적이 없어. 엄마는 절대 아빠 얘기를 하지 않으셨거든. 병원에 있을 때 이모한테 물어보았더니 이모도 모르셨어. 아빠의 주소는 엄마가 돌아가신 후 엄마의 유품에서 알아냈어. 난 엄마가 나를 위해 이 여행을 계획했을지도 모른다고 믿었기 때문에 꼭 와야 했어. 지금도 그 점을 생각하면 이상해. 뭐랄까…… 갑자기 그런 생각이 들었어…… 아빠를 찾아야 한다는 생각 말이야. 그러고 나서 보니 내가 뉴욕으로 가는 버스에 타고 있는 거야.”

벤은 여전히 자신의 행동이 놀라운 듯 고개를 절레절레 저었다. “도착하자마자 나는 아빠의 아파트로 찾아갔어. 하지만 더 이상 거기에 살고 계시지 않더라. 다행히 단서가 하나 더 있었는데, 킨케이드 서점에서 준 책갈피였어. 아빠는 그 위에다 직접 쓴 메모를 남겼어. 나는 서점 사람들이 아빠를 기억할지도 모른다고 생각했어. 그래서 거기 갔고, 거기에서 널 만나게 된 거야."

"난 너한테 킨케이드 서점이……." 제이미는 쓰기를 멈추고 펜을 쥔 손을 허공으로 들어올렸다.

벤은 제이미와 펜을 차례로 본 다음 종이를 보면서 왜 제이미가 쓰다 말았을까 궁금해했다. 마침내 펜은 다시 종이에 닿았고 제이미는 문장을 끝냈다. "……문을 닫았다는 말을 하려고 했어."

"그건 나도 알았어!"

"난 그때 네 귀가 안 들리는 줄 몰랐어." 제이미가 수첩에 썼다.

두 소년은 잠깐 그렇게 앉은 채 비밀의 방을 둘러보았다. 둘 다 무슨 일이 일어나기를 기다리는 것 같았지만 아무도 그게 무엇인지 몰랐다.

"난 여기에 좀 더 있고 싶어. 하지만 우리 이모가 걱정하실 거야. 그래서 건플린트 호수로 돌아가야 해."

제이미가 고개를 저었다. "우선 수화 연습을 더 해야 해."

벤은 웃으면서 손으로 '오케이' 신호를 만들었다.

제이미는 벤에게 다시 시범을 보여 주었다. 둘은 서로의 이름을 수화로 말해 보았다. 그리고 다른 글자 연습도 했다. 어느 정도 시간이 지나자 벤은 알파벳의 대부분을 수화로 표현할 수 있게 되었다.

제이미가 손동작을 멈추고 수첩을 집어 들었다. "내일 엄마가 나랑 지내러 오셔, 그래서 당분간 못 와."

"제이미, 난 집에 가야 해. 네가 너희 아빠한테 말씀드려서 나를 도와주겠다고 했잖아."

제이미는 뭔가를 알아내려는 듯 벤을 빤히 쳐다봤다. 그러다가 마침내 이렇게 썼다. "아빠가 나한테 화를 내실까 봐 그래."

"왜? 넌 나를 도와줬는데. 그건 착한 일 아니야?"

제이미는 주머니에서 열쇠 꾸러미를 꺼내 벤에게 주었다. "여기에 있으면서 박물관 구경 좀 더 해. 그러면 어떻게 해야 할지 생각이 날 거야. 조심하기만 하면 돼. 나를 위해 문은 잠그지 말고. 이틀 뒤에 다시 올게."

벤은 수첩 한 쪽에 전화번호를 적은 다음 제이미에게 건넸다. "그럼 네가 우리 이모한테 전화를 걸어 줘, 응? 내가 잘 지내고 있다고 전해 주면 돼. 그러면 나를 데리러 박물관으로 오실 거야."

제이미는 전화번호를 적은 페이지를 찢어 내며 대답했다. "그럴게." 그러고는 가방에서 벤에게 줄 샌드위치와 사과를 꺼내고 수첩과 펜을 벤의 손에 도로 쥐어 주었다. "네가 가져."

"고마워. 우리 이모한테 연락하는 거 잊지 마."

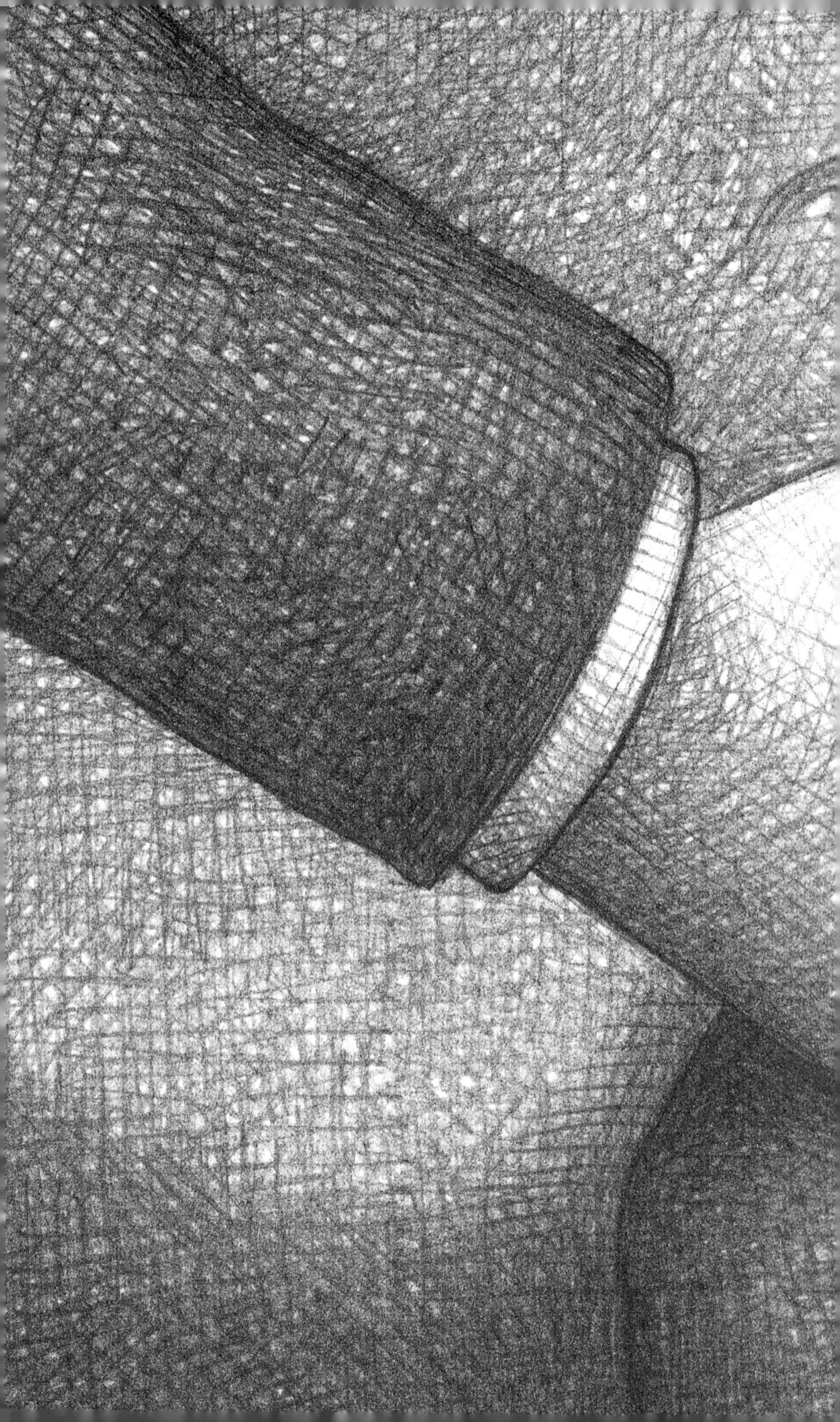

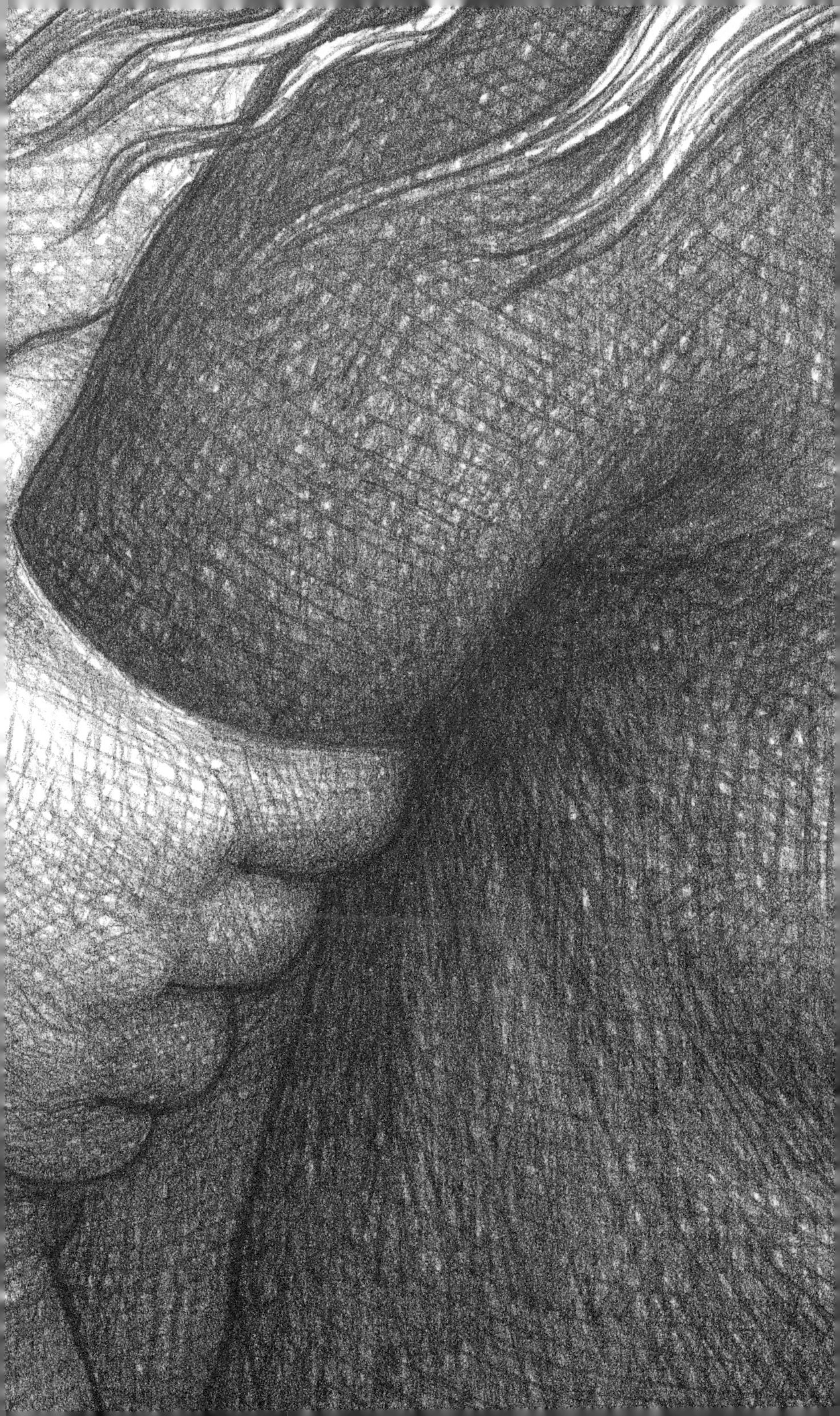

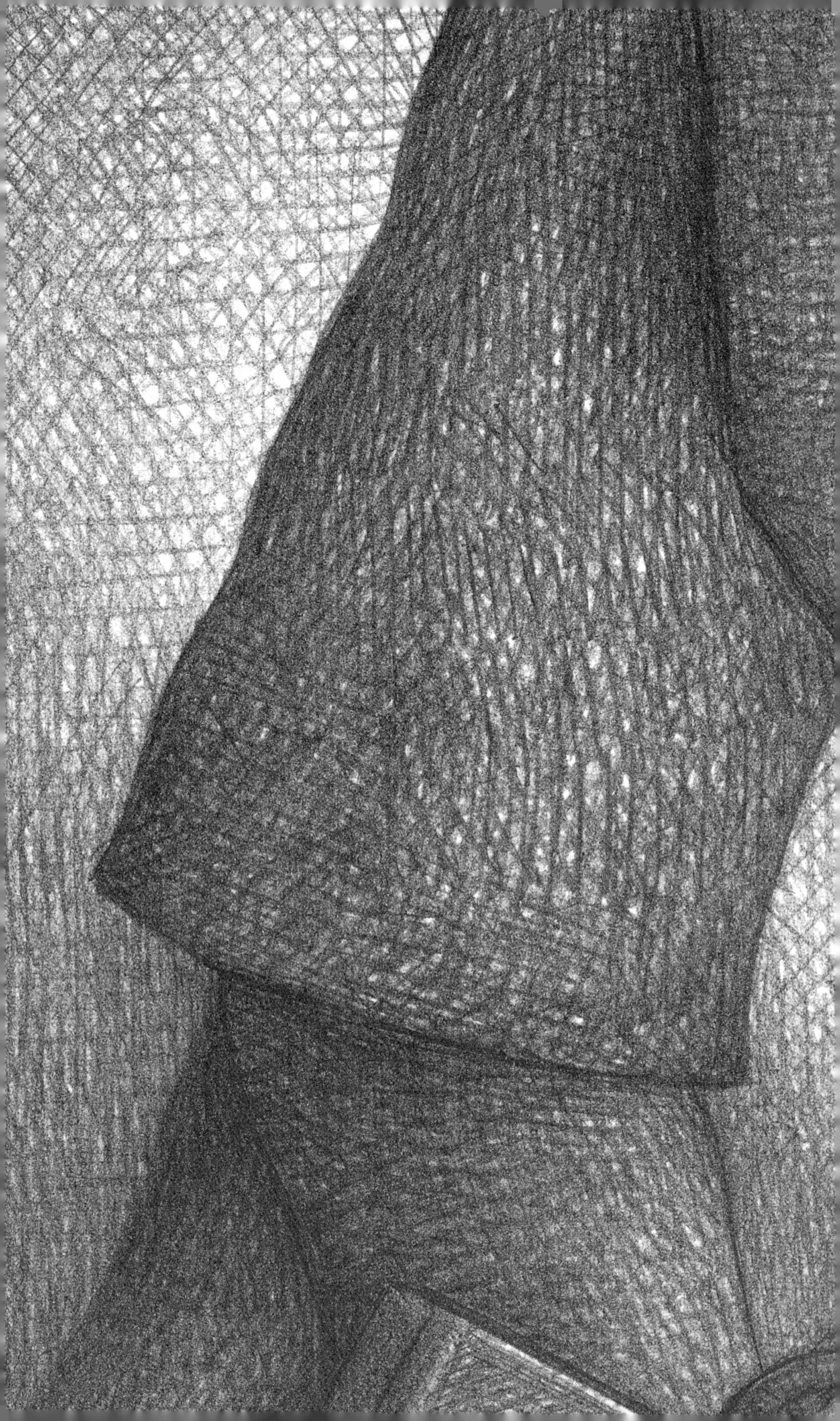

WALTER
월터

이튿날 아침 벤은 늑대 디오라마가 있는 곳으로 갔다.

벤은 벽에 붙은 설명문을 읽고 또 읽으며 어떻게 자신의 꿈이 여기 박물관 진열장 유리 뒤편에 똑같이 구현되어 있는지 이해하려고 애썼다. 북극성을 뚫어지게 바라보았다.

엄마의 도서관에 엄마와 함께 있다면 얼마나 좋을까 하고 생각했다. 그곳에 있는 모든 것은 듀이의 도서 십진 분류법(1876년에 멜빌 듀이가 고안한 도서 분류 체계—옮긴이 주)에 따라 매겨진 번호 아래에 일목요연하게 정리되어 있었다. '세상'도 듀이의 십진 분류법에 따라 정리되어 있다면 얼마나 좋을까. 그러면 꿈의 의미를 알아내는 것뿐만 아니라 아빠를 찾는 일도 간단할 텐데.

혹시 서류함이 있는 방에서 봤던 색인카드함이 비어 있지 않다면, 어쩌면 디오라마에 관해 조사해 볼 수 있을지도 모른다.

그때 벤은 서류함에서 보았던 황금 술잔에 관련된 영수증이 떠올랐다. 혹시 거기에 다른 것도 보관되어 있지 않을까?

TAX

HOME
Real Shaves
Ever-
Ready
SAFETY
RAZOR
THE
ROAD TO
TOMORROW
SAFE AT LAST
RIGHT THIS WAY
LUCKY GIRL
VICT
THE ST
PR

Maxwell House Coffee
Good to the last drop
CHEVROLET

RESCUE
BRAND
DENTAL
CREAM

CANDY

BROTHERS
TONIC

TIRES
CAPIT

거대한 홀의 이쪽 끝에서 저쪽 끝까지가 온통 서류함이었다. 서랍마다 은색 손잡이가 달려 있고, 서랍 안에 뭐가 들어 있는지 적힌 작은 카드가 틀에 끼워져 있었다. 벤은 복도를 뛰다시피 해서 D라는 글자 아래 분류된 칸에 다다랐다. 세어 보니 '디오라마(diorama)'라는 이름표가 붙은 서랍이 자그마치 58개였다.

벤은 서랍을 하나하나 열어 보았다. 서류와 사진, 노트, 메모 등을 철해 놓은 걸이식 서류철이 하나 가득 있었다. '건플린트 호수'라고 이름 붙은 것은 없었다. 박물관 전체에 있는 각각의 디오라마에 관한 서류철이 하나씩 있는 것 같았지만, '늑대'라는 이름의 서류철도 없었다. 벤은 '미네소타 주'와 '밤'이라고 이름 붙은 것이 있는지도 찾아보다가 문득 이 서류들이 전시실별로 정리되어 있다는 사실을 깨달았다. 그래서 작은 흰색 카드에 '북아메리카 포유 동물 전시관'이라고 적힌 이름표를 찾았다. '알래스카 갈색곰: 알래스카 반도 카누 만', '재규어: 멕시코 사노라 서부 구아모스 근방 박스 캐니언', '와피티: 콜로라도 주 호스슈 레인지 트래퍼스 호수 분지'라고 이름 붙은 서류철을 차례로 넘겼다. 드디어 '늑대: 미네소타 주 건플린트 호수'라는 글자가 보였다. 그런 서류철이 자그마치 네 개였다! 벤은 숨을 깊이 들이쉰 다음 서류철을 펼쳤다.

첫 번째 서류철에는 벤도 잘 알고 있는 새와 동물, 나무를 찍은 아름다운 사진이 들어 있었다. 예를 들면 검은부리뻐꾸기, 갈매기, 너구리, 수달, 사시나무, 흰 가문비나무, 자작나무 같은 것들이었다. 대부분 흑백사진이고 컬러사진은 드물었다. 그 밖에 아치처럼 둥근 하늘, 건플린트 호수의 바위들, 한없이 펼쳐진 눈 내린 들판을 찍은 사진도 있었다. 어떤 사진은 초점이 맞지 않았고, 어떤 사진에는 펜으로 동그라미와 화살표가 그려 넣어져 있었다. 아래쪽을 보니 대부분 1965년에 찍은 것들이었다.

두 번째 서류철에는 건플린트 호수를 그린 그림이 철해져 있었다. 벤이 떠나 온 나무와 호수, 집 주변의 곳곳을 세밀하게 그린 그림뿐만 아니라 낮과 밤의 하늘, 주기별로 변하는 달을 묘사한 것도 있었다. 연필이나 목탄으로 그린 그림이었는데 선이 활기차고 대담했다. 어떤 스케치를 보았을 때는 그것이 벤의 가족이 소유한 땅에 있는 오두막집이라는 사실을 단번에 알아차렸다. 온몸에 전율이 흘렀다.

세 번째 서류철에는 온갖 자세를 취한 늑대 스케치가 수백 장 들어 있었다. 벤은 그림을 넘기며 달리고, 앉고, 높이 뛰어오르는 늑대의 모습에 감탄했다. 늑대들의 반짝거리는 눈은 영리해 보였고, 털 아래 근육의 움직임도 생생히 느껴졌다.

네 번째 서류철에는 법률적 서류라든지 계약서, 편지, 영수증, 도표, 티켓 따위가 보관되어 있었다. 서류철 맨 밑에 반으로 접은 작은 쪽지가 끼워져 있었다. 펼쳐 보니 영수증이었다. 자줏빛 잉크는 색이 바랬지만 1969년이라는 날짜는 또렷이 읽을 수 있었다. 뒷면에는 검은 잉크로 쓴 손글씨가 있었다.

내일 저녁 식사 함께 하자. 킨케이드 서점에서 저녁 8시에 만나.
사랑하는 M으로부터.

킨케이드 서점? M? 벤은 약한 전류가 살갗에 찌르르 흐르는 것만 같았다. 내가 찾고 있는 그 킨케이드 서점인가? M이라는 사람은 『원더스트럭』 책에 메모를 남긴 그 M일까?

그때 복도 끝에 있는 서류함을 길게 가로지르는 그림자가 눈에 들어왔다. 누가 이쪽으로 오고 있었다! 벤은 당황해서 서류철을 집어 들었다. 서류철을 훔치는 일은 생각했던 것보다 아주 쉬웠다. 그 귀중한 서류를 들고 박물관을 돌아다녀도 아무도 제지하지 않았다.

벤은 비밀의 방까지 무사히 돌아와 문을 닫고 서류철을 바닥에 내려놓은 뒤 담요 위에 털썩 주저앉았다. 처음 세 서류철은 옆으로 치워 놓고 네 번째 서류철을 펼쳤다.

그리고 킨케이드 서점에 관한 메모가 적혀 있는 영수증을 조심스럽게 빼내어 주머니에 넣었다.

그리고 나서 별 의미 없는 서류나 거래 내역 원장 같은 나머지 서류를 한 장 한 장 넘겼다. 그때 먹지를 대고 쓴 편지 복사본이 눈에 띄었다. 박물관 공식 문서에 쓰는 종이에 작성된 편지였다.

친애하는 윌슨 양,

저는 뉴욕에 있는 미국 자연사 박물관의 직원입니다. 저는 최근에 미네소타 주 건플린트 호수 지역의 동식물상을 디오라마로 재현하는 흥미로운 작업을 맡게 되었습니다. 따라서 동료들과 10월쯤 미네아폴리스로 가서, 자동차로 호수 지역까지 이동할까 합니다. 제가 알기로는 5시간쯤 걸릴 것 같더군요. 귀하는 그 지역의 도서관 사서이므로 우리를 도와줄 수 있으실 것 같아 연락을 드리기로 했습니다. 우리는 디오라마 제작에 필요한 모든 자료를 조사하기 위해 건플린트 호수에서 약 2달간 머물 계획입니다. 그 정도 기간이면 그곳의 지형과 동물들을 이해할 수 있을 것 같은데, 어떨지 모르겠습니다. 우리는 당신과 함께 일할 수 있기를 진심으로 바랍니다. 저는 여행을 하는 내내 스케치를 하고 사진도 많이 찍어 둘 생각입니다. 참, 우리는 머물 곳도 찾고 있습니다. 그에 대해서도 조언을 해 주시면 참으로 고맙겠습니다. 답장은 박물관으로 해 주시면 됩니다.

감사합니다.

1964년 5월 12일

미국 자연사 박물관 전시 담당자

대니얼 로벨 올림

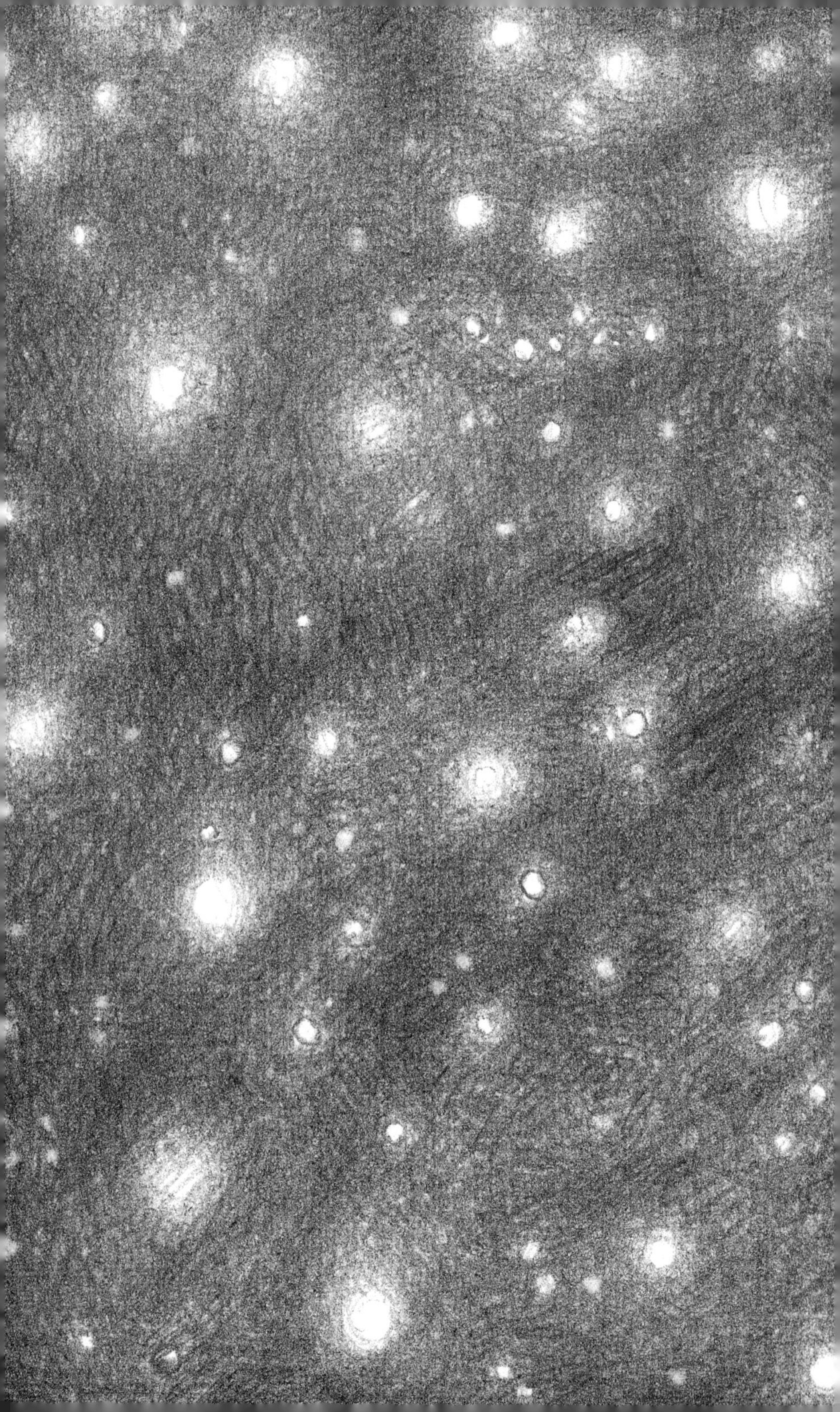

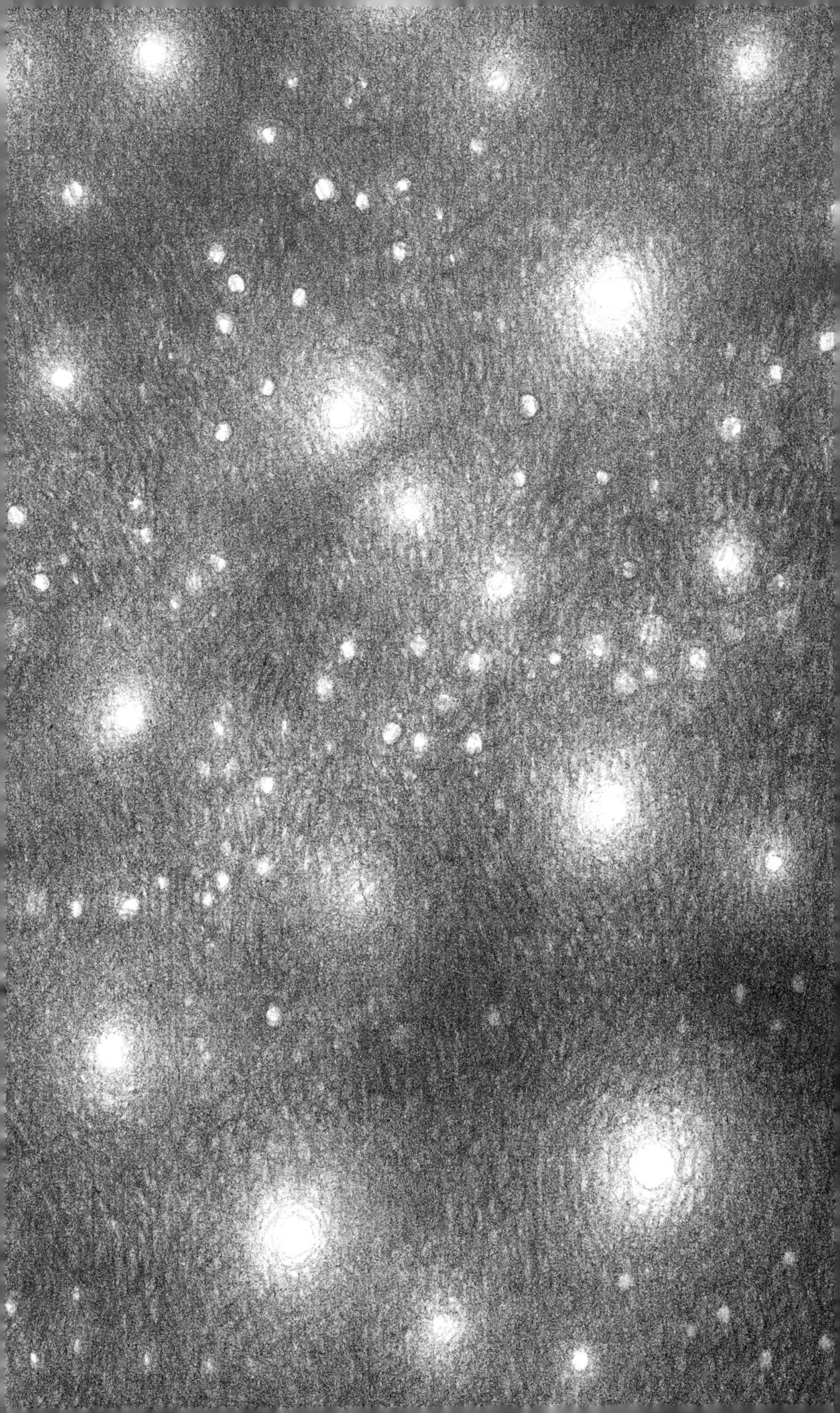

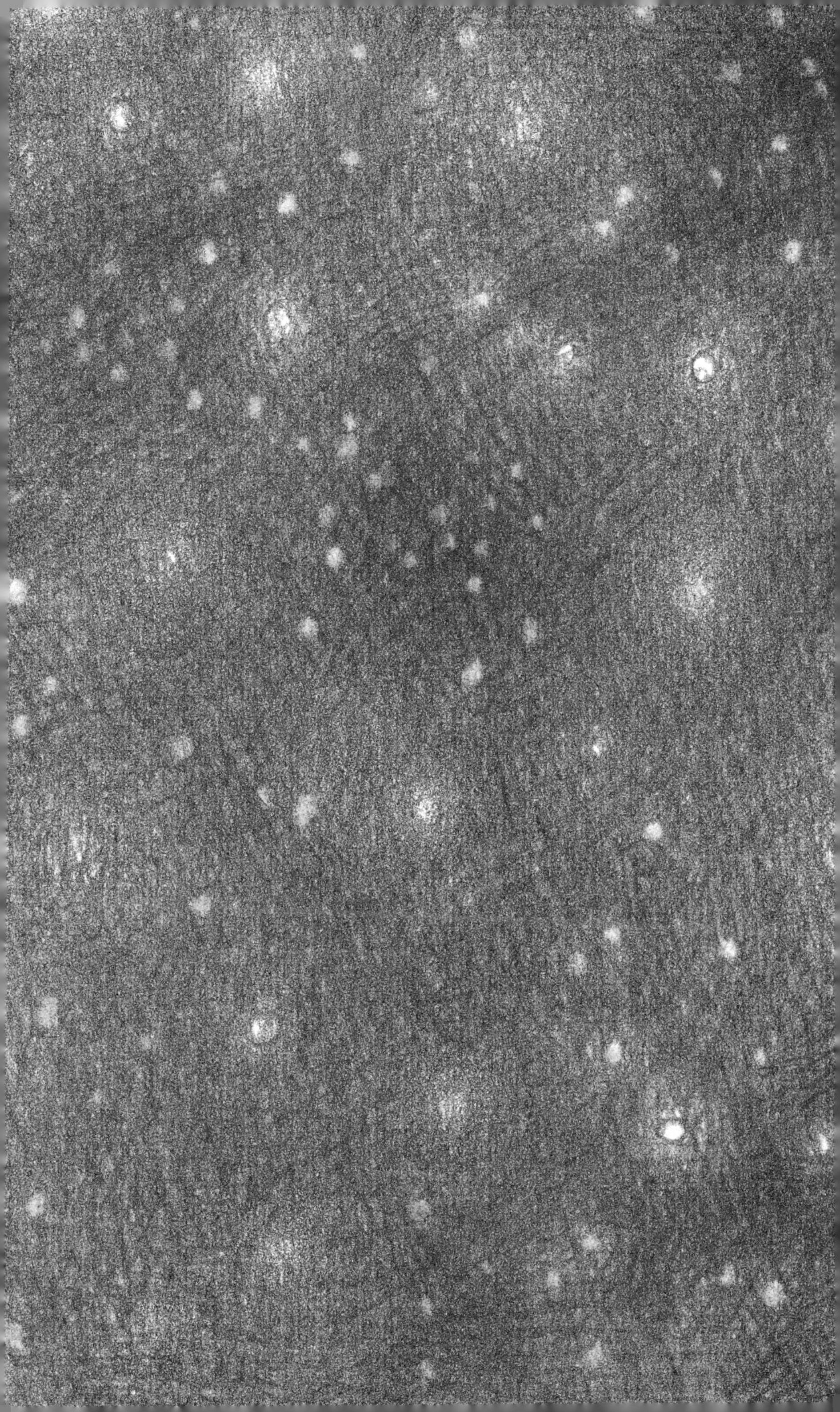

벤은 박물관 안을 달리고 또 달려 마침내 출입구에 있는 안내 데스크에 도착했다. 심장이 가슴을 뚫고 튀어나갈 것만 같았다. 관람객이 서 있는 줄 맨 앞으로 간 벤은 숨을 헐떡이며 물었다. "저, 대니얼 로벨 씨를 찾는데요. 여기에서 일해요!"

안내원인 듯한 부인이 대답을 하려는데 벤이 참지 못하고 덧붙였다. "지금 당장 찾아야 해요. 우리 아빠예요!"

안내원의 입이 다시 움직였다.

벤에게 길을 잃었냐고 묻는 것 같았다. "제발 그냥 찾아 주세요!"

난감한 표정을 지은 안내원은 자신에게 질문을 하기 위해 길게 늘어선 관람객들을 힐끗 본 다음 안경을 쓰고 책상 서랍 한 귀퉁이에서 검정색 책자를 꺼냈다. 책 표지에 흰색으로 '1976~1977년 박물관 명부'라고 쓰여 있었다. 책장을 넘기던 그녀가 책을 얼굴 가까이 가져가더니 얼굴을 찡그렸다. 그러더니 이내 벤을 쳐다보고는 입을 움직이며 고개를 절레절레 흔들었다.

"거기에 있을 거예요! 다시 한번 찾아보세요. 부탁이에요!"

안내원이 손가락을 입에 갖다 댔다. 벤은 그제야 자신의 목소리가 너무 크다는 사실을 깨달았다.

그녀의 손가락이 어떤 페이지를 훑어 내리더니 잠시 후 벤에게 책을 내밀며 '마이클 로건'과 '캐서린 리스키'라는 이름을 보여 주었다. 그녀는 벤의 아빠가 이 박물관에서 일한다면 이 사이에 아빠의 이름이 있어야 한다는 듯이 그 이름들을 톡톡 쳤다.

벤은 온몸의 힘이 탁 풀리는 것을 느꼈다.

안내원이 책을 덮고 수화기를 들더니 억지 미소를 띤 채 뭐라고 말했다. 그리고 어디론가 전화를 건 다음 수화기를 내려놓고 벤에게 기다려 보라는 듯이 한 손을 쳐들었다. 아빠를 아는 누군가에게 전화를 건 걸까? 안내원이 줄 서 있는 관람객을 도와주려고 고개를 돌리고 있는 동안 벤은 초조하게 기다리며 발을 동동 굴렀다. 안내원의 책상 뒤 시계 초침이 재깍재깍 움직이고 있었다. 얼마나 지났을까, 안내원이 방 저편에 있는 누군가에게 고개를 끄덕였다. 벤은 주위를 두리번거렸다.

놀랍게도 경비원이 이쪽으로 다가오고 있었다. 안내원이 경비원에게 전화를 건 게 분명했다. 벤은 얼른 인파 속으로 뛰어들어 다시 박물관 안으로 도망쳤다. 심장이 뛰었다. 머릿속 생각이 뒤엉켰다.

설령 아빠가 지금은 박물관에서 일하지 않더라도 틀림없이 아빠를 기억하는 '누군가'가 있을 거야.

벤은 제이미의 열쇠를 가지고 지난 밤 제이미와 함께 탐험했던 작업실로 내려갔다. 그는 "여기에 들어오는 자는 모든 희망을 버리라!"라고 쓰인 문을 열었다. 두 남자가 책상에 코를 박듯 고개를 숙인 채 일을 하고 있었다. 구석의 젊은 여자 하나는 액체 같은 것을 틀에 붓고 있었다. 벤이 들어가자 세 사람 모두 고개를 들었다.

"전 대니얼 로벨이라는 사람을 찾고 있어요!" 벤이 말했다. "여기에서 일했었어요. 늑대 디오라마를 만든 사람이에요!"

세 직원은 어리둥절한 표정으로 서로 바라보며 고개를 절레절레 흔들었다. 그중 두 명이 동시에 말을 했다. 벤은 그들의 말을 알아들으려고 안간힘을 썼다. 한 남자가 자리에서 일어나 벤에게 걸어왔다. 벤은 그의 입술을 읽지는 못했지만 무슨 말을 하려는지 짐작이 갔다. 아빠를 아는 사람은 없었다.

벤은 그들이 경비원에게 전화를 걸기 전에 얼른 방을 뛰어나와 있는 힘껏 달렸다. 어느 순간 정신을 차려 보니 늑대 디오라마 앞이었다. 벤은 숨을 몰아쉬며 무릎을 꿇고 앉아 늑대의 눈을 들여다보았다. 그 눈은 벤이 절대 모르는 어떤 비밀로 이글이글 불타는 것 같았다. 벤은 자신과 달려오는 늑대들 사이를 가로막고 있는 유리 벽을 한 손으로 짚었다. 그리고 늑대들이 유리를 뚫고 나와 자기를 통째로 잡아먹는 상상을 했다.

그 상태로 얼마나 시간이 지났는지 기억나지는 않지만 벤은 결국 비밀의 방으로 돌아왔다. 방안에는 서류철이 어지럽게 흩어져 있었다. 벤은 자료들을 읽고 또 읽다가 아빠와 관련된 자료가 모두 1969년에 끝난다는 사실을 알게 되었다. 아빠는 그즈음 박물관을 떠난 게 틀림없었다.

벤은 여기저기에 있는 선반을 손으로 더듬어 보며 이 자료들을 보관할 만한 장소를 찾았다. 그러다 처음으로 온갖 형태의 곡선 처리가 되어 있고 버팀대의 디자인이 정교하기 이를 데 없는 이 선반들이 얼마나 아름다운지 깨달았다. 왜 창고를 이렇게 공들여 장식했을까?

그때 문득 마룻바닥의 격자무늬가 기억났다. 그래서 바닥에 깔았던 털가죽 담요를 걷어 내고 낡은 천 조각으로 먼지를 닦았다. 더 많은 무늬가 나타났다. 마치 대리석처럼 보이도록 페인트칠을 한 것 같았다. 벤은 바닥을 꼼꼼하게 살펴보고 아름다운 선반을 다시 한번 보았다. 이상하게도 방 전체가 친숙하게 느껴지기 시작했다.

이 방에서 지낸 지 며칠이 지났지만 이렇게 자세히 '관찰'한 적은 없었다. 방 한구석에 쌓아 둔 가구들 뒤로는 벤보다 30센티미터쯤 더 큰 직사각형의 물체가 보였다. 커다랗게 물 얼룩이 진 낡고 오래된 천이 그 위에 덮여 있었다. 벤은 그리로 가서 가구들을 한쪽으로 치웠다. 그런 다음 천을 잡아당기자 먼지가 구름처럼 피어올랐다. 벤은 콜록거렸다.

천을 걷자 나타난 것은 낡은 목재 진열장이었다. 앞면에는 작은 서랍과 문이 가득하고 그 위에 각각 작은 사진이 붙어 있었다. 진열장 꼭대기에는 깨진 조개껍데기와 산호 조각이 몇 개 붙어 있었다. 벤은 시선을 뗄 수 없었다. 자신이 무엇을 보고 있는지 깨닫자 다시 살갗이 따끔거리기 시작했다.

선반, 마루, 진열장…… 그것들은 벤이 『원더스트럭』에서 보았던 삽화와 똑같았다.

벤은 지금 아빠의 책 속에 서 있었다!

고마워,
월터

바.

오빠.

동생이 그랬거니!

fig. 26
그림 26

벤은 『원더스트럭』 책을 들고 방을 그린 삽화가 나오는 쪽을 펼쳤다. 그는 그림과 진열장을 번갈아 바라보다 낡은 진열장 꼭대기에 붙어 있는 깨진 조개껍데기를 찬찬히 살폈다. 색깔과 모양을 보자 뭔가 떠올라서, 가까이 다가가 자세히 살펴보았다. 삽화에서 보이는 조개껍데기와 산호 장식은 원래 모습 그대로 높이 솟아 있고 아래쪽의 갖은 장식물은 너무 작게 그려져서 잘 보이지 않았다. 이제는 윗부분의 장식이 거의 남아 있지 않았다. 접착제로 쓴 시멘트에 조개껍데기가 군데군데 붙어 있었지만, 오래전에 떨어져나간 다른 조개들이 있던 자리는 작은 화석처럼 보였다.

벤의 시선이 어떤 흔적에 머물렀다. 천천히, 마치 물속에라도 있는 듯, 벤은 『원더스트럭』 책을 뒷주머니에 넣고 박물관 상자를 꺼내 뚜껑을 열었다. 그러고는 조개껍데기로 만든 거북이를 꺼내 진열장의 패인 흔적 위에 올려놓았다. 추측했던 대로였다. 풀지 못했던 수수께끼 퍼즐의 마지막 조각처럼, 거북이가 그 흔적에 꼭 들어맞았다. 어떻게 이럴 수가 있지? 어떻게 수십 년 전 뉴욕의 박물관 전시실에 있던 조개껍데기로 만든 이 작은 거북이가 대륙을 반쯤 가로질러 미네소타 주의 우리 집까지 오게 되었을까?

벤은 이 모든 것을 꿰어 맞춰 보려고 했다. 거북이는 한때 아빠의 것이었다? 그런데 그것을 엄마에게 주었다? 그래서 엄마는 이걸 나에게 주었던 걸까? 아빠는 이 방에서 뭘 했을까? 왜 엄마는 이렇게 많은 비밀을 숨겼지?

그때, 훔쳐 온 서류철이 벤의 눈길을 끌었다. 벤은 서류철을 보관해 둘 장소를 찾으려 둘러보았다. 진열장을 열었다. 텅 비어 있었다. 벤은 조심스럽게 서류철을 넣어 두고 나서 털가죽 담요 위에 누웠다.

그저 잠깐 쉬려고 했을 뿐이었는데, 벤은 오래 지나지 않아 또 눈 속을 필사적으로 달리고 있었다. 그때 누군가 그의 발목을 잡았다. 벤은 소리쳤다. "하지 마, 로비!" 벤은 벌떡 일어나 앉아 눈을 떴다. 어느새 아침이 된 모양이었다. 제이미가 초록색 배낭을 메고 앞에 서 있었다. 지금 몇 시지? 벤은 '경이의 진열장'을 힐끗 보았다. 진열장 꼭대기에 벤의 조개껍데기 거북이가 놓여 있었다.

잠이 깨고 정신이 완전히 맑아지자 벤이 물었다. "우리 이모한테 연락했니?"

달려오는 자동차의 헤드라이트와 맞닥뜨린 사슴처럼 제이미의 눈이 휘둥그레졌다. 그의 입이 "깜빡했어."라고 말했다.

벤은 안도하며 말했다. "괜찮아. 난 아직 떠나지 않을 거야." 새롭게 알게 된 사실 때문에 아직도 멍한 상태였다. 그는 제이미에게 늑대 디오라마에 관해 얘기해 주었다. 그리고 아빠 얘기와, 사람들에게 물어보았지만 누구도 아빠를 기억하지 못하더라는 이야기를 해 주었다. 새롭게 알게 된 사실과 실망스러웠던 일들을 되새기는 동안 점점 흥분이 됐다.

제이미는 고개를 숙인 채 멍하니 끄덕거리기만 했다.

“어쩌면 너희 아빠가 우리 아빠를 기억하는 누군가를 알지도…….”

제이미는 수첩과 펜을 집어 들었다. “아빤 일하느라 바쁘셔.”

벤이 실망한 표정을 지은 게 틀림없었다. 제이미가 벤을 응원하려는 듯 환한 미소를 지으며 말을 이었다. “너에게 줄 선물이 있어.”

그는 배낭에 손을 넣더니 커다란 노란색 책을 꺼냈다. 책 표지에 “미국 수화 사전. 노아 파브리컨트와 리디아 델 오노 편집. 250점이 넘는 그림과 찾기 편한 색인표 수록. 자, 이제 수화를 배워 보자!”라고 적혀 있었다.

벤은 예의상 책장을 넘겼다. 그는 손과 팔 옆에 위, 아래, 앞, 뒤를 가리키는 화살표가 그려진 조그만 펜화를 자세히 들여다보았다. 무슨 암호로 된 책 같았다. 이걸 어떻게 다 배우지?

걱정하며 책장을 넘겼다. 중간쯤 넘겼을 때였다. 책장 사이에 책갈피 하나가 들어 있었다. 그런데 제이미가 느닷없이 그것을 잡아채려고 했다. 벤은 제이미가 장난을 치려는 줄 알고 선수를 쳤다.

책갈피 위쪽에 가로로 ‘킨케이드 서점’이라고 씌어 있었다.

벤이 갖고 있는 그 책갈피와 똑같았다. 줄무늬의 햇빛 가리개와 책, 고양이…… 주소만 달랐다.

벤은 혼란스러워하며 제이미를 보았다. “킨케이드 서점이 또 있니?”

제이미는 대답하지 않았다.

벤은 책갈피를 다시 보았다.

“제이미, 이 서점 아직도 있어?”

제이미는 도무지 이해할 수 없는 표정을 짓고 있었다. 제이미가 왜 저러지? 왜 날 똑바로 바라보지 않을까? 그때 문득 생각이 났다. “지난밤에 내가 킨케이드 서점을 찾고 있다고 말했잖아. 너는 서점이 문을 닫았다고 했고.”

제이미는 아무 대꾸도 하지 않았다.

“왜 나한테 서점이 문을 닫은 게 아니라 이전했다고 말하지 않았어?”

마침내 제이미가 썼다. “그땐 몰랐어. 나도 어저께 알았어.”

“거짓말.”

“아니야.”

“사실대로 말해.” 벤이 말했다.

글씨를 쓰는 제이미의 손이 떨렸다. “내가 바보였어.”

벤은 수첩을 가리키며 계속해서 쓰라고 말없이 명령했다.

“네가 아빠를 찾게 될까 봐 그랬어. 네 아빠가 널 데려가면 네가 다시는 오지 않을까 봐. 만약 아빠를 찾지 못하면 건플린트 호수로 돌아갈 거고, 그럼 난 다시는 널 못 보게 될 거 아니야.”

“하지만…… 그러면 내가 뭘 어떻게 할 거라고 생각했는데? 어쨌든 여기에서 영원히 살 수는 없잖아.”

벤은 제이미의 입술을 읽었다. "나도 알아, 나도 안다고." 이어서 제이미는 글씨를 썼다. "난 그냥 네가 여기에 있으면서 내 친구가 되어 주었으면 했어." 제이미가 눈을 비비더니 바닥을 응시했다.

벤은 생각했다. 제이미가 거짓말을 하긴 했지만 괜찮다고 말하며 위로해 줘야 할까? 나 역시 그의 친구가 되고 싶다는 것을 제이미는 몰랐을까? 하지만 참된 친구라면 아빠를 찾게 도와주어야 하는 게 아닐까?

제이미가 고개를 들고 눈을 몇 번 깜빡이더니 다시 쓰기 시작했다. 이제는 꽤 단호해 보이는 표정으로 한층 꾹꾹 눌러 글씨를 쓰고 있었다.

"너도 알다시피, 난 너한테 서점이 아직도 있다고 말하려고 했어. 첫날 너를 만났을 때 말이야. 그때 새로 이전한 서점 방향을 가리켰는데 너는 듣지 못하고 그냥 도망치기만 했어. 그때 네 귀가 안 들린다는 걸 내가 어떻게 알았겠어?"

벤은 마치 그 글의 의미를 이해하지 못하겠다는 듯 뚫어져라 보기만 했다. 마룻바닥에 구멍이 나서 그 안으로 빨려 들어가는 것 같은 느낌이었다.

벤은 멍하니 수첩과 펜을 가지고 자리에서 일어나 진열장으로 걸어갔다. 그는 진열장에 올려놓았던 조개껍데기 거북이를 집어 새 책갈피와 함께 주머니에 쑤셔 넣었다.

그리고 뒤도 돌아보지 않고 문으로 걸어갔다.

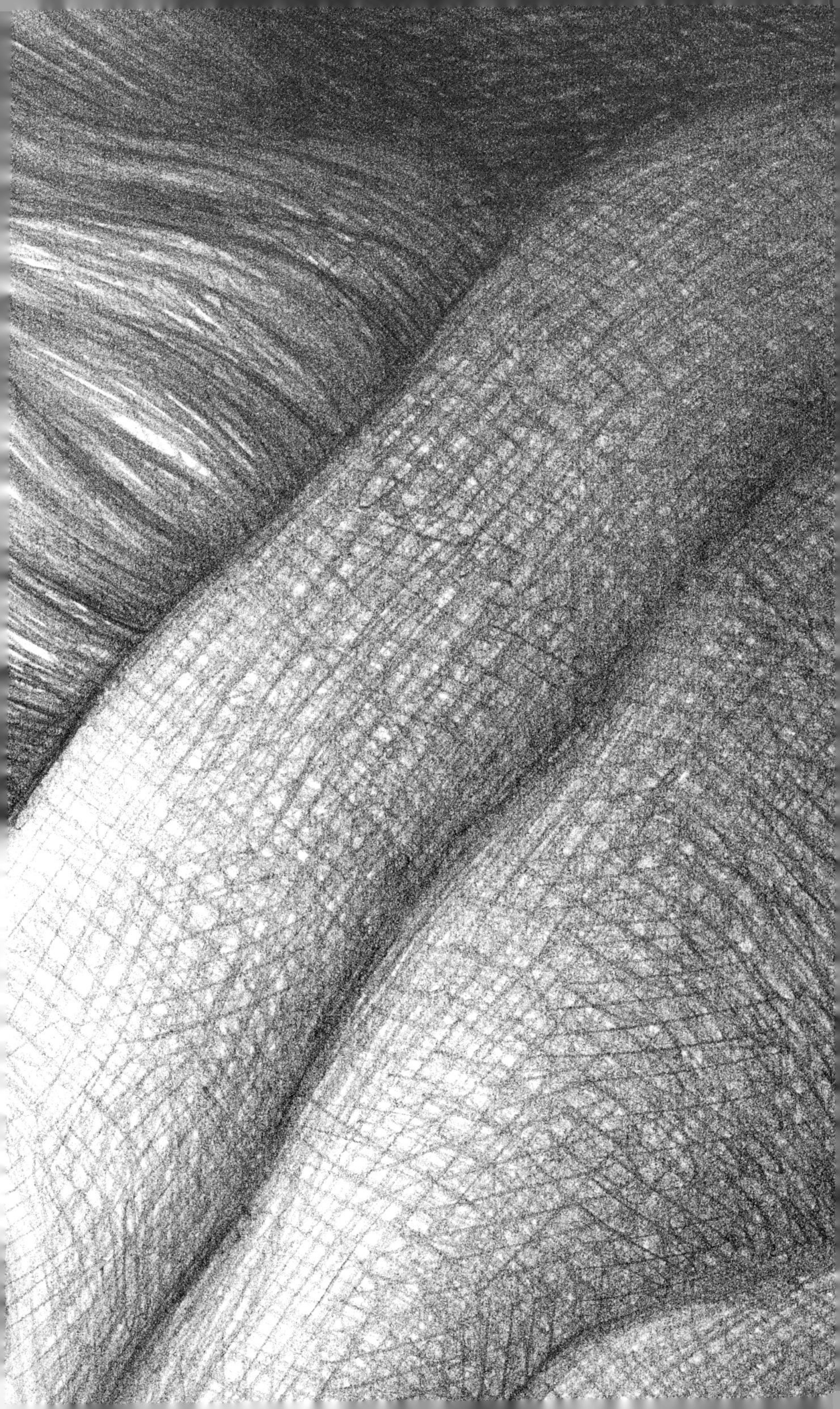

3부

밖에 나온 게 며칠 만일까. 도시는 여전히 타는 듯 더워서 킨케이드 서점에 도착했을 즈음 벤은 땀에 흠뻑 절어 있었다.

서점은 생각했던 것보다 훨씬 컸다. 책장의 책들이 넘쳐서 테이블까지 뒤덮은 채 불안하게 쌓여 있었다. 전면 유리창으로 쏟아져 들어온 햇빛은 소용돌이치며 허공을 날아다니는 먼지를 비췄다. 서점 안 공기는 서늘했고 오래된 종이 냄새가 났다. 이웃한 빵집에서 빵 굽는 냄새도 어렴풋이 났다. 서점 한가운데에 책들이 넘쳐나는 발코니로 올라가는 계단이 나 있었다. 계단에도 많은 책들이 줄지어 차곡차곡 쌓여 있었다. 손님은 없었고 계산대에도 사람이 없었다. 살아 있는 거라곤 금전등록기 옆에서 졸고 있는 검은 고양이뿐이었다. 계산대 바로 뒤에 삐딱하게 걸린 낡은 시계는 4시 15분을 가리키고 있었다.

벤은 셔츠 소매를 뒤집어 이마의 땀을 닦고 계산대로 걸어갔다.

"계세요? 저, 계세요?" 제 딴에는 큰 소리로 말했다고 생각했다. 하지만 아무도 나타나지 않아서, 이번에는 계산대를 똑똑 두드렸다. 여전히 대답이 없었다. 놀란 고양이만 펄쩍 뛰어내려 쏜살같이 계단을 올라갔다.

벤은 고양이를 따라가기로 했다. 어쩌면 위층에 주인이 있을 수도 있었다. 계단을 올라갔다. 그곳에도 인기척은 없는 듯했다. 목이 말랐다. 밥을 마지막으로 먹은 게 언제인지 기억도 나지 않았다. 순간 구역질이 나서 병에 걸린 게 아닐까 걱정스러워졌다. 벤은 계단에 앉아 무릎 사이에 머리를 묻었다. 문득 제이미 생각이 나서 수첩을 꺼냈다. 수첩을 넘기자 제이미의 글씨가 보였다.

"난 그냥 네가 여기에 있으면서 내 친구가 되어 주었으면 했어."

에어컨의 차가운 바람에 몸서리가 쳐졌다. 벤은 천천히 고개를 들었다. 누군가가 나타나기를 기다리며 얼마나 이렇게 앉아 있었던 걸까.

OTEL
ONE WAY
PARKING
BA

ONE WAY
DVEAMK

DELI
COFFEE
MENU
DON'T
WALK
DON'T ENTER
CROSSWALK
The
Times

SHOES
JEWELERS
POST SPORTS
NEW
HEAT

T SIDER
SALE
KINCAI
BOOKS

킨케이드 서점
1937년~

KIN
BO

벤은 문으로 들어서는 할머니를 보자마자 단번에 누구인지 알아보았다. 제이미와 처음 만난 날 늑대 디오라마 앞에서 마주쳤던 그 할머니였다.

할머니는 손수건으로 얼굴을 닦으며 계산대 뒤에 나타난 둥근 검정테 안경을 쓴 할아버지에게 걸어왔다. 할머니는 할아버지의 뺨에 입을 맞추었다. 그들은 서로 말은 하지 않았지만 두 손을 움직여 온갖 형태와 모양을 만들어내기 시작했다. 벤은 그들이 수화를 하고 있음을 금방 알아차렸다.

몇 번의 수화가 오간 후, 할아버지는 할머니를 향해 한 손을 들어 올린 채 전화기 쪽으로 고개를 돌리고 수화기를 들었다. 할아버지가 전화 통화를 하는 동안 할머니는 계속 할아버지와 수화를 했다. 벤은 할아버지가 동시에 두 사람과 대화를 한다는 사실이 놀라웠다. 할아버지는 전화 통화를 하는 것으로 보아 할머니만 귀가 들리지 않는 것 같았다. 두 사람은 전화를 끊은 후에도 계속 수화로 대화를 나눴다. 그러면서 몇 차례 웃기도 했다. 벤은 그들의 빠른 손놀림과 즐거워하는 표정에 놀랐다. 자신은 아무리 열심히 연습해도 저렇게 빨리 수화를 할 수는 없을 것 같았다. 제이미가 가르쳐 준 알파벳을 기억해 내려고 했지만 그럴수록 머릿속이 하얘졌다.

벤은 한 손에 수첩과 펜을 쥔 채 일어서려고 했다. 하지만 왼쪽 다리에 힘이 빠지면서 균형을 잡기도 전에 무릎이 꺾였고,

그만 계단에서 굴러 떨어지고 말았다. 벤은 무너진 책 더미 사이에 '쿵' 하고 세게 떨어졌다.

고개를 들자 할아버지와 할머니의 놀란 눈과 마주쳤다. 두 사람이 달려와 신음하고 있는 벤을 부축해서 일으켜 주었다. 할아버지가 벤에게 말을 걸었다. 벤은 고개를 저으며 자신의 귀를 가리켰다. "저는 듣지 못해요." 그들이 수화를 하자 벤은 다시 고개를 저었다. "전 수화도 못해요." 벤은 천천히 주위를 두리번거리다 옆에 떨어져 있는 수첩과 펜을 발견했다.

할아버지가 그것들을 주워 와서는 글씨를 썼다. "어디 부러진 데는 없니?"

벤은 팔다리를 쭉 뻗으며 말했다. "그런 거 같아요." 하지만 굴러 떨어지는 바람에 정신이 없었다. "저, 물 좀 마실 수 있을까요?"

할아버지는 고개를 끄덕인 뒤 가게 뒤편으로 사라졌다. 벤은 할머니가 한층 조용해졌음을 눈치 챘다. 할머니는 묘한 표정을 지으며 벤을 관찰하고 있었다. 당혹감과 놀라움과 슬픔이 동시에 어린 표정이었다.

할아버지가 물을 가지고 돌아왔다. 벤이 물을 마시는 동안 할머니는 할아버지에게 수화를 한 다음 다시 벤을 쳐다보았다. 그리고 손을 뻗어 벤의 목에 걸린 로켓을 만졌다. 벤이 흘끗 내려다보자 뚜껑이 열린 로켓이 보였다.

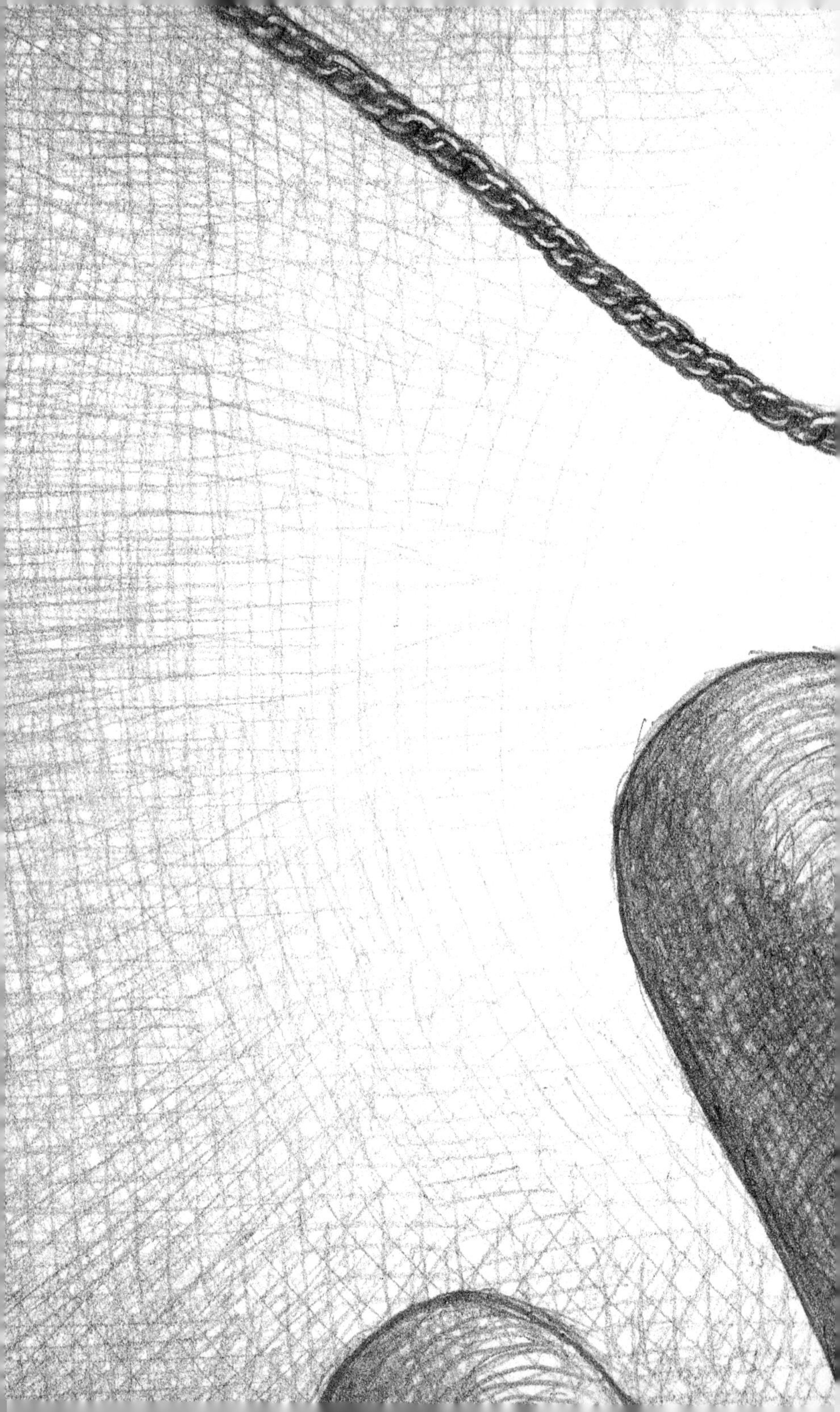

할머니는 손으로 입을 가린 채 할아버지를 붙들었다. 할머니의 뺨을 타고 눈물이 흘러내렸다. 손수건으로 눈가를 훔친 할머니는 벤의 한쪽 뺨에 손바닥을 댔다. 할머니의 엄지손가락이 벤의 살갗을 잠시 스쳤다.

벤의 머릿속에 오만 가지 의문이 떠올랐다. 하지만 질문을 하기도 전에 할머니가 수첩과 펜을 쥐었다.

벤은 글씨를 쓰려고 펜을 잡은 할머니의 떨리는 손을 보았다. 잠시 후 할머니는 수첩을 내밀었고, 벤은 거기 쓰인 글을 읽었다.

"벤이니?"

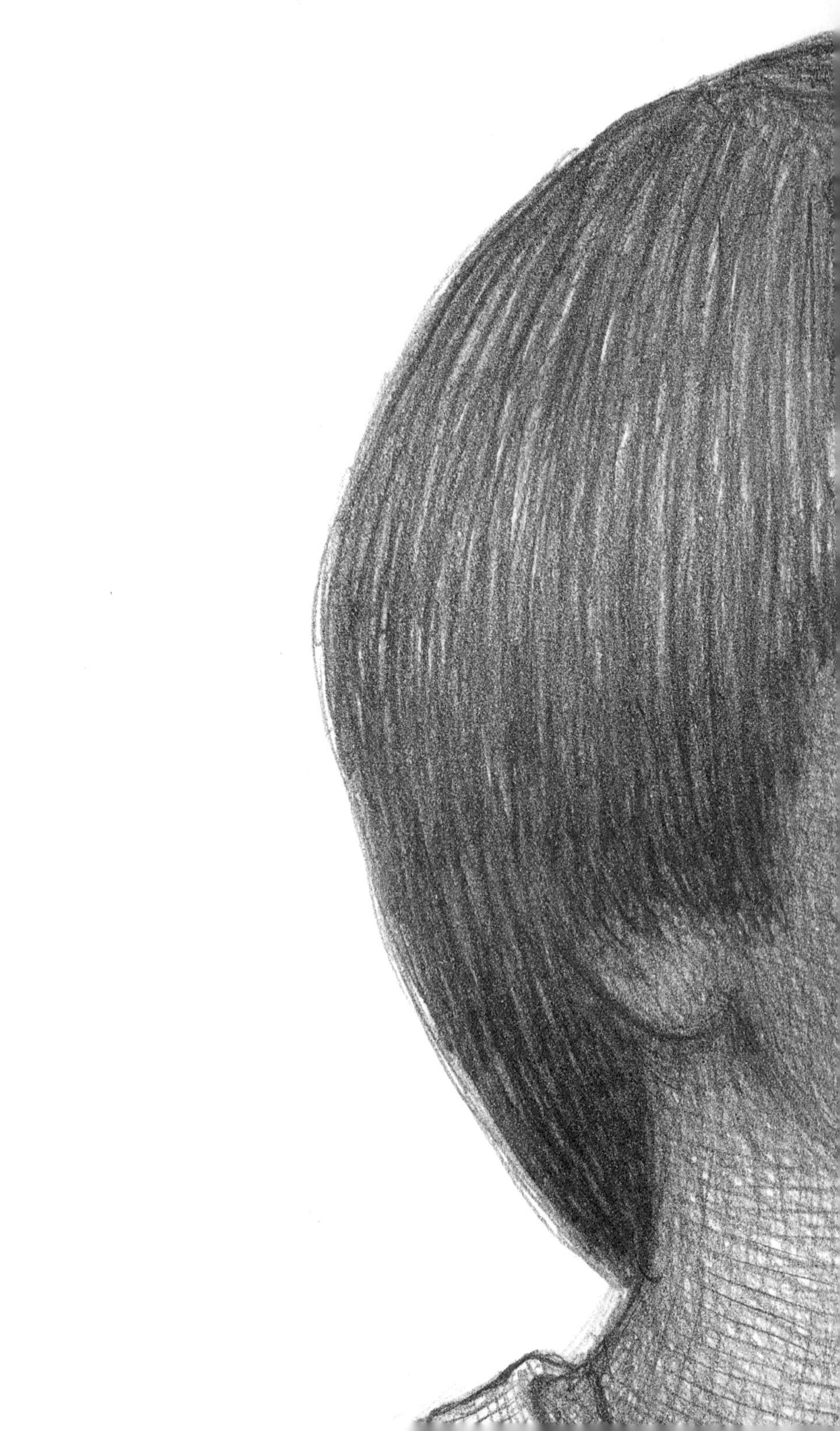

할머니의 손은 따뜻했다. 할머니는 벤을 끌어당겨 힘껏 껴안았다. 뭐가 어떻게 되는 거지? 벤은 몸을 빼며 물었다. "어떻게 제 이름을 아세요?"

할머니는 벤의 입술을 읽을 수 있는 것 같았다. 하지만 할아버지도 벤의 말을 수화로 통역해 주고 있었다. 할머니는 펜을 쥐고 자신을 가리킨 뒤 글을 썼다. "난 로즈란다." 할머니는 펜으로 할아버지를 가리켰다. "이 할아버지는 내 오빠인 월터."

벤은 다시 물었다. "제 이름을 어떻게 아세요? 우리 아빠를 아세요?"

월터 할아버지는 벤의 질문을 수화로 통역했고, 로즈 할머니는 수첩에 썼다. "엄마는 어디 게시니?"

벤은 뭐라고 대답해야 할지 몰라 망설였다. 설명하려면 오래 걸릴 것 같았다.

이윽고 벤은 예전에 제이미에게 써 주었던 대답을 기억해 냈다. 그는 수첩을 앞쪽으로 넘겨 로즈 할머니에게 내밀었다. 그리고 손가락으로 로켓을 만지작거리며 두 분이 그 글을 다 읽을 때까지 기다렸다.

글을 다 읽고 나서 할머니는 다시 벤을 껴안았다. 벤은 처음에는 몸을 빼려고 했지만 나중에는 그냥 가만히 있었다. 낯선 사람의 품이지만 이상하게 편안했다.

잠시 후 로즈 할머니가 뒤로 물러나며 눈가를 훔쳤다. "엄마 일은 안됐구나." 할머니가 이렇게 썼다. "이모와 이모부는 네가 여기 있는 거 아시니?"

벤이 고개를 저었다.

"걱정하시겠구나! 이모 전화번호 좀 적어 주련?" 할머니는 자기 오빠에게 손짓을 한 다음 손을 수화기 모양으로 만들어 귀에 갖다 댔다. 할아버지가 전화 연락을 할 거라는 의미 같았다.

벤은 전화번호를 적으며 이모와 이모부가 드디어 자신이 어디에 있고 무사하다는 것을 알게 될 것 같아 마음이 놓였다.

"어떻게 우리를 찾았니?" 로즈 할머니가 썼다.

주머니에 워낙 잡동사니가 가득해서 벤은 주머니를 뒤집어 빼다시피 한 후에야 원래 갖고 있던 책갈피와 제이미가 준 사전에서 발견한 새 책갈피를 찾을 수 있었다. 벤은 그것들을 똑바로 펴서 할머니에게 건넸다. 할머니와 할아버지는 대니가 벤의 엄마 일레인에게 보내는 메모가 적혀 있는 낡은 책갈피를 읽었다. 그 사이 벤은 뒷주머니에서 다른 것을 하나 더 꺼냈다.

WOND

『원더스트럭』

대니에게.
사랑하는
m 으로부터

『원더스트럭』
초판
미국 자연사 박물관

할머니가 책을 쓰다듬고 있을 때 벤이 다시 물었다. "제 이름을 어떻게 아셨는지 말씀해 주세요."

할머니는 벤의 입술을 읽고서 이렇게 썼다. "우린 오래전에 만난 적이 있단다."

벤은 며칠 전 박물관에서 만났을 때 말고는 할머니를 본 적이 결코 없었다.

"우리가 어떻게 만났는데요?" 할아버지가 통역을 하는 동안 벤은 또 덧붙였다. "언제요?"

"이야기가 길단다. 음, 우선 이것부터……" 할머니는 『원더스트럭』의 제목 페이지 반대편에 빨간색으로 쓰인 'M'이라는 글자를 가리켰다. "월터 오빠는 이 서점을 열기 전에 박물관에서 일했단다. 이 책은 내가 어렸을 때 월터 오빠가 준 거야. 이 장미와 나뭇잎은 내가 그렸지. 마치 서명처럼."

"무슨 말씀인지 모르겠어요. 이 서명은 M이라고 되어 있는데 할머니 이름은 로즈라고 하셨잖아요."

할머니는 할아버지를 돌아다보았고, 할아버지는 할머니가 놓친 말을 통역해 주었다.

"M은 '엄마(Mother)'의 머릿글자 M이란다." 할머니가 이렇게 적었다.

"그럼 할머니는 대니의 엄마세요?" 이렇게 내뱉는 순간 그 말의 의미가 퍼뜩 떠올랐다.

어쩐지 할머니의 얼굴이 변한 것 같았다. 할머니의 피부, 할머니의 은빛 머리카락, 가느다란 손가락은 더 이상 낯선 사람의 것이 아니었다. 벤이 수첩에 썼다. "그렇다면 제 할머니시네요."

할머니가 눈가의 눈물을 닦으며 웃었다.

벤은 다시 할머니를 꼭 껴안았다. 할머니 블라우스의 매끄러운 촉감이 느껴졌다. 할머니가 숨을 쉴 때마다 갈비뼈가 들썩거렸다. 잠시 후 뒤로 물러난 벤이 물었다. "아빠는 어디에 계세요? 전 미네소타 주에서 아빠를 찾으러 왔어요."

월터 할아버지가 통역을 했지만 할머니는 골똘히 생각에 빠진 것 같았다. 마침내 할머니가 이렇게 썼다. "아빠에 대해 어느 정도까지 아니?"

벤이 속사포처럼 내뱉었지만 할아버지는 이야기를 잘 따라갔다. "전 아빠에 대해 아무것도 몰라요. 엄마는 한 번도 아빠 이야기를 하지 않으셨어요. 엄마가 돌아가시고 나서야 『원더스트럭』이라는 책과 책갈피에 쓴 메모를 발견했어요. 아빠 이름이 대니얼이고 뉴욕에 사신다는 것도 그때 알았어요." 벤은 아빠의 아파트로 찾아갔다가 박물관에 가게 되었고 늑대 디오라마와 서류철을 발견한 이야기를 들려주었다. "아빠가 엄마한테 쓴 편지를 읽었어요. 그래서 아빠가 박물관에서 일했고, 디오라마를 만들었고, 그 일로 자료 조사를 하러 미네소타 주에 갔다가 두 분이 만났을 거라는 것을 알게 됐어요. 하지만 제가 아는 건 그게 다예요!"

월터 할아버지가 할머니를 위해 수화로 통역을 하자 로즈 할머니도 수화로 대답을 했다. 이윽고 할머니는 고개를 끄덕인 뒤 이렇게 썼다. "벤, 네가 묻는 말에 뭐든 대답해 줄게. 내가 할 수 있는 한. 그런데 뭣 좀 먹었니?"

벤은 고개를 저었다. 얼마나 배가 고픈지도 잊었다. 월터 할아버지가 어디론가 가더니 샌드위치와 오렌지 주스, 프레첼 과자가 가득 담긴 접시를 가지고 돌아왔다. 벤은 허겁지겁 먹어 치웠다.

월터 할아버지는 접시를 치운 후 로즈 할머니와 무언가 수화로 대화를 나누었고, 이윽고 할머니가 수첩에 썼다. "네 질문에 대답해 주고 싶은데 여기서는 할 수가 없어. 지하철을 타고 가야 한단다. 좀 오래 걸릴 거야. 함께 가겠니?"

"네." 벤이 말했다. "그런데 왜 여기에서 말씀하시면 안 돼요?"

벤의 입 모양을 읽은 할머니가 벤의 어깨를 지그시 눌렀다. 할머니의 얼굴은 슬프고 복잡해 보였다. 벤은 그냥 따라가서 할머니가 말해 줄 때까지 기다리는 수밖에 없음을 알았다.

"준비됐니?"

벤은 목에 건 매끄러운 은제 로켓을 매만지며 고개를 끄덕였다.

준비됐어요.

SO
G

WAY
7
DO
Sub

STAR

79

TO QUEENS
EXP
퀸스 행

B M T LINE

QUEENS MU

UM OF ART
퀸스 미술관

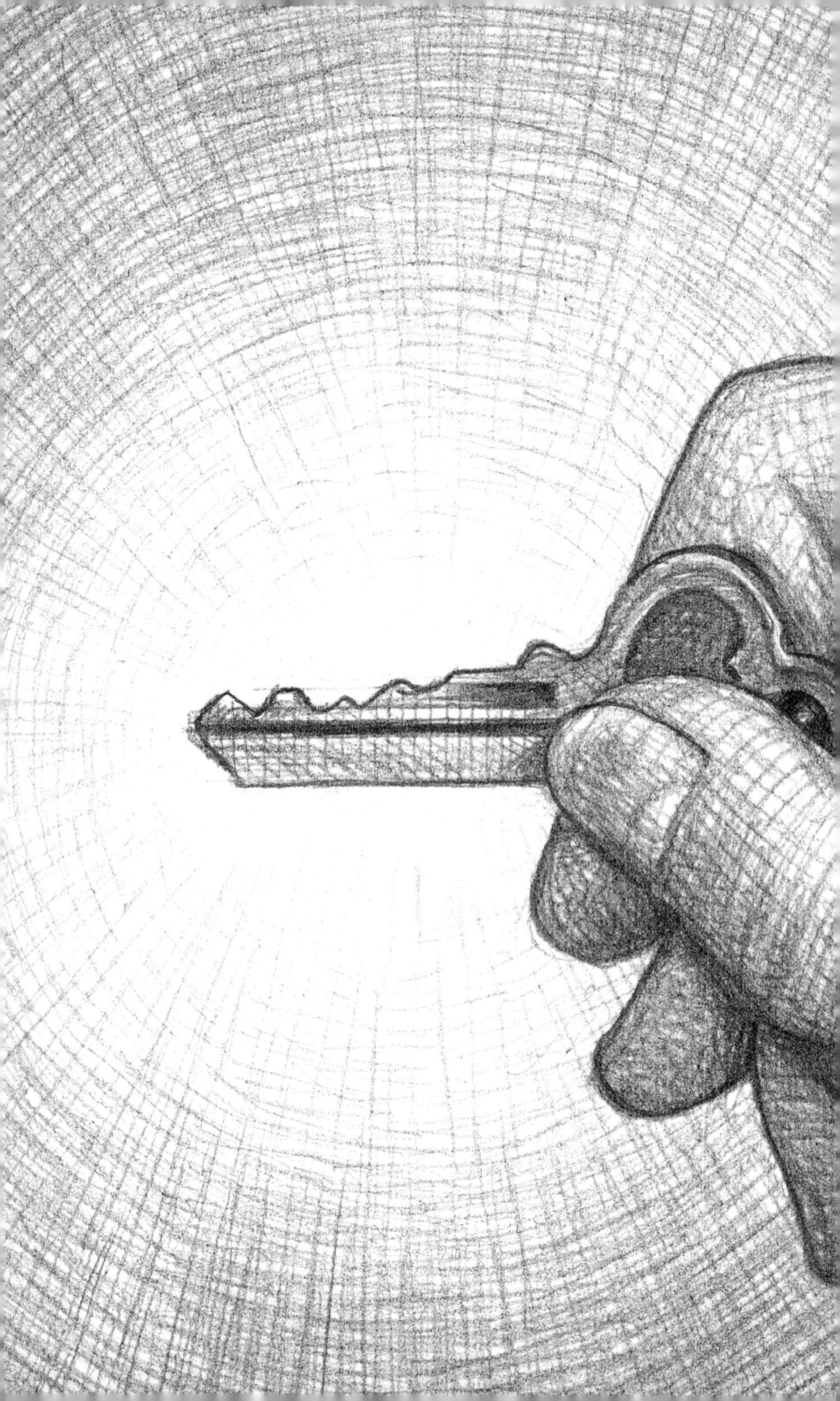

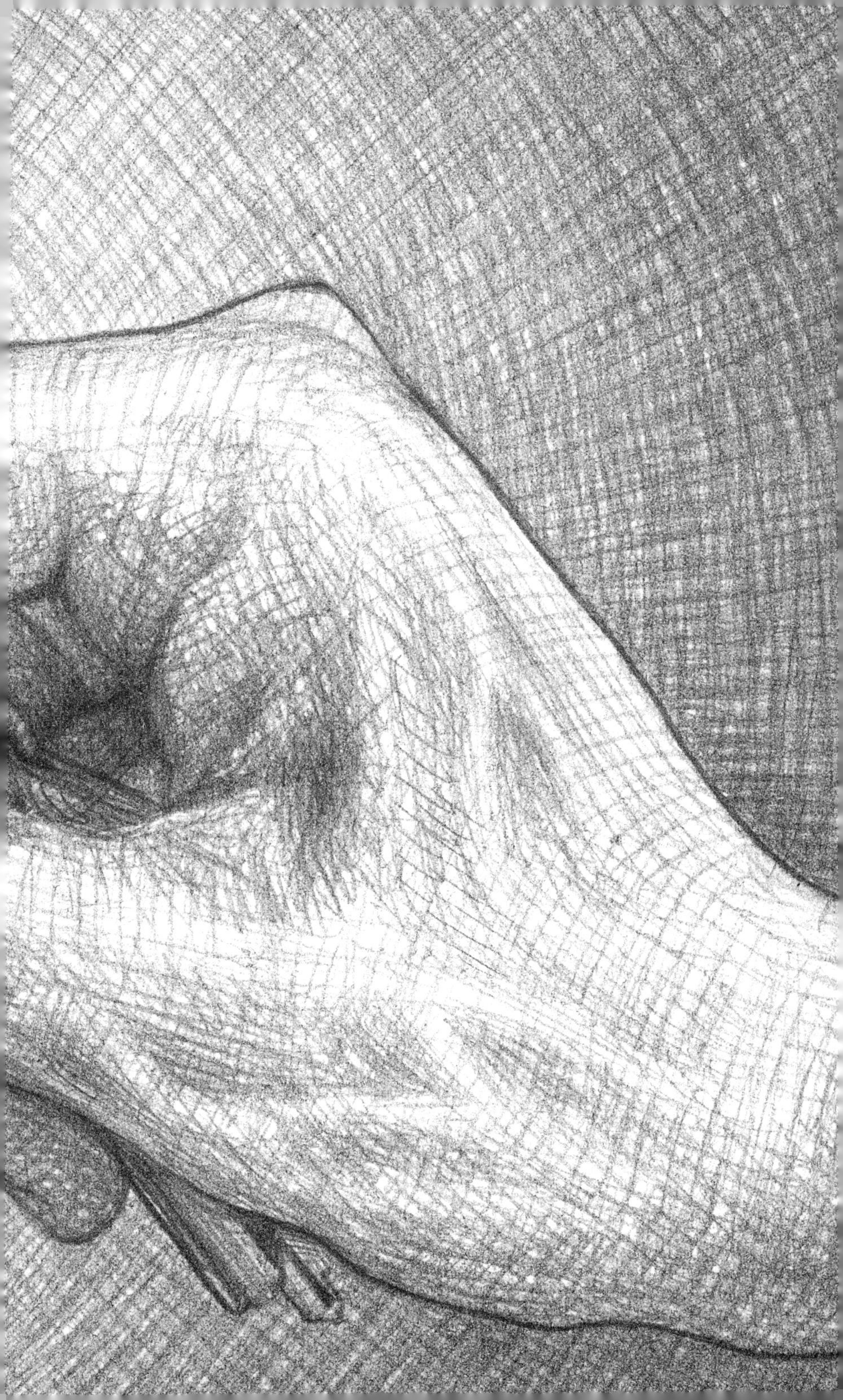

벤과 할머니는 미술관 로비로 들어섰다. 할머니는 전등을 켠 다음 벤에게 벤치에 앉으라는 몸짓을 했다. 안은 무덥고 답답했다. 할머니가 옆에 앉더니 벤의 수첩과 펜을 가방에서 꺼냈다. "이 이야기를 글로 전해 주려면 시간이 꽤 걸릴 게다. 참을성 있게 읽어 주기 바란다. 알았지? 지금까지 한 번도 이 이야기를 이렇게 적어 본 적이 없단다."

이야기라고? 벤은 이야기를 원하는 게 아니었다. 아빠를 만나고 싶을 뿐이었다. 하지만 벤은 고개를 끄덕이며 할머니가 수첩에 한 줄 한 줄 써 내려가는 글을 재빨리 읽었다.

"난 여기에서 15년째 일을 하고 있단다. 하지만 내가 너에게 들려줄 이야기는 그보다 훨씬 전에 시작되지.

어렸을 때 내 방 창문으로 보면 뉴욕이 한눈에 들어왔단다. 하지만 우리 부모님은 내가 뉴욕에 가는 걸 절대 허락하지 않으셨지. 귀머거리 소녀가 집을 떠나는 것 자체가 너무 위험하다는 게 그분들 말씀이셨어! 그래서 난 어릴 때 쪽지에 글을 써서 세상 밖으로 띄워 보내곤 했지. 너무 외로웠거든. 가출을 한 것도 여러 번이었는데 결국엔 월터 오빠가 나를 구원해 줬단다. 난 오빠가 AMNH에서……."

벤은 할머니의 어깨를 툭 치고 'AMNH'를 가리켰다. 그게 무엇인지 몰라서였다.

"미국 자연사 박물관(American Museum of Natural History)이란다."

참, 그렇죠. 벤은 할머니가 계속 글을 쓰게끔 고개를 끄덕였다.

“난 월터 오빠가 박물관에서 새로운 전시회의 일환으로 책을 판매하는 일자리를 얻었다는 사실을 알았단다.”

벤은 할머니를 툭 쳤다. 그는 책을 펼치는 시늉을 하고 입 모양으로 ‘원더스트럭’이라고 말했다.

할머니가 고개를 끄덕였다. “뉴욕으로 가출했을 때 내 나이는 열두 살이었단다. 전시실에 숨어 있는 나를 월터 오빠가 찾아냈지. 오빠는 나중에 나를 자기 아파트로 데리고 가서 책을 한 권 주었어. 바로 그때부터 나는 박물관과 ‘호기심의 방’을 좋아하게 되었단다. 나는 오빠한테 도와달라고 애원했어. 아빠와 집을 벗어나게 해 달라고 말이야. 난 뉴욕에 살고 싶었단다. 그리고 여러 가지를 배우고 싶었지!

밤이면 오빠의 아파트에서 거대한 빌딩을 내다봤던 기억이 나는구나. 정말 아름다웠지. 호보켄에서는 강 너머의 뉴욕을 바라보기만 했었는데 직접 거기서 살게 되니 황홀할 지경이었단다.

월터 오빠는 내가 농아를 위한 학교에 다닐 수 있게 도와주었어. 나는 그런 게 있는지도 몰랐는데! 우리 부모님은 어머니가 아주 어렸을 때 결혼했단다. 어머니는 겨우 17살에 월터 오빠를 낳았지. 나는 그로부터 8년 후에 태어났고, 우리 부모님은 내가 태어나고 얼마 안 있어 이혼하셨는데 당시에는 대단한 스캔들이었어. 어머니는 유명 배우였거든. (언젠가 너에게 내 스크랩북을 보여주마.) 부모님은 나를 학교에 보내려고 하지 않았지만 오빠가 우겨서 부모님을 설득했지. 내게 좋은 기숙학교가 필요하다, 학생들이 모두 농아인 학교가 있다고 말이야.

나는 학교에 다니기 전까지는 다른 농인을 만난 적이 없었단다. 그런 학교가 있는 줄도 몰랐는데, 그곳이야말로 내가 원하는 곳이었단다! 그 학교에는 나와 비슷한 사람들이 아주 많았어! 하지만 안타깝게도 난 학교 수업은 좋아하지 않았어. 억지로 입술을 읽고 말하는 법을 배워야 했는데, 나는 그게 싫었거든. 학교에 다니기 전에도 절대 잘하지 못했단다. 집에 있을 때에도 입술 읽는 법과 말하는 법을 가르치는 가정교사가 왔었지만 나는 그 사람을 싫어했단다. 한번은 선생님이 준 책을 찢어서 종이 빌딩을 만들었지. 연습을 하기 싫어서!

그런데 수업이 없을 때 다른 학생들이 수화하는 법을 가르쳐 주었단다. 나에게는 세상이 열리는 것 같았지. 나도 정말로 의견을 나누고 농담을 할 수 있다는 걸 알게 됐거든! 농담을 하고 다른 이들과 함께 웃는 게 얼마나 즐거운 일인지 그 전에는 정말 몰랐어! 그보다 더 행복할 수는 없었지.

그 학교에서 나는 네 할아버지가 될 빌 로벨이라는 소년을 만났단다. 우리 반에서 가장 잘생긴 데다 힘도 세고 운동도 잘했지. 우리 학교의 많은 아이들처럼 그도 졸업 후 인쇄소에서 큰 기계를 작동하는 일을 하게 되었단다. 농인들은 당연히 시끄러운 소리가 들려도 괜찮으니까, 당시에는 그렇게 귀가 안 들리는 남자아이들이 인쇄 기술을 많이 배웠지. 나 또한 졸업한 후에 일자리가 필요했단다. 다행히 월터 오빠의 도움으로 AMNH에서 일하게 되었어. 난 항상 손으로 뭔가를 만드는 걸 좋아했기 때문에 거기에서 일하게 되었을 때 정말 기뻤단다. 난 미국 원주민 마을이라든지 멕시코 마을, 아라비아 도시의 미니어처를 만드는 일을 도왔지.

빌과 나는 학교를 졸업한 후에 결혼했단다. 많은 사람들, 특히 우리 부모님은 농인끼리 결혼하는 걸 탐탁지 않게 여기셨지. 모두 우리가 아이를 낳으면 그 아이도 귀머거리가 될까 봐 걱정하셨던 거야. 하지만 빌은 아홉 살 때 병으로 청각을 잃었고, 내가 귀가 안 들리게 된 것은 언제 어떤 이유로 그렇게 됐는지 아무도 정확히 몰랐단다. 태어날 때부터 그랬던 것 같은데, 의사였던 우리 아버지는 언제나 내가 두 살 때 어디에선가 떨어져서 그렇게 됐다고 말씀하셨지. 빌의 부모님도 우리 부모님처럼 농아를 키우느라 고생을 하셨지. 그런데 남편에게는 위로 귀가 잘 들리는 형과 누나가 다섯이나 있어서 큰 관심을 받지 못했단다. 하지만 내가 그랬던 것처럼 그도 학교에서는 재능을 꽃피웠단다.

임신했을 때 나는 정말로 나 같은 아기를 낳게 될까 봐 걱정했단다…… 우리가 학교에 다니기 전에 받지 못했던 보살핌을 내 아이에게 줄 자신은 있었어. 하지만 농인으로 산다는 건 쉽지 않은 일이지. 그래서 대니가 들을 수 있다는 사실을 알았을 때 얼마나 기뻤는지 모른단다. 그런데 사람들은 그래서 오히려 걱정하더구나! 부모가 둘 다 농인이면서 어떻게 귀가 들리는 아이를 키울 수 있느냐는 거였어. 우리 부모님은 아이의 귀가 들리든 안 들리든 밤에 울기라도 하면 부모가 들을 수 있겠느냐고 걱정하셨지. 게다가 더 걱정스러운 점은 아이가 말하는 법을 배우지 못한다는 거였어. 맞아, 그건 어려운 일이었지. 하지만 친구들이 도와주었고, 라디오를 항상 켜 두었고, 그래, 우리 부모님도 도움을 주셨지. 그리고 무엇보다 우리는 대니를 사랑했단다."

할머니는 벤이 글을 읽는 동안 잠시 멈추고 펜을 쥐었던 손을

주물렀다. 펜과 종이, 그리고 이야기 외에 다른 모든 것은 그를
위해 사라져 준 것 같았다.

"대니는 들을 수 있었지만 난 그렇다고 대니에게 삶이 쉬웠다고는 생
각하지 않는단다. 대니는 결국 여러 면에서 빌과 내가 자랐던 때와 비
슷했지. 물론 우리는 우리 부모님들과는 달랐어. 하지만 대니는 두 세
계를 접하며 자랄 수밖에 없었단다. 들을 수 있는 청인의 세계와 들을
수 없는 농인의 세계. 대니는 어떤 농인보다도 수화를 더 아름답고 능
숙하게 했단다. 일단 어느 정도 자라자 우리를 위해 수화와 구화 사이
에서 통역을 하는 통역사 노릇을 하기도 했어. 하지만 그 애는 단 한
번도 불평하지 않았단다. 그 아이는 명랑했고, 그림을 그릴 때면 더없
이 행복해했지.

대니는 동물 그림을 그리는 걸 좋아했고, 조그만 조각상도 아주 뛰어
나게 잘 만들었단다. 어렸을 적에는 나를 따라 종종 박물관에도 갔지.
나와 함께 모형 만드는 부서에 출근해서 내가 내 모형을 만들 때 저 나
름대로 작품을 만들었어. 직원들은 대니가 마음대로 드나들게 해 주었
고 박물관의 모든 것을 가르쳐 주었단다. 그 애는 금방 예술은 물론이
고 지리와 과학, 수학에도 빠져들게 되었지. 직원들 덕분에 대니는 제
작 중인 디오라마나 창고에 들어가 놀기도 했단다."

주머니로 들어간 벤의 손이 조심스럽게 조개껍데기로 만든
거북이를 꺼냈다. 벤이 그것을 건네자 할머니의 눈이 휘둥그레
졌다. 할머니의 표정을 본 벤은 할머니가 그게 무엇인지 알고
있음을 알았다. 할머니는 거북이를 손바닥에 올려놓고 뒤집어

보더니 벤에게 다시 주었다.

벤은 수첩과 펜을 들고 썼다. "3학년에 올라갈 때 엄마가 제게 이 거북이를 주셨어요. 엄마는 제가 수줍음이 많다고 거북이라고 부르곤 하셨죠. 엄마는 이걸 아빠가 주셨다고 말씀하신 적이 없어요."

할머니는 웃으면서 펜과 수첩을 가져갔다. "그 '원더스트럭' 전시회가 끝난 후 박물관에서는 전시실을 철거할 예정이었지만 실제로 착수하지는 않았단다. 그러면서 세월이 흘러 먼지가 쌓이고 그곳은 서서히 창고가 되어 갔지. 너희 아빠는 진열장 안에 곧잘 숨곤 했는데, 그러다가 거기에서 그 조개껍데기 거북이를 발견했어. 너희 아빠는 그 거북이를 좋아해서 늘 주머니에 넣어 가지고 다녔단다."

벤은 어느 추운 겨울 밤 아빠가 엄마에게 거북이를 주는 모습을 상상하며 빙그레 웃었다.

거북이를 주머니에 도로 넣은 벤은 할머니에게 이야기를 계속하라고 손짓을 했다.

할머니는 "제작 중인 디오라마나 창고"라는 글귀로 돌아가는 화살표를 그린 다음 이어서 썼다. "박물관 직원들이 대니에게 디오라마 제작에 대한 모든 것을 가르쳐 주었단다. 박물관은 대니가 어른이 되었을 때 일하고 싶은 바로 그런 직장이 되었고, 실제로 적당한 나이가 되자 박물관에서는 대니를 채용하고 싶어 했지. 우리는 정말로 자랑스러웠단다.

나는 박물관에서 몇 년 동안 일했고, 그중에 얼마간은 대니와 함께였단다. 그런데 1962년에, 퀸스에서 개최될 1964년 뉴욕 세계박람회

대한 계획이 세워졌단다. 전 세계에서 여러 나라가 참여하기로 되어 있었지. 그때 쇼도 보여 주고 놀이기구도 운행하고 온갖 볼거리를 선보이게 되어 있었고. 그런데 그 볼거리 중의 하나로 다섯 개 구, 89만 5000개의 건물들로 이루어진 뉴욕 전체의 축소 모형이 전시될 거였어. 완성되면 약 10만 제곱피트(약 9300제곱미터)에 이르는, 세계 역사상 가장 큰 건축 모형이 될 예정이었지. '파노라마'라고 불리는 것인데, 그 모든 건물을 만들고 붙이고 공원과 언덕을 조각할 사람이 필요하게 되었지.

사람을 구한다는 것을 알고 나는 얼른 기회를 잡았단다. 즐겁고 멋진 세월을 보낸 AMNH를 떠나는 게 슬펐지만 그렇다고 안 갈 수는 없었어. 난 어렸을 때 뉴욕을 꿈꾸면서 내 방에 종이로 뉴욕을 만들곤

했거든. 어떻게 보면 내 평생 이 일을 위해 준비를 해 왔다고 해도 과언
이 아니었지. 나는 2년 동안 뉴욕의 모형을 만드는 일에 매달렸어. 작
은 건물과 고층 아파트, 박물관, 상점 등을 수백 개나 만들었지. 천국
이 따로 없었단다."

할머니는 다시 손을 주무르기 위해 글쓰기를 멈췄다. 이윽고
할머니가 몸을 일으키더니 벤의 손을 잡고 어둡고 휑뎅그렁한
동굴 같은 곳으로 데리고 갔다. 할머니가 벽 속에 숨겨진 제어
판의 단추 몇 개를 누르자 갑자기 거대한 스포트라이트가 방
안을 비추었다.

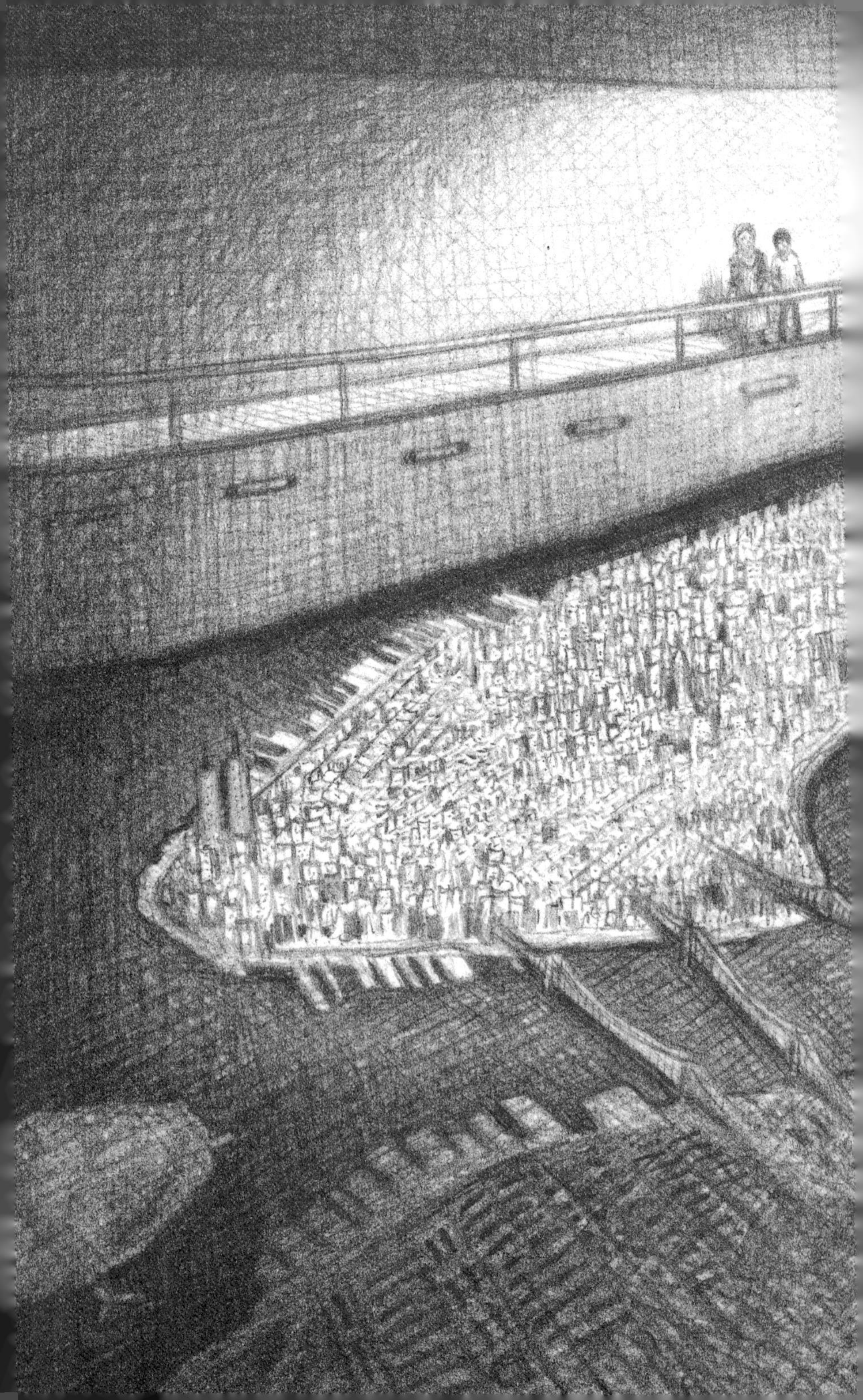

파노라마는 벤이 지금까지 본 것 중 최고의 장관이었다. 가장자리를 따라 할머니와 천천히 걸어가면서 벤은 지극히 아름답고 정교한 모습을 멍하니 바라보기만 했다. 파노라마를 에워싼 경사로의 제일 높은 곳에 이르자 할머니가 다시 글을 쓰기 위해 걸음을 멈췄다.

"이게 완성되고 몇 년 후인 1964년 세계박람회가 폐회되고 전시물이 철거되었지. 하지만 이 파노라마는 워낙 인기가 좋았기 때문에 계속 전시하기로 결정되었단다. 그래서 이 모형을 관리하면서 뉴욕에 새로운 건물이 들어설 때마다 그에 맞춰 새 모형을 제작하고 기존의 모형을 대체하는 일을 할 사람이 필요해졌지. 나에게 그 일이 주어졌단다."

그때 방이 서서히 어두워지기 시작했다. 벤은 걱정이 되어 할머니를 바라보았다. 할머니가 웃으며 설명했다. "15분마다 밤이 온단다."

도시가 서서히 어두워지자 형광 페인트를 칠한 천만 개의 작은 창문에 차례로 불이 들어왔다. 이윽고 파노라마는 휘황찬란한 빛을 내뿜었다.

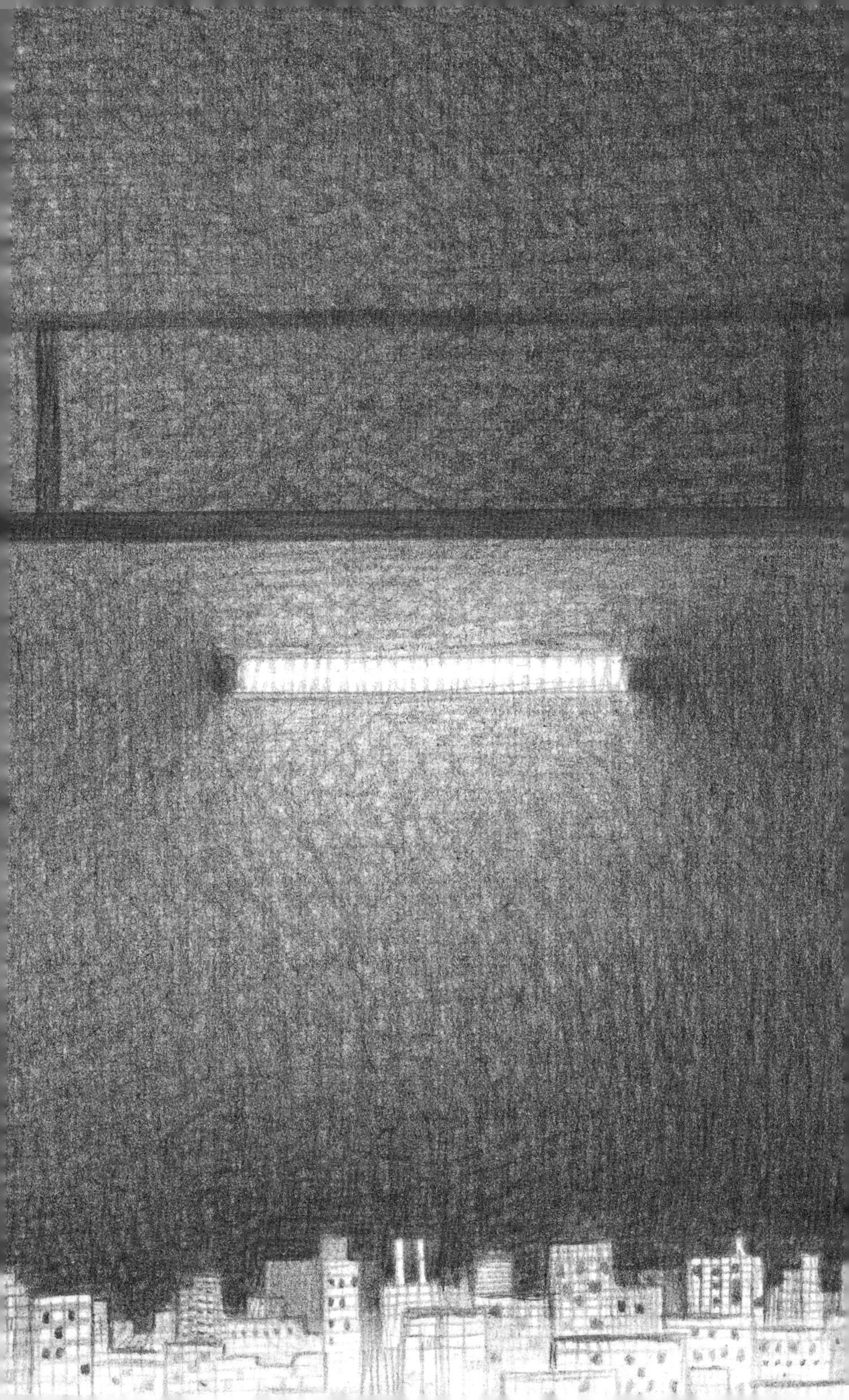

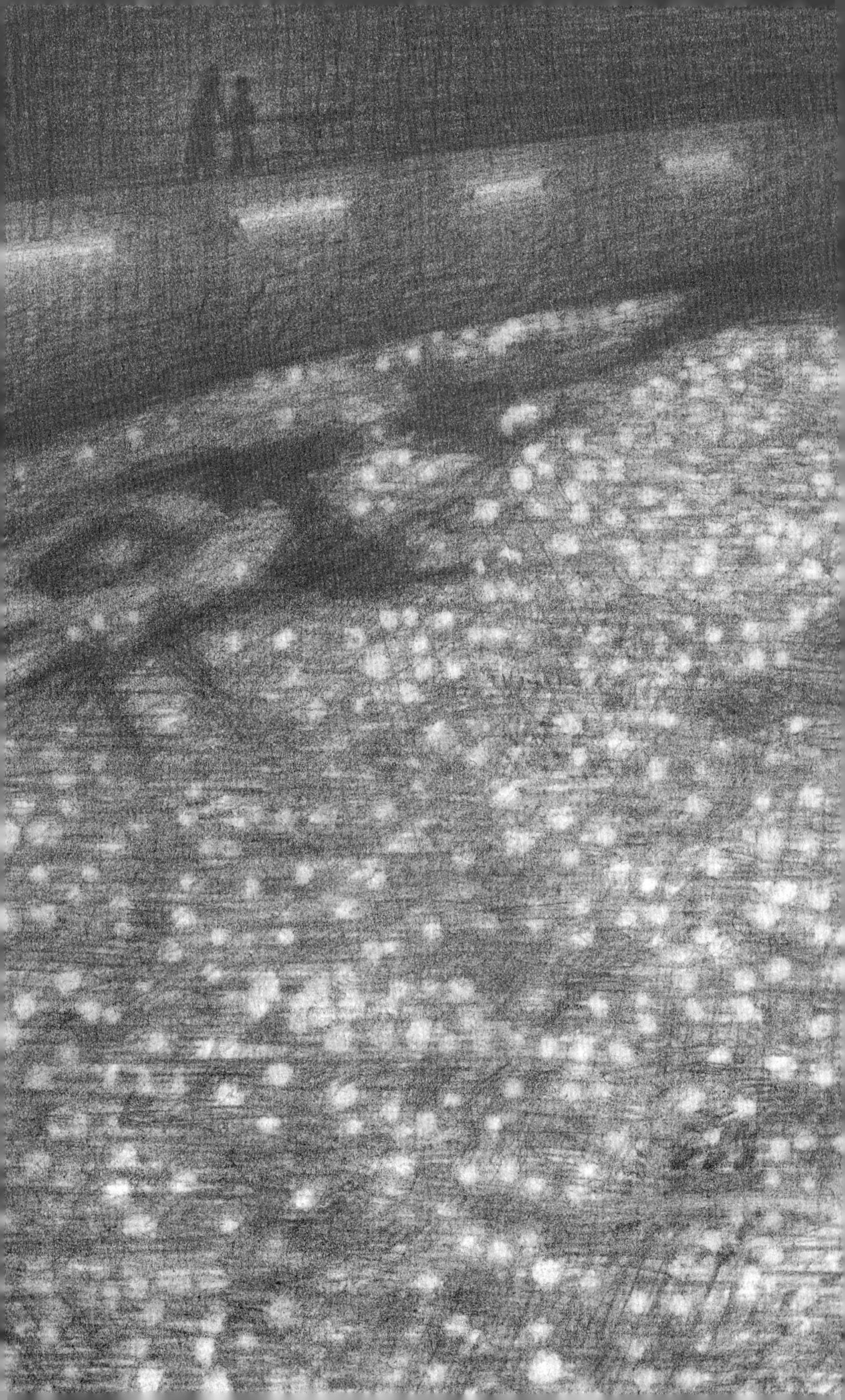

할머니가 모형을 에워싸고 있는 둘레길로 벤을 안내하는데 미니어처 도시에 인공 아침햇살이 퍼졌다.

할머니는 도시 곳곳의 이름을 적어 주었다. 맨해튼, 브롱크스, 스테이튼 아일랜드, 브루클린, 퀸스. 이어서 할머니는 1964년 세계박람회 후에 철거되지 않고 남은 또 하나의 기념물 모형을 가리켰다. 두 사람도 여기로 오는 길에 본 적이 있는 '유니스피어'라고 부르는 은색 지구 모형이었다. 할머니는 벤과 함께 서 있는 이 건물의 작은 모형뿐만 아니라 마천루와 다리, 초록으로 펼쳐진 공원과 복잡하게 얽힌 검정색 도로, 습지, 무덤, 발전소도 보여 주었다. 벤은 넓게 펼쳐진 뉴욕 상공을 나는 새가 된 듯했다.

아까는 보지 못했던 어떤 출입구에 이르자 할머니는 열쇠 꾸러미를 꺼내 문을 열고 들어갔다. 짧은 계단을 내려가자 아래에 두 번째 문이 있었다. 할머니는 벤을 그리로 데려갔다. 마치 거인이 된 것 같은 두 사람은 대서양에 발을 들여놓았다.

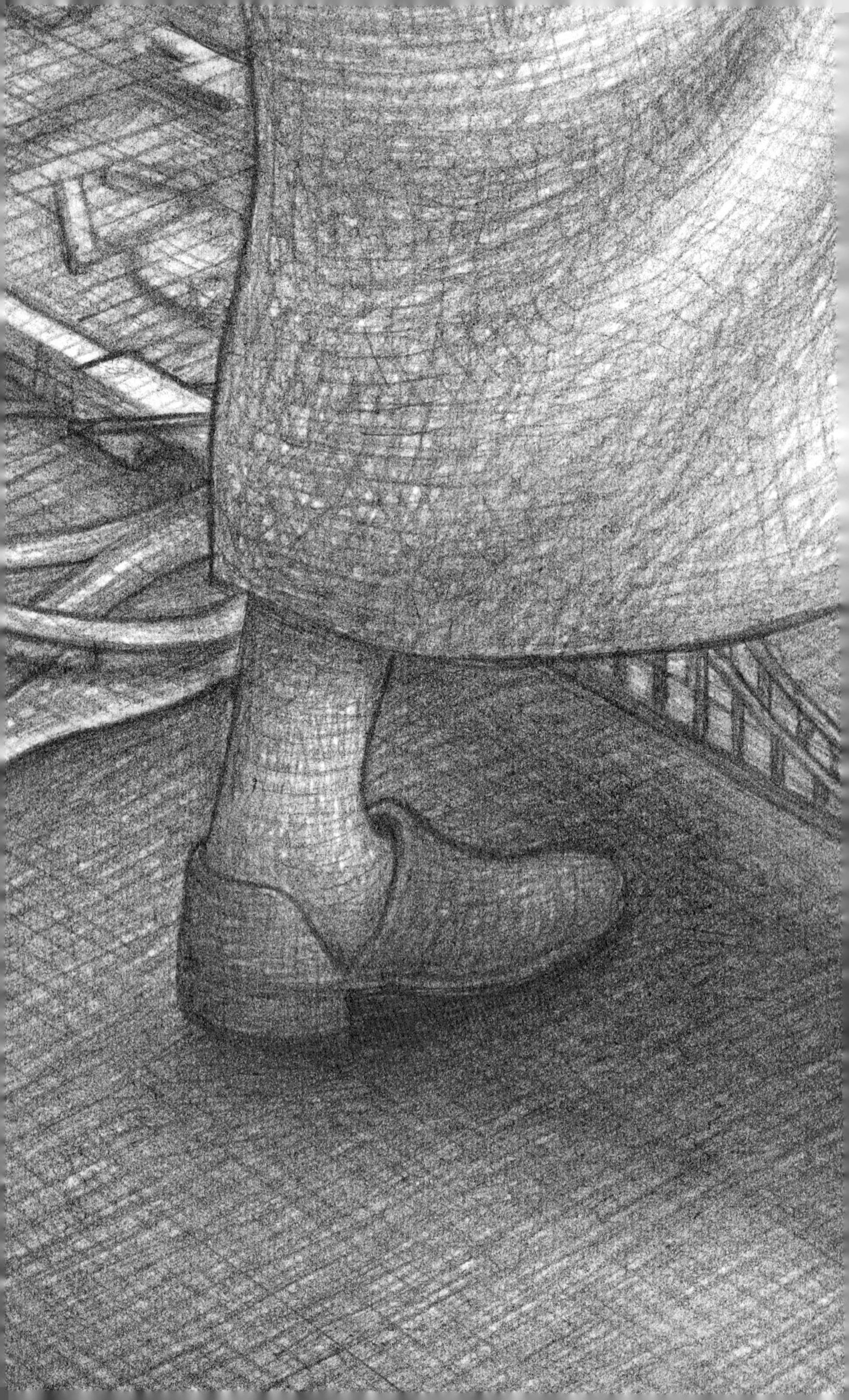

이스트 강을 따라 올라가다 중간에 다리 세 개를 넘은 다음 할머니는 글을 쓰기 위해 걸음을 멈췄다. 맨해튼과 브루클린의 중간쯤에 서 있던 벤은 수첩에서 시선을 돌려 센트럴 파크와 자연사 박물관, 헤이든 천문관 그리고 항만 공사를 구경했다.

다시 밤이 되었다. 벤이 입은 옷의 흰 부분과 할머니의 눈 흰 자위와 치아, 수첩의 백지가 자외선이 비치는 밤에 보라색으로 빛났다. 그들은 전기로 빛을 내는 태양이 다시 떠오를 때까지 움직이지 않고 기다렸다. 이윽고 할머니는 다시 글을 쓰기 시작했고 벤은 그 글을 읽었다.

"난 이 모형 만드는 일에 참여하는 게 정말 좋았단다. 그 일을 하는 2년 동안 다른 사람들은 모두 퇴근했는데도 혼자 늦게까지 남아 있곤 했지. 그러면 조금이라도 나 혼자 모형들과 함께 있을 수 있었으니까. 대니와 나는 자주 만났는데, 그럴 때면 나는 작업이 얼마나 진척되었는지 말해 주었고, 대니는 자기의 최신 프로젝트에 대한 이야기를 들려주었지. 그 무렵 대니는 AMNH에서 새로 제작하는 디오라마의 수석 설계자로 임명되었단다. 그 일을 맡은 사람으로는 명예롭게도 역사상 최연소였지.

그 후 일은 너도 이미 아는 내용일 게다. 대니는 박물관 직원 둘을 데리고 건플린트 호수로 갔단다. 직원 둘은 호숫가 커다란 산장에 있는 방을 구했는데, 대니는 작업 때문에 혼자 지내기를 원했지. 그때 자료 조사를 위해 연락을 취하던 사서가 언니와 공동으로 소유하는 작은 오두막이 있어서 대니는 그 집을 빌렸지."

벤은 사촌들과 해적 놀이며 괴물 놀이를 하던 오두막에 아빠가 머물고 있는 모습을 그려보았다. 한때 아빠가 걸었던 마루를 걷고 아빠가 앉았던 의자에 앉았다는 사실을 알자 벅찬 마음이 들었다.

"대니는 그 지역에서 오래 지내 보고는 결국 늑대에 초점을 맞추기로 결심했지. 혹시 네가 서류철을 봤다면 그림이 많이 있었을 게다. 나에게도 멋진 편지와 함께 그림을 몇 점 보내 주었으니까. 대니는 첫눈에 너희 엄마와 사랑에 빠졌단다. 대니는 네 엄마를 아주 생생하게 묘사해 주었지. 그녀는 대니가 전에 만났던 여자들과는 좀 달랐단다. 대니는 사서라고 하면 스웨터를 입은 늙은 부인일 거라고만 생각했지. 그런데 일레인은 젊고 예쁜 데다 주위에서 뭐라고 하건 신경 쓰지 않는 사람이었단다. 대니는 그녀를 '진보적'이라는 말로 표현했는데, 내가 생각하기에는, 주관이 뚜렷하다는 의미였을 거야. 아무튼 대니는 그녀의 그런 점을 사랑했어. 편지에서는 그녀를 독립적이고, 타협을 싫어하며 호수와 책을 좋아하는 여인이라고 설명했단다."

벤은 자신이 한 번도 본 적이 없는 누군가가 엄마를 그렇게 완벽하게 설명했다는 게 이상하게 느껴졌다.

"하지만 두 사람 다 잘되지 않을 거라는 걸 알고 있었어. 일레인은 건플린트 호수를 떠날 수 없었고, 대니는 뉴욕을 버릴 수 없었으니까. 대니는 이런 말을 했단다. 일레인에게는 남편이 필요 없을 뿐만 아니라 그걸 원하지도 않는다는 느낌이 든다고. 일레인에게 필요한 것은 호수와 도서관에 모두 있다고. 하지만 대니는 그녀에게서 왠지 모를 외로움을 느꼈단다. 그녀가 그리워하는 게 뭔지는 정확히 몰랐지만.

건플린트 호수에서 자료 조사를 마친 후 대니는 상심해서 뉴욕으로 돌아왔지. 난 대니가 그곳에서 디오라마 작업을 하고 네 엄마와 사랑에 빠졌을 때가 그 아이의 인생에서 가장 행복한 시절이었을 거라고 생각한단다." 할머니는 잠시 글쓰기를 멈췄다. 벤은 할머니의 펜이 다시 움직일 때까지 숨을 죽이고 기다렸다.

"결국 대니는 늑대 디오라마를 완성했단다. 그게 대니가 만든 유일한 거야. 난 지금도 시간만 나면 거기에 가지."

"저도 거기에서 할머니를 봤어요." 벤이 썼다. "지난번에."

할머니는 놀란 표정을 지었다.

"왜 아빠는 디오라마를 더 만들지 않았어요?" 벤이 물었다. 하지만 벤은 이렇게 쓴 순간 어떤 대답이 돌아올지 알 것 같았다.

할머니는 말없이 벤의 눈을 바라보더니 그에게서 펜을 받아 들었다. "네 아빠는 아팠단다. 심장병이었어. 대니가 네 엄마에게 말했었는지는 잘 모르겠구나. 아무튼 그 덕분에 전쟁에 나가지 않아도 되었을 때는 기뻐했지. 그런데 건플린트 호수에서 돌아오고 몇 년 지났을 때…… 심장이 그만……."

할머니는 문장을 끝마치지 않았지만 벤은 알 수 있었다. 손으로 얼굴을 감싼 벤을 어둠이 삼켰다. 할머니가 팔을 뻗어 벤을 끌어안는 게 느껴졌다. 할머니는 오랫동안 벤을 안아 주었다. 숨을 쉴 때 가슴이 들썩거리는 것 말고는 두 사람 다 미동도 하지 않았다. 벤은 할머니 역시 울고 있음을 알 수 있었다.

얼마 후 벤은 손으로 눈가를 훔치며 말했다. "아빠가 저에 대해 아셨어요?"

할머니는 벤의 입술을 읽었다. "그건 모르겠다. 내 생각에는 몰랐던 것 같아. 하지만 만약 알았다면 틀림없이 너를 사랑했을 거야. 대니는 아이들을 무척 좋아했거든. 박물관에 온 단체 학생들을 안내하는 일을 맡을 정도로."

할머니는 벤의 이마에 흘러내린 머리칼을 손으로 쓸어 넘기고 뺨의 눈물을 닦아 주었다.

벤은 펜을 잡았다. "그런데 아까 저를 만난 적이 있다고 하셨잖아요. 아빠는 절 몰랐는데 할머니는 어떻게 절 만나셨어요?"

"벤, 우리 이야기는 아직 끝나지 않았단다. 너에게 보여 줄 게 더 있다. 아무도 모르는 비밀이지." 할머니가 쓰기를 멈췄다. 벤은 할머니에게 조금 더 가까이 다가가서 할머니가 계속해서 쓰기를 간절히 기다렸다.

"이 파노라마가 단지 도시의 모형인 것만은 아니란다. 이건 네 아빠의 이야기이기도 해. 내가 널 데려온 이유도 그 때문이고."

벤은 끝없이 펼쳐진 미니어처 건물을 둘러보았다. 그리고 다시 수첩을 보았다. 할머니는 계속해서 글을 쓰고 있었다.

"여기에서 일하게 되었을 때 나는 파노라마를 몰래 내 것처럼 이용하면 재미있겠다고 생각했지. 그래서 네 아빠의 소지품, 주로 어린 시절의 작은 기념품을 이 모형의 건물 곳곳에 감춰 두었단다. 어쩌면 네 아빠의 심장이 약한 것을 알고 네 아빠의 분신을 언제까지나 여기에 두

고 싶은 마음이었는지도 몰라. 나는 그저 네 아빠를 사랑했고 네 아빠
와 나를 위해 이렇게 하고 싶었지. 내가 그런 계획을 털어놓았더니 네
아빠는 큐레이터를 자처했고 나에게 그 안에 넣을 소지품을 더 주었단
다. 어떤 면에서 이 모형은 네 아빠의 뉴욕에서의 삶을 들려주는 이야
기란다. 우리는 우리만의 '호기심의 방'을 만들었던 거지."

　벤은 『원더스트럭』에서 큐레이터에 관해 읽었던 기억이 났
다. 그리고 아빠가 여기에서 했던 것처럼 자기 인생의 큐레이
터가 된다는 게 어떤 의미인지 생각했다. 나만의 진열장에 전
시할 물건과 이야기를 고르고 선택한다는 것은 어떤 걸까? 나
는 내 인생을 어떤 식으로 전시할까? 벤은 박물관 상자와 집,
책, 비밀의 방을 떠올리다가, 이미 자기가 그런 일을 하고 있음
을 깨달았다. 벤은 우리 모두가 사실은 호기심의 방일지도 모
른다고 생각했다.

　"여기는 네 아빠가 태어난 병원이란다." 할머니는 조그만 회색 벽
돌 건물을 가리켰다. "나는 이 안에다 대니를 안고 있는 나와 남편의
사진을 넣었단다. 여기는 네 아빠가 다녔던 학교야." 할머니는 공원
근처에 있는 낮은 흰색 건물을 가리켰다. "여기에는 네 아빠 연필
을 숨겨 두었지." 할머니는 계속해서 맨해튼과 브루클린, 퀸스에
있는 모형 건물을 가리키면서 벤에게 아빠 이야기를 들려주고,
아빠에게 중요한 장소에 숨겨 둔 아빠의 소지품을 설명했다. 아
빠가 센트럴 파크에서 발견한 행운의 동전은 작은 초록색 직사
각형의 공원 밑에 있고, 아빠가 코니 아일랜드에 놀러가서 딴

은으로 된 행운의 부적은 할머니가 만든 미니어처 대관람차 아래 있고, 아빠의 젖니 한 개는 옛날에 그 이가 빠졌던 바로 그 식료품점 안에 숨겨져 있었다.

거대한 방에 다시 밤이 찾아왔다. 벤은 근처의 작은 공항에서 작은 비행기가 이륙하는 광경을 보았다. 비행기는 보이지 않는 와이어에 매달려 천장으로 떠올라 도시 상공을 빙빙 돌다가 착륙하기 위해 들어왔다. 잠시 후 비행기는 다시 떠올라 똑같은 여행을 반복했다.

다시 낮이 되었을 때 벤에게 이 모형은 더 이상 끝없이 펼쳐진 의미 없는 건물들이 아니었다. 그것들은 마음을 열고 살아서 벤에게 다가왔다. 잠깐이긴 했지만 아빠가 살아 돌아온 것처럼 느껴지기도 했다.

벤은 미국 자연사 박물관의 모형을 찾아냈다. 벤은 할머니의 어깨를 툭 치며 물었다. "저 안에는 뭐가 들어 있어요?"

할머니는 벤에게 맨해튼 섬의 남쪽 끝으로 따라오라고 손짓을 했다. 그들은 다시 윌리엄즈버그 다리와 맨해튼 다리, 브루클린 다리를 차례로 넘어 허드슨 강을 따라 섬 반대편으로 가서 맨해튼과 뉴저지 주를 가르는 파란색 페인트를 칠한 물 위에 섰다.

할머니는 맨해튼 서쪽으로 몸을 기울여 박물관 모형을 들어올렸다. 모형은 쉽게 떼어지지 않았지만 결국 떨어져 나왔다. 할머니가 건물을 뒤집더니 그 안에 있는 종이쪽지 두 장을 꺼냈다. 할머니는 첫 번째 종이를 펼쳐 벤에게 보여 주었다. 박물관 서류철에서 본 듯한 늑대 그림이었다.

"이건 네 아빠가 나에게 보내 준 그림이란다." 그리고 할머니는 다른 종이도 펼쳤다. 아이가 그린 서툰 그림이었지만 늑대 디오라마를 그린 것임을 알 수 있었다. 그런데 놀랍게도 거기에 '벤'이라고 씌어 있었다.

"네 아빠가 죽었을 때 박물관에서 추도식이 열렸지. 거기에 온 사람들은 모두 내가 아는 사람이었단다. 두 사람만 빼고. 어떤 부인과 네 살쯤 된 남자아이였는데 그 젊은 부인은 수화로 자신을 일레인이라고 소개하더구나. 그러고는 몇 년 전에 대니와 친구로 지냈다면서, 대니가 자기 부모님 모두 귀가 들리지 않는 농인이라는 이야기를 해 주었다고 하더구나. 그리고 그때 수화를 조금 가르쳐 주었다고도."

벤은 엄마가 수화를 할 줄 알았다는 사실이 놀라웠다. 엄마는 한 번도 그런 이야기를 하지 않았다. 아니, 생각해 보니, 엄마가 누가 지켜보고 있다는 걸 모른 채 혼자 소파에 앉아 허공에서 손을 이리저리 움직이는 걸 몇 번 본 적이 있는 것도 같았다. 엄마는 몰래 아빠한테 수화로 말을 걸고 있었던 걸까?

"난 편지를 통해서 네 엄마에 대해 정확히 알고 있었지. 네 엄마는 나에게 자기 아들을 소개했고, 나는 그 아이가 어렸을 적 대니와 너무도 닮아서 놀랐단다. 그 젊은 부인은 또 자기 아들을 일찌감치 박물관에 데리고 와서 대니가 만든 디오라마도 보여 주었다고 하더구나.

물론 그 남자아이는 너였지. 네 엄마가 네 손을 꽉 잡으니까 너는 주머니에 손을 넣어 꼬깃꼬깃 접은 종이 한 장을 꺼냈어. 그리고 그걸 나에게 주었단다. 나는 그걸 펼쳐 보고 그만 울음을 터트렸단다. 너는 늑대를 그렸다고 하면서, 나에게 그 그림을 주겠다고 했지.”

벤은 그런 일들이 하나도 기억나지 않았다. 하지만 이상하게도 모두 말이 되는 이야기였다. 물건을 수집하는 취미도, 박물관에 대한 흥미도, 늑대 꿈도…… 그 모든 것이 제이미의 카메라로 찍은 폴라로이드 사진처럼 또렷해졌다. 벤의 꿈은 느닷없이 튀어나온 게 아니었다. 자신이 예전에 본, 아빠가 만든 늑대가 꿈에 나타난 것이었다.

벤은 최근에 꾼 꿈 생각을 했다. 꿈에서 늑대들은 너무나 조용해서, 늑대가 더 이상 뒤따라오는지 아닌지도 모를 정도였다. 그제야 모든 것이 이해되었다. 늑대는 그를 ‘뒤쫓은’ 게 아니었다. 벤이 눈길을 헤치고 아빠한테 가도록, 계속해서 가도록 ‘인도’했던 것이다.

할머니는 종이 두 장을 접어서 박물관 모형 안에 다시 넣었다. 그때 벤이 주머니에서 조개껍데기로 만든 거북이를 꺼냈다.

“이것도 같이 넣어도 돼요?”

할머니는 벤의 입술을 읽고 미소 지었다.

벤은 할머니의 손바닥에 거북이를 살며시 올려놓았다. 할머니는 조심스럽게 그것을 다른 두 개의 보물과 함께 박물관 안에 넣었다.

할머니는 떼어 냈던 박물관 모형을 다시 파노라마에 되돌려

놓고 나서 글을 마저 썼다.

"일레인은 결코 네가 대니의 아들이라고 말하지 않았지만 빌과 나는 궁금할 수밖에 없었단다. 대니가 그 아가씨에 대해 한 말로 미루어 보자면, 남편은 원하지 않아도 아이는 원했을 거라는 생각이 들었지. 어쩌면 그녀에게 부족했던 한 가지는 그거였는지도 몰라. 바로 너 말이다."

벤은 눈을 깜빡이며 숨을 깊이 들이쉬었다.

만약 엄마가 무언가가 부족하다는 게 어떤 느낌인지 알았다면 왜 나한테, 내가 갖지 못해서 그리워했던 것에 대해선 말해 주지 않았을까? 내가 아빠처럼 호수를 떠나고 싶어 할까 봐 두려웠을까? 내가 물건을 수집하고, 박물관에 관심을 갖고, 아빠와 너무도 닮아서 괴로웠을까? 엄마가 벤을 보호하려고, 아니 벤을 잃어버리지 않으려고 했던 것은 분명했다. 하지만 어느 쪽이든, 이제는 이해할 수 있을 것 같았다.

"네 엄마는 너에 대한 것을 숨겼지만 나와 네 할아버지는 너를 한시도 잊지 못했단다. 그래서 어느 날 밤 우리는 몰래 여기로 들어와 박물관 안에 네 그림을 넣어 두었어."

벤은 할머니를 껴안으며 물었다. "할아버지는 어디 계세요?"

할머니는 한동안 벤의 손을 놓지 못했다. 잠시 후 할머니는 이렇게 썼다. "할아버지는 2년 전에 돌아가셨단다. 너를 만나 보셨으면 얼마나 좋았을까. 네 할아버지는 유쾌한 분이셨단다. 실제로 농담을 좋아하셨지. 할아버지는 책 읽기를 좋아하셨고 일터였던 인쇄소도 자랑스러워하셨어. 대니도 무척이나 사랑하셨고. 너도 많이 사랑하셨을 거야." 할머니는 고개를 절레절레 흔들며 혼자서 빙그레 웃었다. "그래, 벤! 우리는 항상 그게 정말일까 궁금했단다. 우리에게 정말 손자가 있는지, 네가 정말로 대니의 아들인지!"

벤은 손을 위로 뻗어 천천히 할머니의 뺨을 쓰다듬었다. 할머니의 얼굴을 만지자 참 이상한 기분이 들었다. 할머니의 피부가 왠지 자신의 피부 같고, 아빠의 피부 같았다. 더불어 자신이 엄마의 손길을 얼마나 그리워했던가가 생각났다.

엄마가 뉴욕으로의 여행을 실제로 계획했었는지, 책과 책갈피, 그리고 할머니를 찾게 된 게 우연인지 아닌지 벤은 여전히 알 수 없었다. 그때, 갑자기 생각이 났다.

"오늘 며칠이에요?" 벤이 수첩에 썼다.

"7월 13일인데, 왜?"

"내일이 제 생일이에요."

할머니의 눈이 반짝 빛났다.

"저에게 수화를 가르쳐 주시겠어요?" 벤이 썼다.

할머니는 오른손을 들어 주먹을 쥐더니 여러 번 위아래로 흔들며 고개를 끄덕였다.

벤은 그게 무슨 뜻인지 알고 웃었다.

"씩씩해서 고맙구나." 할머니가 썼다. "네 부모님도 너를 무척 자랑스러워했을 거야."

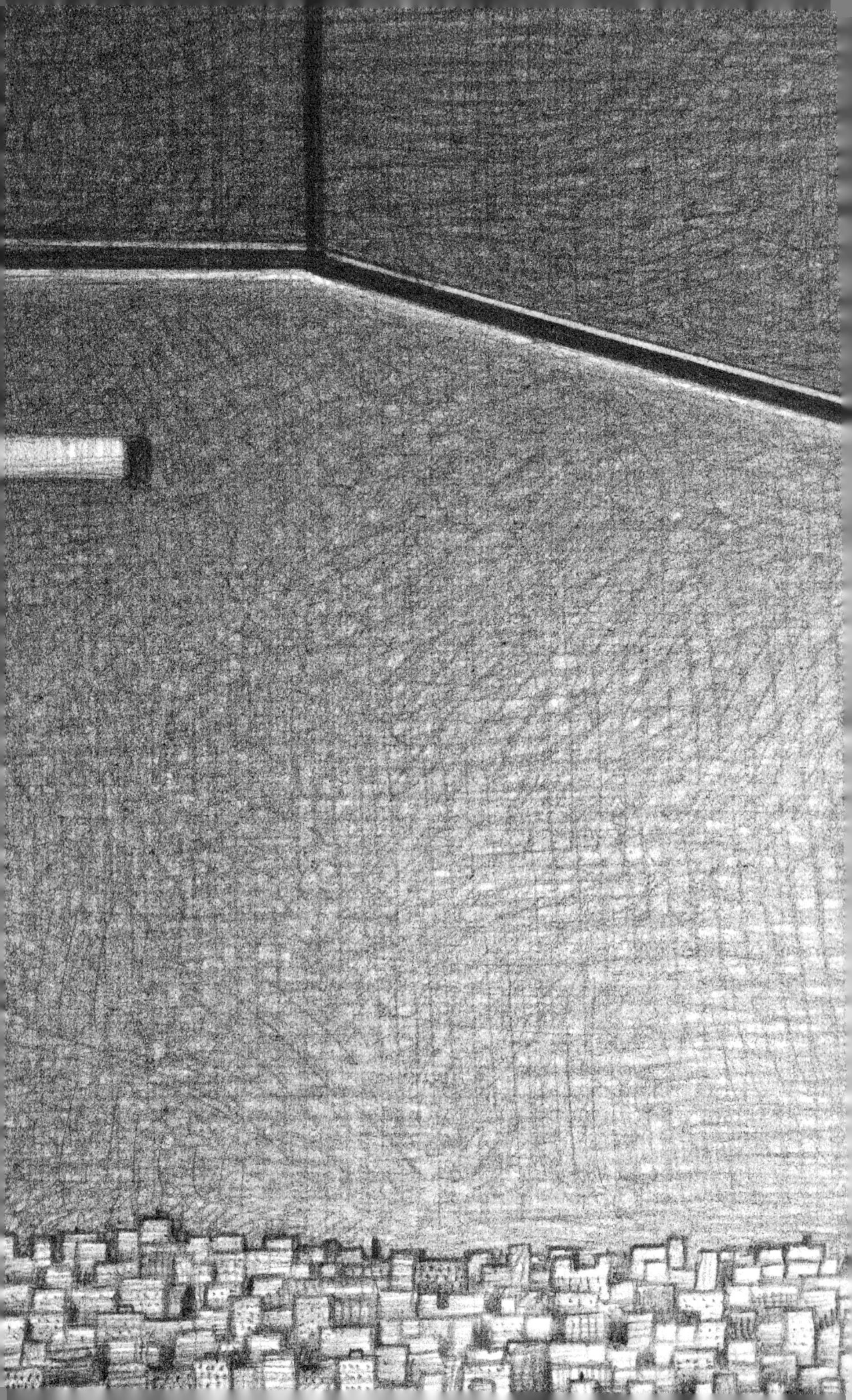

방이 돌연 어둠 속에 던져졌다. 자외선 전등의 불이 나가자 모든 게 어둠에 잠겨 버렸다. 벤은 문득 끔찍한 공포에 사로잡혔다. 무슨 일일까? 할머니 손의 촉감과 발아래 바닥 말고 세상의 모든 것이 사라져 버린 것 같았다.

벤은 주위에 펼쳐진 작은 도시를 눈앞에 떠올리려고 애썼다. 한번 발을 잘못 디뎠다가는 다리를 무너뜨리거나 도시의 한 구역을 파괴할 수도 있었다. 벤은 넘어지기라도 할까 봐 두려웠다. 아니, 더 나쁜 건 할머니가 넘어지는 일이었다. 어디에 도움을 청해야 하지?

할머니는 벤을 잡은 손에 힘을 주며 살며시 벤을 잡아끌었다. 그들은 까만 벨벳 담요 밑을 빠져나가듯 조금씩 조금씩 움직였다. 그때 멀리 파노라마 전시실 입구 쪽에서 번갯불이 순간적으로 번쩍이더니 박물관의 정문까지 비췄다. 폭풍우가 시작된 게 분명했다. 벤은 바들바들 떨면서 제발 건물에 번개가 떨어지는 일이 없기를 빌었다.

할머니와 벤은 강에서 벗어나지 않도록 조심하며 조금씩 발을 끌듯 움직였다. 벤은 티셔츠로 얼굴을 닦았다. 다리나 건물을 무너뜨리지 않으려고 극도로 조심하면서 팔을 앞으로 쭉 뻗은 채 짙은 어둠 속을 계속 헤쳐 나갔다. 마치 몇 시간이 흐른 듯 느껴졌을 때 그들은 벽에 '쿵' 하고 부딪혔다. 그때부터 벽을 짚고 엉금엉금 가다 또 한 번의 번개 덕분에 간신히 문의 위치를 알아냈다. 그들은 한 번에 하나씩 컴컴한 계단을 오른 뒤 파노라마를 에워싸고 있는 길을 따라 올라갔다. 멀리 출입구에서 또 한 번 번개가 번쩍였다.

두 사람이 파노라마를 빠져나가 로비를 향해 갈수록 빛이 점점 밝아졌다. 벤은 머릿속의 피가 퐁퐁 솟구치는 것만 같았다. 뭔가 터진 듯 갑자기 눈부신 빛이 로비를 밝히자 벤은 할머니를 꽉 잡았다. 번쩍거리는 충격에 눈이 아팠다.

잠시 후 번개가 멎었다. 눈이 서서히 어둠에 적응되면서 벤은 마침내 알게 되었다. 폭풍우가 온 것도 아니고 번개가 친 것도 아니었다. '제이미'가 유리문 밖에 서서 카메라 든 손을 미친 듯이 흔들고 있었다. 벤은 그 모습을 보고 단번에 알아차렸다. 문을 아무리 두드려도 소용이 없자 제이미가 제 카메라의 플래시를 터뜨리며 주의를 끌려고 한 것이었다. 제이미의 발밑에는 인화된 사진들이 잔뜩 쌓여 있었다.

벤은 얼른 문으로 뛰어가며 할머니에게 문을 열어 달라고 손짓을 했다. 밤이라 어두운데도, 가로등과 출입구 위의 전등이 꺼져 있었다. 할머니는 가방에서 열쇠를 꺼내 문을 열었다. 벤을 끌어안기 전 할머니를 발견한 제이미의 얼굴에 잠깐 혼란스러움이 스쳤다.

"어, 어떻게 여기에 왔어?" 벤이 물었다.

"널 따라왔지." 제이미의 입술이 말했다.

할머니는 두 소년을 밖으로 데리고 나온 뒤 문을 잠갔다. 그리고 두 아이를 데리고 천천히 긴 복도를 지나 어두운 계단을 올라갔다. 놀랍게도 옥상이 나왔다. 그들은 모두 난간에 걸터앉아 한숨을 돌렸다.

따뜻한 바람에 머리카락이 가볍게 흩날렸다. 그들은 돌아서서 강 건너 맨해튼을 바라보았다.

정말 신기하게도 도시 전체에 점차로 정전이 확산되고 있었다. 스카이라인이 미니어처의 실루엣처럼 보였다. 앞에 펼쳐진 실제 뉴욕이 그들이 방금 떠나온 파노라마와 다른 점은 머리 위로 둥근 하늘이 한없이 펼쳐졌다는 점뿐이었다.

제이미는 벤과 로즈 할머니를 번갈아 본 뒤 또 다시 반복해서 보았다. 벤은 제이미가 할머니에게 무슨 말을 하려 한다는 것을 알 수 있었다. 하지만 할머니는 눈치 채지 못하고 가방을 뒤적였다. 그러고는 벤의 수첩과 펜을 꺼내 뭔가를 적었다. 할머니는 호기심 어린 미소를 지으며 제이미에게 그것을 건넸다. 달빛에 할머니의 글씨가 훤히 드러났다.

"너는 누구니?"

벤은 제이미의 어깨 너머로 수첩을 읽고 나서 이렇게 말했다. "내가 대답할 수 있을 것 같아."

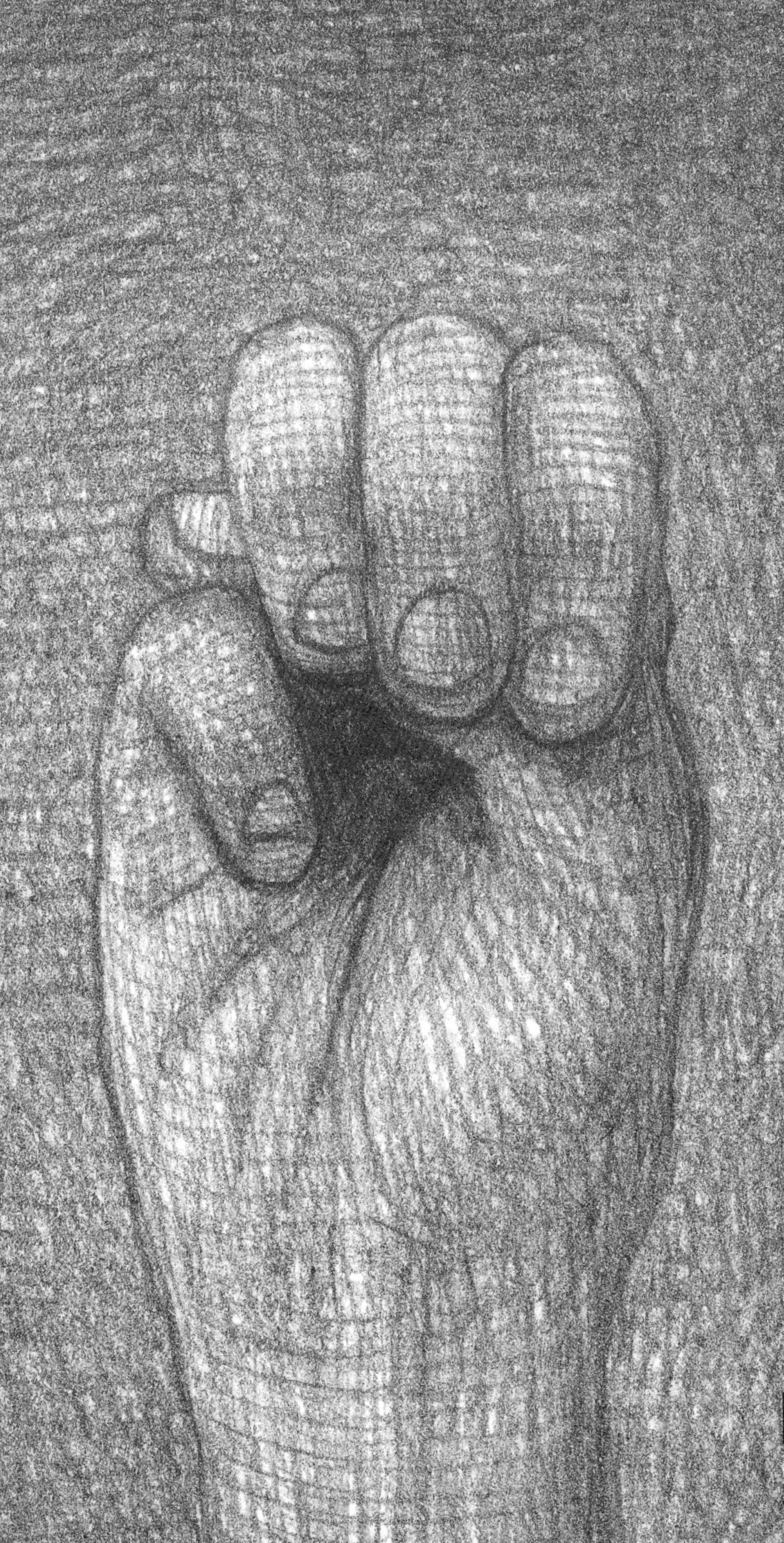

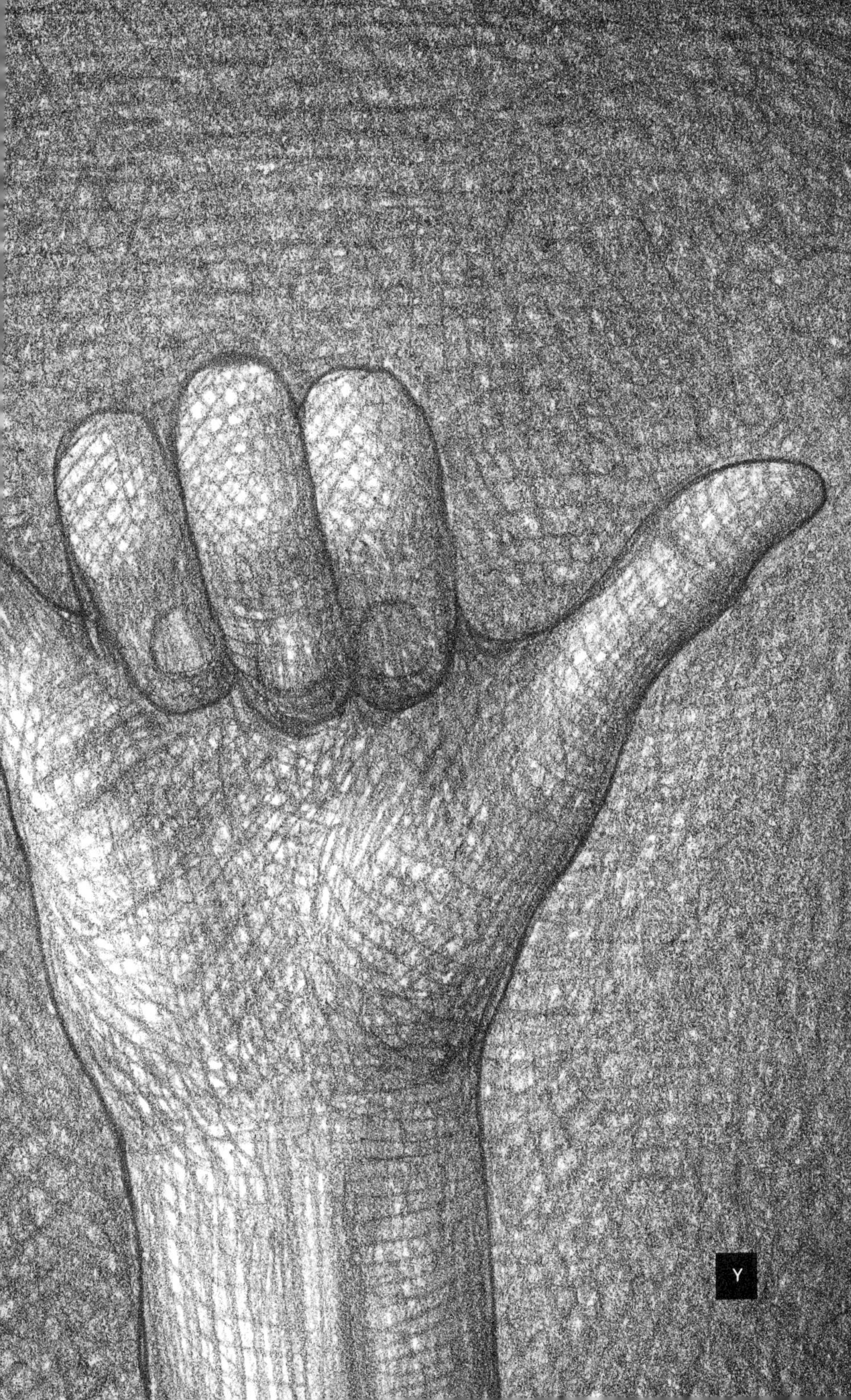

Y

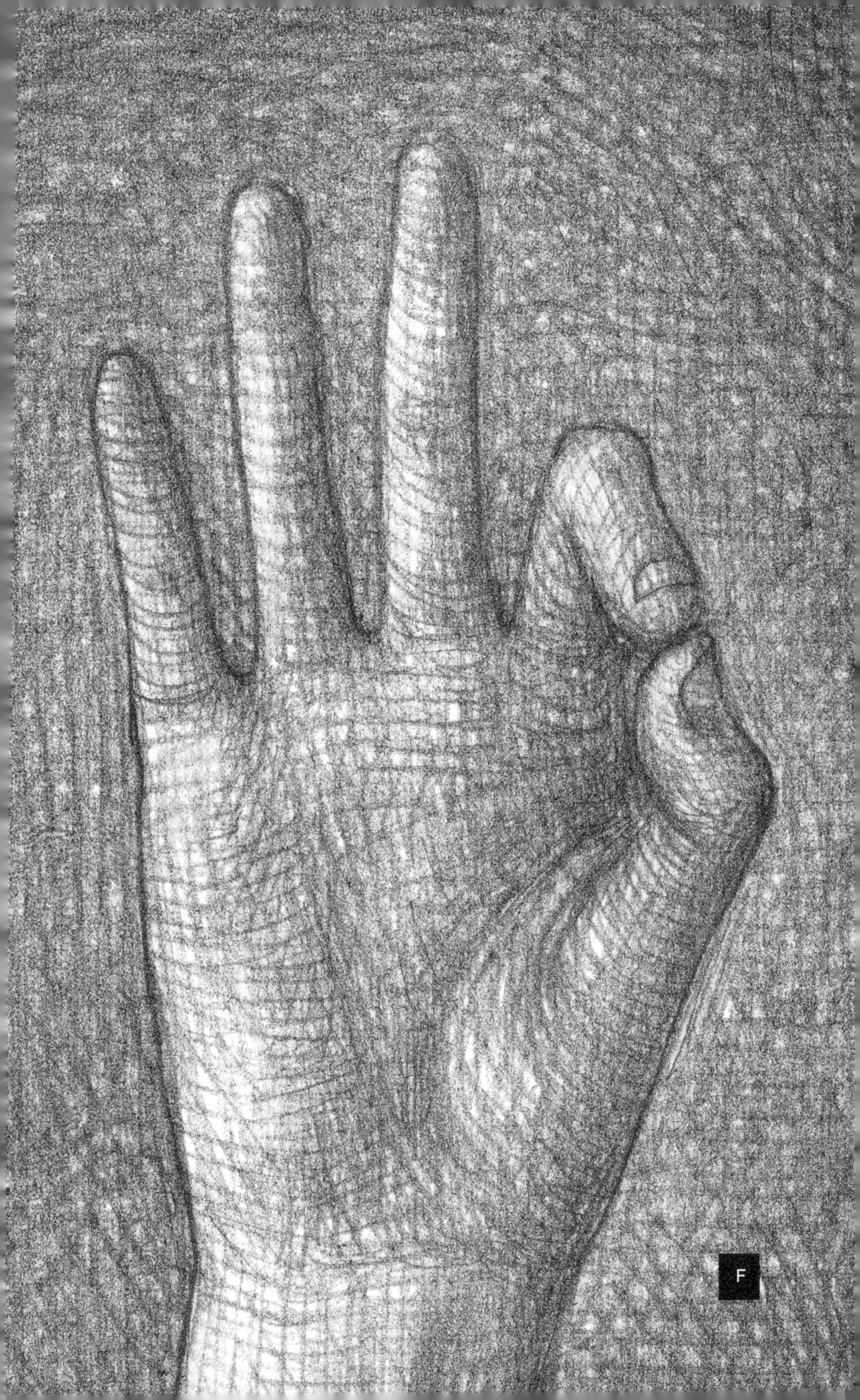

F

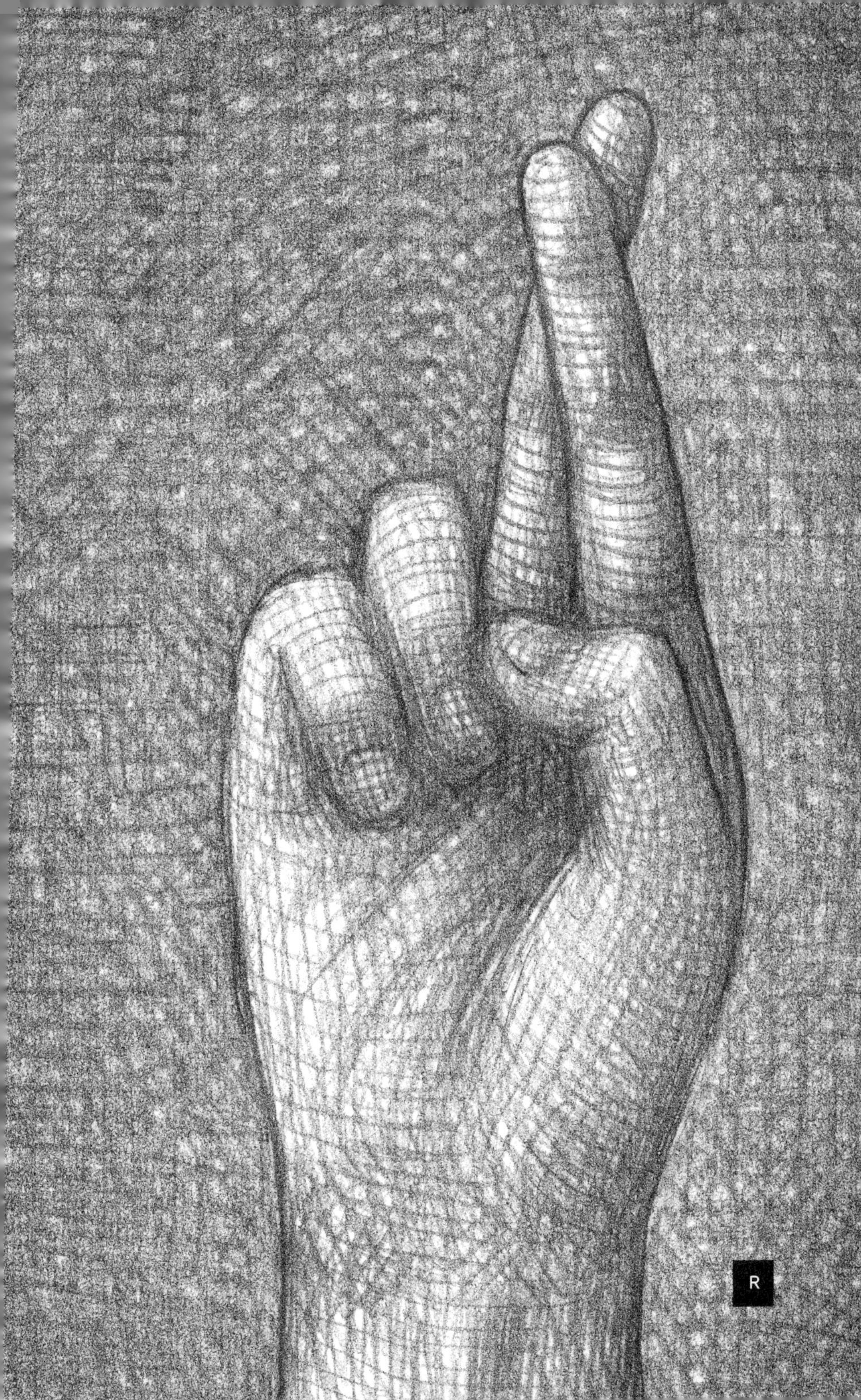

E

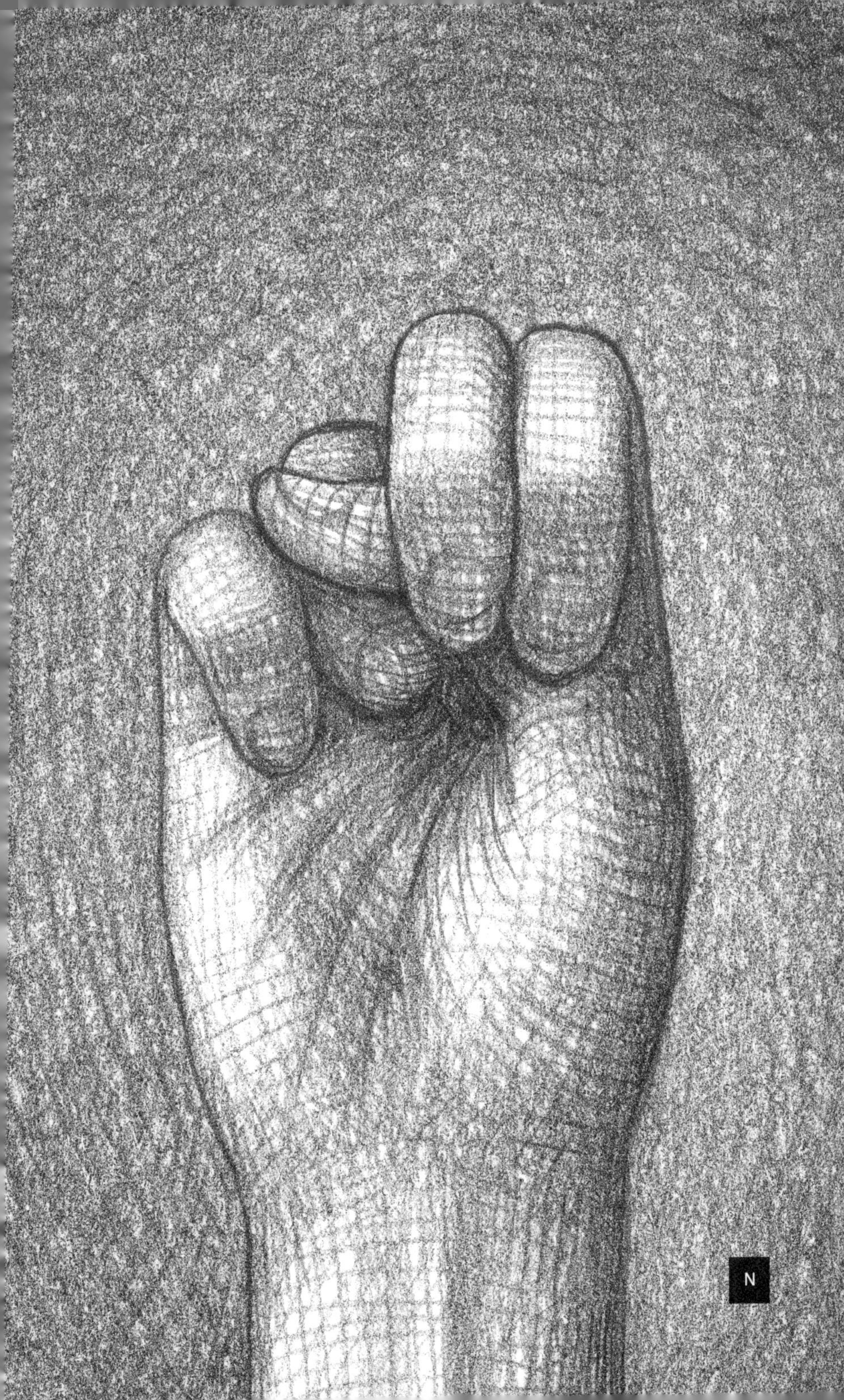

D

벤은 손가락에 전달되는 글자의 떨림을 느낄 수 있었다. '제 친구예요.'

제이미는 웃으면서 로즈 할머니를 위해 수화로 자기 이름을 말했다. 할머니가 제이미와 악수를 했다.

"이 분은 로즈야, 우리 할머니." 벤이 제이미에게 말했다.

제이미의 입이 떡 벌어졌다. 그러고선 제이미 특유의 미소를 지었다. 하지만 제이미는 벤이 농담을 하는 걸지도 모른다고 생각하는 것 같았다. "정말이야?" 제이미의 입술이 말했다.

벤은 수첩을 뒤적여 할머니가 자신에게 써 준 글을 보여 주었다.

"나중에 읽어 봐. 모든 게 설명되어 있어." 이렇게 말하면서 벤은 새삼 그 말이 정말이라는 것을 깨달았다. 그 수첩에는 아빠와 할아버지, 할머니의 이야기뿐만 아니라 제이미에게 알려 준 엄마와 이모, 이모부, 사촌들에 관한 이야기도 적혀 있고, 제이미 부모님과 박물관 이야기, 둘이 나눈 대부분의 대화까지도 담겨 있었다.

벤은 자신을 여기까지 오게 한 모든 연결고리에 대해 생각했다. 책, 조개껍데기 거북이, 옛 전시실의 진열장에서부터 월터 할아버지, 로즈 할머니, 아빠, 엄마, 그리고 마침내 벤 자신에게 이르기까지, 모든 것이 보물 지도에 그려진 길을 따라가듯 추적한 끝에 밝혀졌다는 사실이 벤은 놀랍기만 했다.

게다가 당연한 말이지만 애초에 제이미를 만나지 못했다면 결코 이 길을 발견하지 못했을 것이다. 세상은 정말 경이로움 투성이였다.

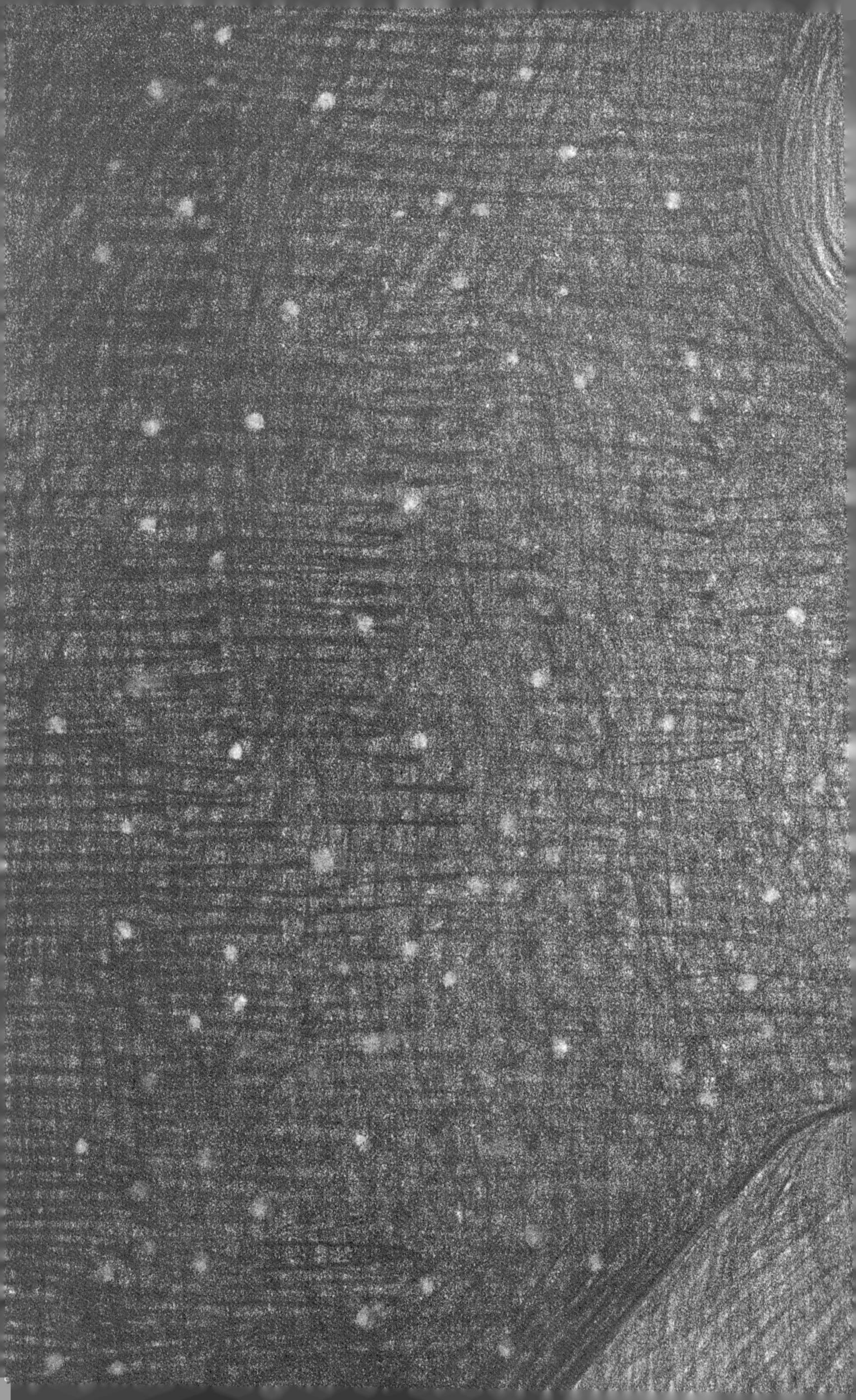

벤이 제이미에게 물었다. "아빠는 네가 어디에 있는지 알고 계셔?"

제이미가 고개를 저었다.

"그럼 걱정하시겠다!"

벤은 수첩의 백지를 펼쳐 이렇게 썼다. "정전이 언제까지 갈까요? 제이미가 아빠한테 어디에 간다고 말씀드리는 걸 깜빡했대요."

할머니는 그 글을 읽고 제이미를 잠깐 보았다. "월터 오빠는 우리가 어디에 있는지 알고 있단다." 할머니가 글로 대답했다. "아마 조금 있으면 차를 가지고 우리를 데리러 올 게야. 그럼 우리가 널 집에 데려다 주마. 별일 없을 거야. 우리가 지금 할 수 있는 일은 기다리는 것뿐이란다."

벤이 제이미의 어깨에 손을 얹자, 제이미는 웃었다.

벤은 들쭉날쭉한 스카이라인을 바라보다 만약 전기가 없다면 이 도시가 어떻게 될까 궁금해졌다. 미네소타 주에서 폭풍우 때문에 집에 갇힌 채 정전이 되었을 때는 무서웠다. 하지만 생각해 보면 그때 정전이 된 덕분에 엄마 침대에 누워 번갯불에 의지해 『원더스트럭』을 읽을 수 있었다. 벤은 뉴욕 사람들도 번쩍하고 번개가 칠 때 침대에 누워 책을 읽는 모습을 상상했다. 한편으로 벤은 지난번 정전과 이번 정전 사이에 일어난 엄청난 일들이 놀랍기만 했다.

벤은 이모와 이모부가 지금쯤은 연락을 받았을 거라고 생각했다. 하지만 당장 건플린트 호수로 돌아가기는 싫었다. 할머니는 파노라마뿐만 아니라 아빠의 삶을 알게 해 주었다. 벤은 이제 뉴욕이라는 도시를 탐험할 준비가 되어 있었다. 어쩌면 한동안 여기에서 할머니와 지낼 수 있을지도 모른다. 아니면 제이미처럼 여름을 여기에서 보낼 수도 있을 것이다. 어쨌거나 벤은, 친구도 있고 할머니도 있고 어둠 속에서 불이 들어오기를 기다리는 수많은 사람들이 있는 이곳이 더 이상 낯설지 않았다.

제이미가 벤에게 몸을 기댔다. 벤은 할머니에게 몸을 기댔다. 세 사람은 박물관 옥상에서 서로 기대어 앉아 별을 바라보았다.

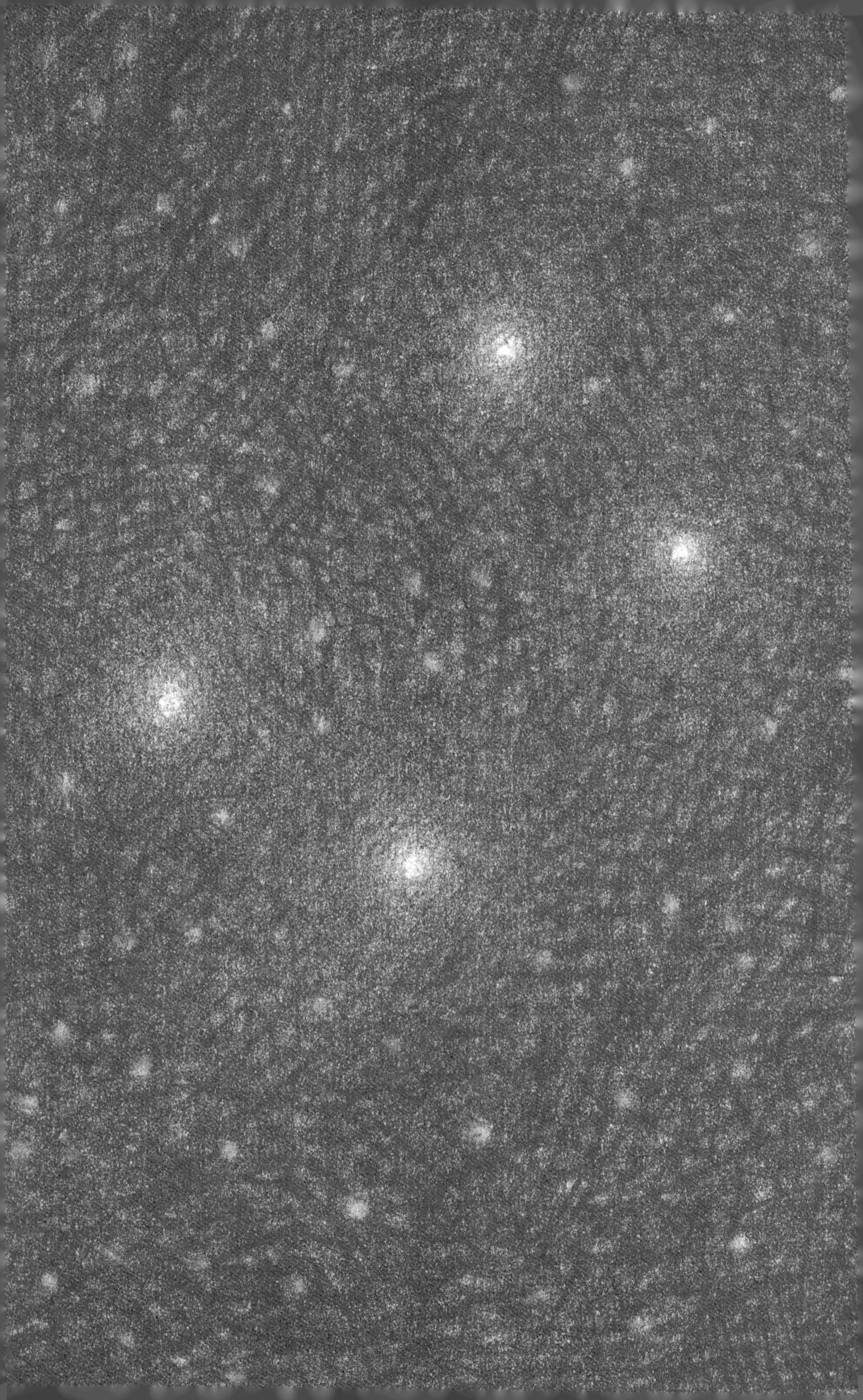

감사의 말

『위고 카브레』 작업을 하고 있을 때, 나는 미국의 농문화(농인들에 의하여 형성된 농인 고유의 문화, 수화를 언어로 사용하고 시각에 기초한 독특한 문화이다.—옮긴이 주)의 역사에 관한 〈들리지 않는 눈을 통하여(Through Deaf Eyes)〉라는 제목의 다큐멘터리를 보게 되었다. (소문자 d로 시작되는 'deaf'는 농인을 뜻하는 반면에 대문자 D로 시작되는 'Deaf'는 그 문화를 가리킨다.) 나는 그중에서도 특히 영화와, 1927년에 영화에 도입된 새로운 음향 기술에 관한 내용에 매료되었다. 무성 영화의 시대에는 귀가 안 들리는 농인들이나 잘 들리는 청인(청력에 문제가 없는 사람—옮긴이 주)이나 똑같이 영화를 즐길 수 있었다. 그런데 유성 영화는 처음으로 농인을 배제시켰다. 그런 내용이 로즈의 이야기 첫 부분에도 나온다. 그 다큐멘터리에는 또한 많은 농인들이 그렇듯이 청인 부모 밑에서 자란 농인 청년의 인터뷰가 나온다. 그는 대학에 들어가서 다른 농인들을 만나기 전까지는 진정한 자신의 공동체를 찾지 못했다고 느꼈다고 한다. 그 내용이 나에게는 인상적이었다. 나는 생물학적인 가족 밖에서 자신만의 문화를 찾는다는 아이디어에 강한 흥미를 느끼게 되었다.

그러나 본격적으로 『원더스트럭』의 씨앗을 뿌려 준 사람은 수년 전 뉴욕에 있는 미국 자연사 박물관(AMNH)에서 일했던 내 친구 션 머사이다. 1990년대 초반에 나는 션의 초청으로 박물관의 '백스테이지 투어'에 참가했다. 그리고 한마디로 경이로운 충격을 받았다. 나는 내심 '언젠가는 여기를 무대로 이야기를 만들어 내야지.' 하고 생각했다.

나는 션을 비롯해 『원더스트럭』을 위한 자료를 조사하는 데 도움을 준 많은 사람들에게 고마움을 전하고 싶다. 박물관에서 일하는 션의 동료들 즉, 고생물 부서의 양서류, 파충류, 조류 화석 수집품 관리자인 칼 메흘링을 비롯해 톰 바이온, 메리 디영, 캐틀린 매과이어, 바브라 마테, 마이 카라먼, 스티븐 퀸, 엘리노어 슈와츠, 엘렌 실버먼도 AMNH에 대한 나의 조사를 도와주었다.

박물관의 그림은 1927년 당시의 기록 사진을 자세히 관찰하여 그렸다. 조사 기간 동안 나는 1927년부터 1977년까지 박물관의 실제 층별 도면를 찾아내거나 재구성했기 때문에 어떤 것이 어디에 있어야 하는지 알 수 있었다. 하지만 필요에 따라 몇 가지는 위치를 옮기거나 약간의 변화를 주었다. 예를 들면 1927년에는 아니하이토 운석이 77번 스트리트 쪽 입구로 들어오면 바로 있는 전시실에 놓여 있었다. 하지만 나는 로즈가 운석을 발견하기 전에 박물관을 한동안 돌아다니기를 바랐기 때문에 운석의 위치를 옮겼다. (박물관 측에서도 실제로 여러 번 위치를 옮겼지만 내가 옮기는 쪽이 훨씬 간단했다.) 또한 나는 박물관이 1927년에 발행한 실제 보고서를 찾아내어 그중 일부를 벤이 갖고 있는 『원더스트럭』 책의 서문에 이용했다. 또한 박물관의 벽화는 찰스 R. 나이트의 작품에서 영감을 받았다.

버몬트에 살고 있는 패브릭 아티스트 디어드리 쉐러는 자라면서 아버지 프레드를 만나러 AMNH에 자주 드나들었다. 프레드는 1930

년대부터 그곳에서 일했다. 디어드리는 아버지가 아직 그림을 그리는 중인 미완성 디오라마를 기어오르곤 했던 기억을 나누어 주었다. 내 친구 세반 마틴은 세계적인 인류학자인 할머니 마거릿 미드를 만나러 1970년대에 박물관을 드나들며 자랐다. 마거릿 미드는 수년 간 그곳에 개인 사무실을 갖고 있었다. 세반은 자신의 어머니 캐서린 베이트슨 박사도 소개해 주었다. 그녀 역시 어렸을 적 박물관을 방문했던 이야기를 들려주었다.

여러 해 동안 내가 박물관에서 가장 좋아했던 디오라마는 북미 포유류 전시실에 있는 늑대였다. 나는 그 디오라마의 배경을 그린 화가 제임스 페리 윌슨에 대해서도 알게 되었고 벤에게 그의 성을 붙여 주었다. 나는 윌슨의 디오라마의 배경이 된 장소를 보러 직접 미네소타 주에 가기도 했다. 건플린트 호수에서 가장 가까운 (1시간쯤 걸리는 거리의) 그랜드 마레 마을이 예술가들의 천국이라는 사실을 알고는 얼마나 기뻤는지 모른다. 그 마을 사서인 앤 프린슨은 나에게 그 지역에서의 삶에 대해 많은 이야기를 들려주었다. 그녀는 내 파트너와 나를 데리고 마을 주변을 구경시켜 주었고, 도서관을 비롯해 내 등장 인물들이 알 만한 장소를 여러 군데 보여 주었다. 나는 앤을 통해 그 지역 예술가이자 어린이책 일러스트레이터인 벳시 보웬도 만났다. 벳시 보웬은 그랜드 마레에 대한 자신의 추억을 나에게 나눠 주었다. 우리가 묵은 방의 주인이자 그 지역 보석 디자이너인 스티븐 호지랜드도 같은 도움을 주었다. 그 동네 사람들은 뉴욕에 있는 박물관의 커다란 유리 벽 뒤에 푸른 인공 달빛이 쏟아지는 미네소타 주의 일부분이 그 모습 그대로 영원히 얼어붙은 채 전시되어 있다는 사실을 모르는 것 같았다.

벤의 이모와 이모부가 일하는 건플린트 산장은 1929년 이후로 브루스 커푸트와 그의 아내 수의 가족이 소유하고 있다. 나는 그들에게서 건플린트 호수 지역 전체가 수십억 년 전에 떨어진 운석으로 인해 형성되었다는 사실을 전해 들었다. 이것은 최근에야 밝혀진 사실이지만, 나는 1970년대에 사는 벤이 이 사실을 알도록 설정했다. 그래야 내 이야기와 잘 맞아 떨어지기 때문이다. 한편 미네소타 주 지질 조사팀의 마크 저사는 실제 운석과 그 지역의 돌에 대해 자세히 알려 주었다.

동부 해안으로 돌아와서, 데이비드 리바이턴은 나에게 그의 동네인 뉴저지 주의 호보켄을 구경시켜 주었다. 우리는 호보켄 역사 박물관뿐만 아니라 스티븐스 공대에도 들렀다. 로즈의 집은 그곳 캠퍼스에 있는 건물에서 영감을 얻었는데, 이 책에 나와 있는 것처럼 맨해튼이 내려다보이는 언덕에 위치해 있다.

뉴욕 교통 박물관의 캐리 스팀은 이야기 속 지하철과 고가 열차가 아주 정확하게 묘사되었다고 확인해 주었다.

나는 4년 전 처음 퀸스 미술관을 방문했을 때 파노라마에 완전히 매료되었다. 루이즈 와인버그와 아널드 카나보겔은 파노라마 위를 실제로 걷는 귀한 여행에 나를 데려가 주었다. 그 박물관의 수석 디렉터 톰 핀켈펄 또한 처음부터 이 프로젝트에 큰 지원을 아끼지 않았다.

내 이야기에서처럼, 1977년 7월 13일에 실제로 정전이 되었다. 책

속에서는 벤이 정전의 원인을 몰랐겠지만 나중에는 전력망이 벼락을 맞았었다는 사실을 알았을 것이다.

미국 최고의 낙뢰 부상 전문의인 메리 앤 쿠퍼 박사는 내 원고를 읽어 보고 번개에 맞았을 때의 영향과 환자가 이런 부상에 어떻게 대처해야 하는지에 대해 알려 주었다. 내 동생 리 셀즈닉 박사도 벤처럼 한쪽 귀가 선천적으로 들리지 않는다. 그래서 이 문제에 관해 동생과 대화를 나누는 것은 매우 흥미로웠다. 그런 문제에 대한 벤의 관점이라든가 생각은 내 동생의 의견을 참고했다.

나는 일찍이 내 책의 중요한 두 인물을 농인으로 설정해 두었기 때문에 농문화에 대해 되도록 많이 알고 싶었다. 그래서 관련 책도 읽고 인터뷰도 하고 농인들, 그리고 농문화 전문가들과 많은 의견을 나누었다. 내 파트너의 동료인 (2010년 매카터 장학생) 샌디에이고 캘리포니아 대학의 캐롤 패든과 그녀의 남편 톰 험프리스는 둘 다 농문화와 언어학를 전공하는 유명한 전문가인데, 그들은 집필 중인 내 원고를 여러 단계별로 읽고 자신들의 어린 시절에 대한 개인적인 경험담을 들려주었다. 그들은 나에게 농문화의 역사에 대해 귀중한 통찰력을 주었고 (내가 만들어 냈고) 로즈가 읽는 책 속의 책 『청각장애인을 위한 독순법과 구화』의 서문을 구성하는 데 도움이 되는 자료를 주었으며, 벤과 로즈가 어떻게 주변 세상과 교류를 하는지에 대해 더 잘 이해하게 해 주었다. 수년간 캐롤과 톰의 통역사로 일해 온 릭 루빈은 이 과정에서 특히 큰 도움을 주었다. 특히 톰이 나를 데리고 맨해튼에 있는 국립 농아 학교인 'PS 47'의 문서기록실을 방문했을 때 그곳의 기록 보관 담당자이자 그 학교 졸업생인 로이드 쉬킨은 우리를 일종의 작은 박물관으로 개조한 교실로 안내해, 사진이라든지 신문 기사, 1920년대와 그 이후 농아 교육에 활용된 다양한 교육 도구를 보여 주었다.

아마라 엔젤은 수화, 입술 읽기(독순법), 말하기를 할 수 있는 농인이었던 어린 시절에 대해 이야기해 주었다. 그녀는 수화로 꾸는 꿈에 대해서도 들려주었는데 아마라와 나눈 대화는 매우 고무적이었다. 젊은 예술가 레베카 프로인드는 내 원고를 읽고 농인으로 성장하면서 얻은 귀중한 도움말과 통찰력을 나눠 주었다. 미들버리 대학의 미국학 조교수 수잔 버치와는 농문화의 역사에 대해 이야기를 나누었고, 프린스턴 대학의 역사학 교수 에밀리 톰슨은 무성 영화에서 유성 영화로 변천한 시기에 대한 귀중한 정보를 주었다. 갈루뎃 대학의 기록 보관 전문가 마이클 올슨도 도움을 주었다. 또 레미 찰립도 빼놓을 수 없다. 나는 10살 때 그의 책 『핸드토크(Handtalk)』를 보고 수화 알파벳을 배웠다.

물론 박물관으로 가출한 아이들에 관한 이야기는 E. L. 코닉스버그의 『클로디아의 비밀(From the Mixed-up Files of Mrs. Basil E. Frank-weiler)』에 큰 빚을 졌다. 그 은혜를 갚기 위해 『원더스트럭』에는 코닉스버그와 그녀의 책에 대한 언급이 곳곳에 있다. 여러분은 몇 개나 찾았는가?

그 밖에 영감을 준 중요한 책이 두 권 더 있는데 팸 콘래드의 『마이 대니얼(My Daniel)』과 『나를 아니하이토라고 불러 줘(Call Me Ahnighito)』이다. 한편 나는 로즈가 책 읽기를 좋아한다고 상상했기에 1927년 당시에는 아직 출간 전이었던 다음 두 권의 책을 선물했다. 로라 잉걸스 와일더와 그녀의 다정한 가족이 쓴『큰 숲 속의 작은 집(Little House in the Big Woods)』과 어머니 혼자 네 아이를 기르는 이야기인 일리노어 에스테스의『모팻 가족 이야기(The Moffats)』이다. 이 책들은 로즈가 아주 좋아했을 것 같았다. 특히『모팻 가족 이야기』는『원더스트럭』처럼 박물관에서 이야기가 마무리된다.

"우리는 모두 시궁창에 있다. 하지만 그중에서도 어떤 이들은 별을 바라본다."라는 말은 오스카 와일드의 희곡「윈더미어 부인의 부채(Lady Windermere's Fan)」에서 인용했다.

그 밖에 많은 친구들과 동료들이 내 이야기를 읽고 여러 가지로 도움을 주었다. 레슬리 버드닉, 마이클 시트린, 데보라 드푸리아, 댄 헐린(그의 책『히로시마 메이든(Hiroshima Maiden)』은『원더스트럭』의 구조를 짜는 데 영감을 주었다), 웬디 루크하트, 마이클 메이어, 피터 멘델선드, 아이다 펄, 팸 무뇨스 라이언, 에드워드 스펙터 박사, 새러 윅스, 재클린 우드슨, 폴 O. 젤린스키, 요나 주커먼, 그리고 나의 조카 앨리슨 셀즈닉에게도 고마움을 전한다. 앨리슨은 벤의『원더스트럭』책에 꽃과 나뭇잎을 그려 주었다. 그리고 조카 브레넌, 딜런, 조던 스펙터는 오스카 와일드의 글귀를 귀띔해 주었다. 라 호야에 있는 워윅 서점 직원들, 특히 잰 이버슨과 재닛 러츠는 내가 이 책을 만드는 동안 끝없이 도움을 주었다.

라피스 프레스의 토니 니콜라스, 안젤라 핸커, 캐서린 와그너는 직무 범위를 넘어선 도움을 주었다. 그들의 전문적인 스캐닝과 인쇄 능력에 큰 도움을 받았다. 노엘 실버맨은 변호사이자 친구로서 계속해서 나를 훌륭히 인도해 주었다. 나의 고마움은 커져만 간다.

뉴햄프셔 주 피터버러의 맥도웰 콜로니에도 감사를 전한다. 2009년 여름, 나는 그곳 숲 속의 아름다운 오두막에서 이 책을 작업하며 7주간의 우기를 보냈다.

스콜라스틱 출판사의 팀원들은 고비마다 크나큰 협조와 열정으로 나를 놀라게 했다. 엘리 버거, 로리 벤턴, 에밀리아 자마니, 첼시 도널드슨, 모니크 베스치아, 조이 심프킨스, 캐린 브라운, 애덤 크루즈, 메릴 울프, 섀넌 라이스, 채리스 멜로토, 레이첼 코운, 스테이시 렐로스, 레슬리 개릭, 조프 데치코, 리자 월버그, 스티브 알렉산드로프, 애드리엔 브레토스, 노라 포먼, 비키 티쉬, 캐서린 시스코, 존 메이슨, 리제트 세라노, 트레이스 반 스트라튼, 재전 히긴스, 레이첼 호로위츠에게 감사를 보낸다. 또 디자인 작업을 훌륭하게 해 준 데이비드 세일러와 찰스 크렐로프에게도 고마움을 전한다. 그리고 나의 편집자 트레이시 맥, 한마디로 이 책이 존재하게 된 이유다.

마지막으로 물론 데이빗 설린에게 감사한다. 모든 것에 감사했다.

참고 자료

농인과 농문화에 대해

Baynton, Douglas C. *Forbidden Signs.* University of Chicago Press, 1998

Bragg, Lois, editor. *Deaf World.* NYU Press, 2011

Burch, Susan. *Signs of Resistance.* NYU Press, 2004

Cohen, Leah Hager. *Train Go Sorry.* Vintage, 1995

Davis, Lennard J. *Enforcing Normalcy.* Verso, 1995

Gannon, Jack R. *Deaf Heritage.* National Association for the Deaf, 1981

Groce, Nora Ellen. *Everyone Here Spoke Sign Language.* Harvard University Press, 1985

Lane, Harlan. *When the Mind Hears.* Vintage, 1989

Padden, Carol, and Tom Humphries. *Deaf in America.* Harvard University Press, 1988

Padden, Carol, and Tom Humphries. *Inside Deaf Culture.* Harvard University Press, 2006

Spradley, Thomas S., and James P. Spradley. *Deaf Like Me.* Gallaudet University Press, 1988

Uhlberg, Myron. *Hands of My Father.* Bantam, 2009

Van Cleve, John Vickrey, editor. *The Deaf History Reader.* Gallaudet University Press, 2007

박물관과 경이의 진열장에 대해

American Museum of Natural History: The Official Guide 2010, published by the museum

Preston, Douglas J. *Dinosaurs in the Attic.* St. Martin's Press, 1993

Quinn, Stephen C. *Windows on Nature: The Great Habitat Dioramas of the American Museum of Natural History.* Abrams, 2006

Stafford, Barbara Maria, and Frances Terpak. *Devices of Wonder.* Getty Research Institute, 2001

Weschler, Lawrence. *Mr. Wilson's Cabinet of Wonder.* Vintage, 1996

Yates, Frances A. *The Art of Memory.* University of Chicago Press, 1966

1927년의 의상과 소품에 대해

Blum, Stella, editor. *Everyday Fashions of the Twenties.* Dover, 1981

Mirken, Alan, editor. *1927 Editon of the Sears, Roebuck Catalogue.* Bounty Books, 1970

연극과 영화에 대해

Appelbaum, Stanley, editor. *The New York Stage: Famous Productions in Photographs.* Dover, 1976

St. Romain, Theresa. *Margarita Fischer.* McFarland & Co. Inc., 2008

뉴욕 세계박람회에 대해

Official Guide: New Your World's Fair 1964/1965. Time-Life Books

Cotter, Bill, and Bill Young. *Image of America: The* 1964-1965 *New York World's Fair: Creation and Legacy.* Arcadia Publishing, 2008

스크랩북에 대해

Helfand, Jessica. *Scrapbooks: An American History.* Yale University Press, 2008

번개에 대해

Friedman, John S. *Out of the Blue.* Delacorte Press, 2008

건플린트 호수에 대해

Cordes, James Patrick. *The Treasure of Minnesota's North Shore and Gunflint Trail.* Published by the author

Henricksson, John. *Gunflint: The Trail, the People, the Stories.* Adventure Publications

Kerfoot, Justine. *Gunflint: Reflections on the Trail. University* of Minnesota Press, 2007 (First Editon, Pfeifer-Hamilton Publishers, 1991)

Kerfoot, Justine. *Woman of the Boundary Waters.* University of Minnesota Press, 1994 (First Editon, Pfeifer-Hamilton Publishers, 1986)

호보켄에 대해

Colrick, Patricia Florio. *Image of America: Hoboken.* Arcadia Publishing, 1999

영감을 준 작품들

Charlip, Remy, Mary Beth Miller, and George Ancona. *Handtalk.* Simon & Schuster, 1974

Conrad, Pam. *Call Me Ahnighito.* HarperCollins, 1995

Conrad, Pam. *My Daniel*. HarperCollins, 1991
Konigsburg, E, L. *From the Mixed-up Files of Mrs. Basil E. Frankweiler.* Athe-
neum, 1967

다큐멘터리 영화에 대해
Hott, Lawrence, and Diane Garey. *Through Deaf Eyes*. WETA Washington. D. C
2007

웹사이트
건플린트 산장 http://www.gunflint.com/
디어드리 쉐러 http://dscherer.com/
미국 농인협회 http://www.nad.org/
미국 자연사 박물관 http://www.amnh.org/
미네소타 주 지질 조사 http://www.mngs.umn.edu/index.html
벳시 보웬 http://woodcut.com/
수화를 배우자 http://www.aslpro.com/
제임스 페리 윌슨 http://www.peabody.yale.edu/james-perry-wilson/
쥬라기 테크놀로지 박물관 http://www.mjt.org/
퀸스 미술관 http://www.queensmuseum.org/

다음 작품의 재수록 허가에 감사드립니다.

related text on page 395, American Museum of Natural History Library, reprint-
ed by permission.